로크미디어가
유혹하는
재미있는 세상

ROK
MEDIA
로크미디어

퇴마하는 톱스타 4

2023년 4월 6일 초판 1쇄 인쇄
2023년 4월 11일 초판 1쇄 발행

지은이 이상한하루
발행인 강준규

기획 이기헌 왕소현 박경무 강민구 조익현
책임편집 김홍식
마케팅지원 이원선

발행처 (주)로크미디어
출판등록 2003년 3월 24일
주소 서울시 마포구 마포대로 45 일진빌딩 6층
Tel (02)3273-5135 Fax (02)3273-5134
홈페이지 rokmedia.com E-mail rokmedia@empas.com

값 9,000원

ISBN 979-11-408-0815-1 (4권)
ISBN 979-11-408-0693-5 04810 (세트)

퇴마하는 톱스타

이상한하루 현대 판타지 장편소설

④

CONTENTS

감독 데뷔 [2]   7

채널, 오싹한 시야기   93

<집착> 오디션   147

<집착> 크랭크인   199

배우 데뷔 [1]   257

감독 데뷔 (2)

　태수는 속으로 웃으며 유소영이 어떤 반응을 보일지 궁금
해서 가만히 지켜봤다.

　다른 동생들이 프로필을 읽는 동안 소영은 이미 책의 본문
을 읽고 있었다.

　소영은 그 누구보다 태수의 ≪비가 오면≫을 빨리 읽어 보
고 싶어 하던 사람이다. 자신의 눈으로 직접 태수의 필력을
확인하고 싶었던 것이다.

　워낙 책을 빨리 읽는 편이라 십여 장의 책장이 순식간에
넘어갔다.

　책을 읽을수록 소영의 눈빛에는 충격과 당혹의 빛이 떠올
랐다.

그 눈빛에 그녀의 모든 감정이 담겨 있었다.

도무지 납득할 수 없다는 의심에서 시작해 자신 같은 아마추어가 감히 평가할 수 없는 수준의 작품이라는 걸 인정하기까지는 불과 몇 분도 걸리지 않았다.

소영이 살짝 얼이 빠진 표정으로 태수를 바라보다가 말했다.

"제가 오빠의 필력을 너무 몰랐던 것 같아요. 앞으로는 하자는 대로 무조건 믿고 따를게요. 아니, 열심히 배울게요. 많이 가르쳐 줘요."

늘 깐깐하던 소영의 돌변한 태도에 나머지 동생들이 다들 놀란 기색.

소영이 정색을 하며 말했다.

"솔직히 그동안 우리 학교는 물론이고 클럽 회원들도 실력 허접하다고 속으로 무시한 적 많았거든요. 제가 정말 엄청난 착각을 했나 봐요."

소영의 말에 용만이 발끈해서 말했다.

"속으로 무시하긴? 너 대놓고 우리 무시했다고."

용만의 울분에 태수는 물론 정우와 민지도 키득거리고 웃었다.

소영이 물었다.

"근데 아까 공포 단편영화를 만든다고 했는데 왜 하필이면 공포예요?"

태수는 마음속에 품고 있던 미래의 계획을 털어놓았다.

"유튜브에 들어가서 'horror short film'이라고 치면 10분 내외의 짧은 공포 단편영화들이 많이 검색이 될 거야. 다들 조회 수가 어마어마해. 다른 장르의 단편영화들은 아무리 잘 만들어도 절대 그런 조회 수가 나오질 않아."

정우가 아는 체하며 말했다.

"맞아요. 유튜브에서 공포 단편영화는 조회 수 장난 아니에요. 말레이시아의 영화감독 제임스 완도 10분짜리 공포 영화 〈쏘우〉를 만들어서 유튜브에 올렸다가 할리우드에서 감독 제의를 받았잖아요."

커플인 민지도 거들었다.

"그래서 할리우드에서 만든 데뷔작이 쏘우 시리즈였고, 제가 알기로 쏘우 시리즈는 제작비 대비 역대 가장 많은 수익을 올린 영화 순위에 든 걸로 알고 있거든요. 지금 뭐 제임스 완은 호러의 거장이 됐지만. 컨저링 시리즈에 애나벨까지. 후우, 장난 아니죠."

태수도 공포 영화 얘기가 나오자 반갑게 말했다.

"맞아. 애나벨 2편인 인형의 집 연출한 데이비드 F. 샌드버그 감독은 2분 40초짜리 공포 영화 〈라이트아웃〉이 유명해져서 제임스 완 감독이 스카우트해서 감독으로 데뷔한 케이스지."

소영이 놀라서 물었다.

"와, 2분 40초짜리 영화요?"

"그래. 그게 바로 공포 단편영화의 매력이자 장점이야. 좋은 아이디어만 있으면 2분 내외의 영화로도 만들 수가 있으니까 우리 같은 아마추어들도 얼마든지 경쟁력 있는 작품을 만들 수가 있다고. 우리도 그런 공포 영화를 만들어서 유튜브에 올리잔 말이야."

그러자 조용히 있던 동생들이 서로 경쟁하듯 말들을 쏟아냈다.

용만이 상기된 표정으로 말했다.

"난 그 작업 엄청 재미있을 것 같아. 만드는 과정도 재미있을 것 같고 사람들이 영화 보고 뭐라고 반응할지도 너무 궁금하고. 난 무조건 할래."

소영도 고개를 끄덕이고는 동의했다.

"그건 분명 경쟁력이 있는 것 같아요. 작업도 재미있을 것 같고 짧은 작품을 자주 만드니까 시나리오나 연출력도 좋아질 것 같아요."

정우는 한술 더 떠서 말했다.

"태수 형, 그렇게 계속 영화 올려서 유명해지면 우리 미스터리클럽도 유명해지는 거잖아요. 우리 아예 채널을 만들어서 고정적으로 영화를 올릴까요? 한 달에 한 편 정도? 이름은 미스터리 공포 영화를 사랑하는 사람들의 모임. 약자로 미공모, 큭큭."

소영이 말했다.

"야, 아무리 단편이라도 한 달에 한 편을 어떻게 만들어? 다른 것도 문제지만 진행비는 어떡할 건데?"

태수가 웃으며 말했다.

"지난번에도 말한 것처럼 진행비는 내가 댈 거니까 걱정하지 않아도 돼. 그렇다고 영화에 대한 권리를 나 혼자 갖겠다는 건 아니고, 앞으로 클럽에서 만드는 모든 영화는 우리 모두의 공동소유가 될 거야."

태수의 사정을 뻔히 아는 용만이 무슨 소리냐는 듯 펄쩍 뛰었다.

"형이 돈이 어딨다고? 돈 없어서 옥탑방에 에어컨도 못 놓으면서. 그냥 다들 십시일반 각출해서 내면 되지. 어차피 그렇게 영화 만들면 배우는 것도 많고 우리 취업할 때 스펙으로 내세울 수도 있잖아. 근데 그걸 왜 형이 혼자 낸다는 거야?"

"용만아, 진행비는 나한테 맡겨. 나 돈 많이 있으니까 돈 걱정은 하지 말고. 내가 진행비를 내겠다는 건 내가 연출을 하기 때문이야. 가장 큰 혜택을 보는 사람은 바로 나니까."

태수가 얼른 화제를 돌리며 말했다.

"그것보다 난 정우의 제안이 좋은 아이디어라고 생각해. 아까 말한 것처럼 잘 만든 공포 단편영화는 유튜브에서 조회수가 어마어마해. 근데 유튜브는 조회 수가 높으면 광고 수익을 주거든."

정우가 기다렸다는 듯 말했다.

"그러니까 형, 우리 정기적으로 영화 만들어서 올리자고요. 혹시 알아요? 그걸로 돈을 벌 수 있을지."

용만이 다시 잇몸을 만개하며 말했다.

"아…… 그렇게만 된다면 진짜 소원이 없겠다. 우리 이참에 아예 회사 같은 거 하나 만들까? 그럼 취직 걱정할 필요도 없잖아, 헤헤."

태수가 과열된 분위기를 진정시키며 말했다.

"한 가지 더. 우리가 영화를 만들어서 유튜브에 올릴 때는 영어 자막도 넣어서 올릴 거야. 난 우리 영화를 외국인들도 보게 만들 거라고."

정우가 입을 딱 벌리며 탄성을 내질렀다.

"와, 대박! 그럼 영화 제대로만 만들면 진짜 대박 날 수도 있겠다. 우리 미스터리클럽이 제임스 완 프로덕션처럼 되는 거 아냐? 태수 형은 한국의 제임스 완이 되고."

사실 태수가 가장 꿈꾸는 미래이긴 하지만, 이제 걸음마를 시작하는 단계에서 너무 앞서가는 분위기는 금물이었다.

항상 냉정한 소영이 고개를 갸웃하며 물었다.

"그럼 영어 번역은 누가 해요? 그것도 돈 주고 번역가 시켜서 하려면 금액이 만만치가 않을 텐데."

태수가 갑자기 휴대폰을 꺼내서 시간을 확인하더니 누군

가에게 전화를 걸었다.

"지금 어디야? 아, 들어왔어? 그럼 거기 털보 아저씨한테 미스터리클럽 얘기하면 가게 안쪽으로 안내해 줄 거야. 얼른 와."

"형, 누가 또 오기로 했어?"

"응."

"누군데?"

그때 방문이 열리며 안경 낀 통통한 얼굴의 여학생이 고개를 들이밀었다.

"선배님들, 안녕하세요?"

활기찬 목소리에 용만이 벌떡 일어나더니 여학생을 가리키며 말했다.

"야, 너 정미경 아냐?"

"안녕하세요, 용만 선배. 저 오늘 미스터리클럽 가입하려고 왔거든요."

"진짜?"

태수가 미경을 소개했다.

"미경인 다들 잘 알지? 우리 과 1학년이자 학보사 기자이기도 하고, 이번에 미스터리클럽에 입회할 신입 멤버야. 물론 신입 회원은 우리 전통대로 만장일치로 모두가 찬성을 해야만 들어올 수가 있어. 그러니까 미경이 네가 직접 회원들에게 클럽에 들어와야만 하는 이유를 어필해 봐."

미경은 지난번 학보사 인터뷰 때 만났는데, 태수를 보자마자 미스터리클럽에 들어오고 싶다고 엄청 졸랐다.

미경이 동그란 안경을 끌어 올리고는 만화 속 주인공 같은 코믹한 미소를 짓고는 말했다.

"전 선배님들이 아시는 것처럼 학보사 기자라서 취재라든가, 섭외 능력이 탁월해요. 영화 만들다 보면 그런 사람이 정말 필요하거든요. 취재하고 섭외할 사람. 그리고 저 공포 영화 마니아예요. 공포 영화 전문 블로그도 운영하거든요. 미경의 공포천국이라고."

정우와 민지 커플이 서로 얼굴을 마주 보더니 동시에 비명처럼 소리를 질렀다.

"야! 미경의 공포천국 블로그 운영자가 너라고?"

"네. 모르셨어요? 앞에 미경이 붙었잖아요, 헤헤."

"와, 대박! 그거 공포 영화 블로그로는 국내에서 다섯 손가락 안에 꼽히는 블로그예요. 무엇보다 해외 공포 영화와 관련한 최신 정보가 정말 많이 올라오거든요."

미경이 자랑하듯 두 손가락으로 브이를 그려 보이며 말했다.

"네, 맞습니당. 저는 해외 공포 영화에 관한 정보를 가장 먼저 국내에 소개하고 있습니당. 심지어는 기자들도 제 블로그의 자료 써도 되냐고 연락이 자주 온답니당, 헤헤. 당연히 저의 가장 큰 장점은 영어를 잘한다는 거죠. 인터넷에서 영화 파일 다운로드했을 때 번역이 by 미경이라고 되어 있는 파일은 전부 제가 번역했다고 생각하시면 돼요."

이번엔 용만이 탄성을 내질렀다.

"나 다운받아서 본 영화 중에 by 미경 진짜 많았는데, 그 영화들을 전부 네가 번역했다고?"

미경이 헤헤 웃으며 대답했다.

"물론이죵. 미경이 들어갔잖아요. 그리고 선배, 앞으로는 불법 파일 다운받아서 보지 말고 굿 다운로더로 보세요."

용만이 쑥스럽게 머리를 긁적이다가 도무지 이해할 수 없다는 듯 물었다.

"야, 근데 너 같은 인재가 왜 우리 학교에 왔어? 영어도 잘하고 공부도 잘했을 것 같은데."

지금까지의 기세등등하던 모습과 달리 미경이 갑자기 고개를 푹 숙이고는 말했다.

"제가 운영하는 블로그만 세 개예요. 미경의 공포천국, 미경의 요리천국, 미경의 미드천국. 과연 공부를 제대로 할 수 있었을까요?"

키도 작고 몸도 통통한 편인데 선배들을 쥐락펴락하며 분위기를 휘어잡는 폼이 그야말로 보통내기가 아니란 생각이 들었다.

태수가 앞으로 나섰다.

"자, 그럼 투표를 합시다. 미경이 받을까, 말까?"

거의 동시에 모든 회원들이 소리쳤다.

"받아요!"

태수가 미경을 돌아보고 말했다.

"축하한다, 신입."

미경이 감격한 표정으로 넙죽 인사를 하고는 말했다.

"제가 지난번에 태수 선배님하고 인터뷰하면서 공포 영화 만들 거라는 얘기 듣고 얼마나 마음이 두근거렸는지 몰라요. 앞으로 뭐든 맡겨 주시면 최선을 다해서 열심히 뛰겠습니당. 감사합니당."

태수가 말했다.

"앞으로 미경이는 우리가 만든 공포 영화를 전부 영어로 번역해서 유튜브에 올릴 거야."

민지가 설렘을 참지 못하고 비명을 질렀다.

"꺄악!"

영어 자막까지 넣은 영화를 유튜브에 올린다는 말에 다들 한껏 고무된 표정들.

"자, 말이 나온 김에 각자 어떤 역할을 할지 바로 정하는 게 어때?"

"좋아요."

"다들 작년에 해 봤으니까 그걸 기본으로 정할게. 용만이는 피디 겸 조감독, 소영인 스크립터와 제작부, 정호와 민지는 분장과 연출부, 미경인 번역과 취재 및 섭외. 이의 있는 사람?"

소영이 물었다.

"촬영 장비랑 촬영 스태프는 어떻게 해요? 지난번에 형이 우리끼리 장비를 가지고 촬영을 해 보자고 했지만 그건 아무래도 무리일 것 같아요."

그건 태수도 같은 생각이었다.

앞으로 만드는 영화는 경우에 따라 많은 수익을 낼 수도 있고 나중에 미스터리클럽이 제임스 완 프로덕션 같은 회사가 될 수도 있다.

그런 경우에 다른 외부인이 참여하는 건 여러 복잡한 문제들이 생길 수 있어서 내부에서 해결하려고 했던 것인데 너무 무리한 계획이란 걸 자신도 깨달았던 것이다.

"일단 촬영 장비는 고민석 교수님이 연영과에 협조를 구해서, 우리가 전혀 불편하지 않게 쓸 수 있도록 해 준다고 하셨어."

모두 동시에 환호성을 질렀다. 다들 말은 안 해도 그 부분을 제일 걱정하고 있었던 것이다.

작년에 촬영 장비 때문에 연영과 애들하고 항상 부딪쳤던 안 좋은 기억들 때문이다.

"그리고 촬영은 소영이 말대로 우리끼리 하는 건 무리야. 그래서 기술 파트는 어쩔 수 없이 연영과 애들한테 부탁을 해야 할 것 같아."

용만이 걱정스럽게 말했다.

"영연과 애들 형이 연출한다고 하면 괜히 자존심 상해서 같이 안 하려고 할 텐데?"

태수도 그 부분을 걱정하고 있었다.

원래 이렇게 영화를 찍는 일은 연영과에서 해야 할 일이고, 대학생영화제에 작품을 출품하는 것도 사실은 연영과의 가장 큰 행사다.

보통은 연영과 3학년 졸업생들의 졸업 작품 중에서 가장 뛰어난 작품을 출품시키는 게 관례.

신입인 미경이 나섰다.

"제가 연영과 3학년 과대 오빠랑 친하니까 한번 얘기해 볼게요. 연영과는 평소에도 작품에 대한 기사나 소식을 전할 때 저희 학보사에 기사를 써 달라는 부탁을 많이 하고 또 해외 영화제에 작품 보낼 때는 저한테 번역을 부탁하거든요. 제가 해 달라고 하면 아마 거절 못 할걸요?"

용만이 고개를 설레설레 흔들며 말했다.

"와, 넌 무슨 문어발이냐? 어떻게 촉수가 안 뻗친 곳이 없어?"

정우도 흥겹게 말했다.

"완전 복덩이가 들어왔네."

다들 화기애애한 분위기로 수다 겸 제작 회의가 진행됐다.

6월 대학생영화제에 영화를 출품하고 그사이에 공포 단편

영화를 만들려면 최대한 서둘러서 작업을 시작해야만 했다.

태수가 가방에서 집에서 스토리를 정리해 온 노트를 꺼냈다.

"우리가 첫 번째로 제작할 영화의 스토리를 생각해 봤어. 읽어 줄 테니까 들어 보고 의견이 있으면 주저 말고 얘기를 해 줘."

미스터리클럽에서 만드는 첫 번째 공포 단편영화의 스토리라는 말에 다들 기대와 호기심을 갖고 태수의 말을 기다렸다.

"제목은…… 〈앞집에 사는 여자〉야. 러닝타임은 대략 10분 내외고."

태수가 〈앞집에 사는 여자〉의 스토리를 멤버들에게 들려줬다.

대략적인 스토리는 이렇다.

한 남자가 길 건너 앞집에 살던 지선이라는 여자를 짝사랑했다.

남자 방에서 보면 길 건너편 여자 방의 창문이 정면으로 보인다.

남자는 여자 방의 열린 창문을 보며 잠깐씩 보이는 여자의 모습을 훔쳐보며 남몰래 사랑을 키운다.

어느 휴일 날 요란한 구급차 소리가 들려서 밖을 보니 앞집에서 하얀 시트에 덮인 누군가의 시신이 구급차 들것에 실려서 나온다.

남자는 나중에 앞집의 지선이라는 여자가 목을 매달고 자살했다는 사실을 알게 된다.

여자가 죽은 후 길 건너 여자의 방에는 더 이상 불이 켜지지 않는다. 남자는 이후로도 여자를 잊지 못하고 매일 밤 여자의 불 꺼진 방을 바라본다.

그런 어느 날 남자의 휴대폰으로 카톡이 온다.

카톡의 내용은 이렇다.

안녕하세요. 저는 당신의 앞집에 사는 여자입니다.

태수는 〈앞집에 사는 여자〉의 스토리를 읽어 주면서도 동생들의 반응이 어떨지 무척 궁금했다.

〈앞집에 사는 여자〉는 〈모텔 파라다이스〉 촬영 현장에서 구상한 스토리로, 순수한 태수의 창작이었다. 시나리오를 쓰지 않았으니 영상을 보지도 못했고.

다행히 스토리를 모두 들은 멤버들의 반응이 예상외로 폭발적이었다.

다들 미스터리하면서 무서운 스토리가 클럽의 방향과 딱 맞는다고 좋아했다.

용만은 커다란 덩치에 어울리지 않게 무섭다고 어깨를 움츠렸고 공포를 좋아하는 정우와 민지는 엄지를 추켜세웠다.

민지는 10분짜리 단편영화로 만들면 정말 재미있을 것 같다며 기대감을 나타냈다.

소영도 무서우면서도 슬픈 느낌이 있어서 좋다고 했다. 또한 스토리만 좋은 게 아니라 저예산으로 영화를 찍기 좋은 기획적인 면도 큰 장점이라고 했다.

장소도 남녀 주인공 성민과 지선의 집만 있으면 되고 지선이 구급차에 실려 가는 장면만 빼면 배우도 둘만 섭외하면 되니까.

가장 의견이 궁금한 사람은 역시 미경이었다.

미경은 자타공인 공포 마니아인 데다 영화에 대한 내공도 상당한 수준이었으니까.

"미경아, 너는 어때?"

미경이 살짝 상기된 표정으로 말했다.

"시나리오가 어떻게 나올지 모르지만 스토리만 봐서는 너무 좋은 것 같아요. 쓸데없이 질질 끄는 것도 없고 무엇보다 영상을 제대로 찍으면 엄청 무서울 것 같아요. 제가 볼 때는 대학생 수준이 아니라 유튜브에 올라오는 외국 단편들하고도 경쟁력이 있을 것 같아요."

가장 듣고 싶었던 얘기를 미경이 해 주니까 더더욱 의욕이 생겼다.

미경이 말했다.

"근데 이 영화 제대로 찍으려면 지선을 맡을 여주인공이 연기를 정말 잘해야 할 것 같은데, 그런 배우를 찾는 게 제일 힘들 것 같아요."

미경의 말에 태수도 공감했다.

지선을 맡은 여주인공은 대사도 없고 동작도 거의 없다. 정적인 눈빛만으로 관객에게 모든 감정을 전달해야만 한다.

스토리를 구상하면서 가장 고민이 됐던 지점도 바로 그 부분이고.

"어차피 여배우는 연영과 연기 전공 학생들한테 부탁해야 할 텐데 누가 있을까? 난 그동안 휴학해서 요즘 연영과에서 누가 잘나가는지 모르는데."

학교의 지원을 받고 연영과 기술 스태프한테 도움을 얻으려면 최소한 배우는 연영과 학생들이 해야만 모양새가 맞는다.

정우가 말했다.

"요즘 연영과에서 제일 잘나가는 애는 조인영 아닌가?"

정우의 말이 끝나기도 전에 용만이 침을 튀기며 말했다.

"조인영? 두말하면 잔소리지. 와, 조인영 진짜 이쁘더라. 걔 지나가면 학교가 들썩거리잖아."

"야, 인마, 연기하는 배우 뽑는데 예쁜 걸 왜 따져?"

"형이 몰라서 그런데 조인영 연기도 잘해. 소속사도 미래액터스야."

"소속사가 미래액터스라고?"

미래액터스는 국내에서 가장 큰 규모의 배우 매니지먼트 기획사다. 송현주도 예전에 미래액터스에 들어가고 싶어서 오디션을 봤다가 떨어졌다고 했다.

벌써 소속사가 있다는 것도 그렇고, 그 소속사가 미래액터스라면 보나 마나 잠재력이 있는 배우라는 얘기다.

정우가 말했다.

"근데 조인영이 우리 영화 하려고 할까 모르겠네. 걔 요즘 무슨 화보 촬영도 하고 영화에 단역인가도 맡았다고 하던데."

미경이 말했다.

"조인영은 얼마 전에 학보사에서 인터뷰했었는데, 제 개인적인 생각으로는 너무 잘난 체하는 것 같아서 좀 그랬어요. 연기는 어떨지 모르겠지만."

용만이 조인영을 두둔하며 말했다.

"야, 소속사가 미래액터스인데 연기는 당근 잘하겠지."

태수가 직접 조인영의 연기를 확인해 보고 싶어서 물었다.

"혹시 조인영 나온 영상 가지고 있는 사람?"

용만이 쑥스럽게 손을 들며 말했다.

"여기."

용만이 가지고 있는 영상은 학교 홍보물로 찍은 영상이었다. 덕분에 정극 연기가 아닌 CF에 가까워서 판단을 내리기가 힘들었다.

"그럼 일단 시나리오 나오면 미경이가 조인영 컨택을 해
봐."

"알았어요."

이틀 동안 옥탑방에 틀어박혀 시나리오만 써서 탈고를 했
다. 단편이기도 하지만 스토리가 확실하게 잡혀 있어서 작업
속도가 빨랐던 것이다.

프린트로 인쇄한 최종고를 집중해서 읽자 영상이 떠올랐
다. 문제는 영상 속 배우의 얼굴은 잘 보이지 않는다는 것.

'뭔가 아직 부족한 부분이 있다는 뜻일까? 아니면 아직 여
러 가지 변수가 많아서 확정된 영상이 떠오르지 않을 수도
있고.'

불안한 마음에 최종고를 고민석 교수한테 리뷰를 부탁하
고 다음 날 교수실을 찾았다.

태수를 보자마자 고민석 교수가 한 첫마디는 이랬다.

"너 확실히 공포 장르에 재능이 있네. 단편이라서 아쉽긴
하지만 이런 정도의 시나리오라면 충분히 경쟁력 있지."

더불어 고민석 교수 역시 여주인공인 지선의 역할을 맡을
배우에 대한 걱정을 했다.

"웬만한 아마추어 배우는 지선이의 정적인 내면 연기를 표현하기가 쉽지 않을 거야. 대사도 없고 딱히 드러나는 액션도 없고. 이 시나리오는 지선을 맡은 배우가 제대로 연기를 못하면 시나리오가 가진 장점을 못 살릴 수도 있어."

고민석 교수 역시 같은 문제를 지적하자 슬슬 걱정이 되기 시작했다.

어쨌든 최종고를 멤버들에게 먼저 보냈고 일주일 동안 프리 프로덕션을 진행했다.

용만이 연영과와 접촉해서 카메라와 오디오 스태프 각 한 명씩을 섭외했고 조명은 미스터리클럽 멤버들이 맡기로 했다.

촬영은 하루에 모든 걸 끝내기로 계획을 잡았다.

장소 이동도 없고 배우도 두 명만 있으면 되는 데다 밤씬이 많아서 새벽까지 촬영하면 하루 만에 모든 장면을 촬영할 수 있을 것 같았다.

다음으로 중요한 건 장소.

남주인공인 성민과 지선의 집이 길 하나를 사이에 두고 마주 보는 구조이기 때문에 촬영 장소를 찾기가 쉽지 않았다.

결국 자취를 하는 소영이 나서서 직접 촬영 장소를 구했다.

촬영 장소는 지선의 방은 실제 소영이 자취하는 방으로 설정했고 소영의 방 길 건너에 시나리오와 똑같이 남학생이 살고 있는 방이 있었다.

소영이 잘 알지도 못하는 그 남학생한테 부탁해서 간신히 하루만 촬영 허락을 얻을 수가 있었다.

마지막으로 남은 건 배우 캐스팅.

성민 역할의 남자 배우는 어렵지 않게 섭외가 됐다. 연영과 2학년인 박준호라는 배우로, 시나리오를 받자마자 곧바로 하겠다는 연락을 해 왔다.

반면 조인영은 미경이 시나리오를 보낸 지 며칠이 지나도록 아무런 연락이 없었다. 미경이 전화를 해도 연락도 잘되지 않고.

"어떻게 된 거야?"

태수가 묻자 미경도 답답한 듯 말했다.

"시나리오는 봤다는데 스케줄이 어떻게 될지 모르니까 조금만 더 기다려 달라는 거예요."

"스케줄이라니?"

"모르겠어요. 별로 일도 없는 것 같은데 엄청 바쁜 척하더라고요. 만약 못 하겠으면 확실하게 못 한다고 말을 해 주든가. 할까 말까 간 보는 것처럼 시간만 끌잖아요. 어우, 짜증 나."

"그럼 지금 다른 배우로 바꿀 수가 있나?"

"지금은 못 바꾸죠. 연영과 사람들한테 다음 주 월요일 하루 촬영한다고 얘기해서 그 사람들도 실습 계획서 제출하고 이미 수업도 빼기로 했는데."

소영도 말했다.

"그 남학생 집도 월요일 하루만 비워 준다고 했어요."

머리가 아팠다.

원래 계획은 촬영 전에 한번 모여서 대본 리딩이라도 해볼 생각이었는데, 조인영 때문에 모든 계획이 틀어졌다.

이러다가 배우 얼굴을 촬영장에서 봐야 할 판이다. 아니, 그것보다 최악은 조인영이 막판에 안 된다고 통보하면 낭패도 그런 낭패가 없다.

일단 성민 역할을 맡은 박준호만 먼저 불러서 동아리방에서 리딩도 하고 연기를 보기로 했다.

배우가 둘밖에 없으니 당연히 성민 역할도 중요했다.

다행히 박준호는 마스크가 신선했고 붙임성도 좋았다. 태수의 나이를 알고는 금방 감독님이라고 부르며 말을 놓으라고 편하게 다가와 연기 지도하기에도 편했다.

성민도 지선과 마찬가지로 중반이 넘어갈 동안은 혼잣말하는 대사 몇 마디 빼고 대부분 눈빛 연기만 해야 했다.

가장 중요한 연기는 역시 지선을 몰래 훔쳐보는 눈빛 연기.

"아냐, 그런 눈빛이 아냐."

태수가 카메라를 보며 눈빛 연기를 하는 성민의 연기를 중단시켰다.

"성민이가 지선일 훔쳐보는 눈빛을 잘못 연기하면 변태나 치한처럼 보인다고. 성민은 절대 그런 캐릭터가 아냐. 굉장히 내성적이고 순수한 친구야. 근데 앞집에 지선이를 짝사랑하게 된 거야. 용기가 없어서 말을 걸 생각도 못 하지."

"아, 무슨 얘긴지 알 것 같아요. 다시 한번 해 볼게요."

박준호는 연기를 아주 잘하는 편은 아니지만 흡수력이 아주 좋았다. 아무런 그림도 그려지지 않은 도화지처럼 태수의 말을 있는 그대로 받아들였다.

하지만 가르쳐 주는 대로만 받아들이다 보니 연기의 맛이 좀 없다고 할까.

"지금 좋은데 자기 연기에 확신을 가지면 더 좋아질 것 같아. 무슨 말이냐 하면 시나리오에 맞추려고 하지 말고 너만의 느낌으로 재해석을 해 보란 말야. 시나리오하고 맞지 않아도 돼. 이번에는 네가 생각하는 네 느낌대로 한번 해 봐."

박준호가 잠시 고민을 하다가 고개를 끄덕이고는 말했다.

"네, 해 볼게요."

"액션."

태수의 사인에 맞춰 박준호가 카메라를 보며 나름의 눈빛 연기를 펼쳤다.

이전에는 좀 밋밋한 눈빛이었다면 이번 박준호의 연기에는 확실하게 느낌이 묻어났다.

이전 눈빛에서는 보이지 않았던 감정들.

용기를 내서 말하지 못하는 자신에 대한 자책과 안타까움 같은 여러 감정들이 그 눈빛에 담겨 있었다. 이전과는 확연히 다른 깊이가 느껴졌다.

"컷, 지금 느낌 좋아. 여기 봐 봐."

태수가 카메라로 녹화한 박준호의 눈빛 연기를 보여 줬다. 자신의 연기를 보던 박준호가 살짝 상기된 목소리로 말했다.

"와, 정말 완전히 다르네요. 제가 아닌 것 같아요. 여태까지 제 연기는 늘 심심하다는 소리를 들었거든요. 그래서 연기에 소질이 없다고 생각했어요. 이전에 작업한 감독님들한테도 늘 들었던 말이 연기가 느낌이 없다는 소리였는데."

박준호의 눈빛이 이전과 다르게 이채를 띠며 반짝였다.

"연기를 자기만의 느낌으로 해석하지 않고 시나리오에 있는 그대로 따라 하려고만 하다 보니까 자기 색깔이 없어지는 거야. 그럼 연기가 재미도 없어지고."

박준호가 눈이 휘둥그레져서 물었다.

"어? 그거 어떻게 아셨어요? 저 요즘에 정말로 연기가 재미가 없어서 계속해야 하나 고민하고 있었거든요."

사실 파라다이스 모텔을 떠나던 날 장웅인 선배하고 밤새도록 얘기할 때 들었던 얘기다.

많은 신인 배우들이 어떻게 하면 시나리오에 있는 그대로 똑같이 표현할까만 생각하지 시나리오와 다르게 표현할 생각은 하지 못한다고.

정말 좋은 배우가 되려면 자신만의 해석으로 시나리오를 분석할 줄 알아야 한다고. 그렇지 않으면 연기에 재미를 못 느껴서 스스로 배우를 그만두게 된다고.

"와, 감독님은 문창과시잖아요. 근데 어떻게 연출을 하시게 됐어요? 지금까지 감독님처럼 콕 찝어서 제 연기의 문제점을 알려 준 감독님은 아무도 없었거든요."

태수는 현재 촬영 중인 〈모텔 파라다이스〉의 시나리오를 자신이 썼고 얼마 전까지 그 현장에 있다가 왔다는 얘기를 들려줬다.

얘기를 들은 박준호의 두 눈이 휘둥그레졌다.

태수에 대한 정보가 전혀 없었던 것이다.

박준호는 처음 섭외를 받고 그저 문창과의 영화 동아리에서 만드는 공포 단편영화라고만 알고 있었다. 연출을 하는 감독도 나이가 많은 문창과 예비역이라고만 알고 있었고.

사실 학생 작품에 출연하는 게 지겹기도 하고 너무 소모적인 것 같아서 딱히 내키지 않았는데 시나리오를 보고 마음이 바뀌었다. 지금까지 자신이 봤던 그 어떤 시나리오보다 구성이 탄탄하고 재미가 있었던 것이다.

근데 태수가 손예지가 주연을 맡은 〈모텔 파라다이스〉의 시나리오를 썼다니.

박준호도 가장 좋아하는 여자 배우가 손예지였기 때문에 그녀의 근황이나 기사는 꼼꼼하게 챙겨 보는 편이다.

그래서 얼마 전 손예지가 공포 영화에 출연한다는 소식과 인터뷰도 당연히 챙겨 봤다.

자신의 기억이 맞는다면 어떻게 공포 영화에 출연하게 됐냐는 질문에 손예지가 이렇게 대답했다.

-시나리오가 너무 좋아서 출연하게 됐어요.

근데 눈앞에 있는 문창과 예비역이 단순한 아마추어가 아니라 바로 그 〈모텔 파라다이스〉의 시나리오를 쓴 데뷔 작가라니.

지금까지 박준호는 드라마에 대사조차 없는 단역에 몇 번 출연하고 나머지는 학생들이 만드는 영화에 출연한 게 전부였다. 그런 박준호의 입장에서 태수는 너무도 대단한 존재처럼 보였다.

박준호가 조심스럽게 물었다.

"그럼 감독님은 손예지 씨도 만나 봤겠네요?"

"응."

"그럼 손예지 씨하고 친하세요?"

태수가 씩 웃고는 가방에서 자신의 책 ≪비가 오면≫을 꺼내서 박준호에게 건네주며 말했다.

"거기 책 표지 뒷장에 예지 누나 추천사가 있을 거야."

"네?"

박준호가 책 표지 뒷장을 보는데 눈빛이 흔들리는 게 보였다.

태수가 말했다.

"자, 그럼 씬5에서 지선이가 구급차에 실려 나가는 모습을 보며 혼자 방 안에서 흐느끼는 장면을 해 볼까?"

연기에 임하는 박준호의 태도가 이전과는 완전히 달라졌다.

태수가 말하는 단 한마디도 놓치지 않으려는 열정이 반짝이는 눈빛에 그대로 담겨 있었다.

태수도 자신이 감독이 됐다는 사실을 비로소 실감할 수가 있었다.

자신이 지도하는 대로 박준호의 눈빛 연기가 시시각각 변하며 좋아지는 모습을 보며 짜릿한 쾌감을 느꼈던 것이다.

물론 〈모텔 파라다이스〉 촬영 현장에서 그야말로 명품 배우들의 연기를 보던 태수의 눈높이에는 턱없이 부족했지만 하얀 도화지 같은 신인 배우에게 색을 입히는 작업도 꽤나 보람이 있는 일이었다.

박준호는 분명 좋은 배우가 될 수 있는 잠재력을 지닌 친구였다.

시나리오를 읽는데 흐릿하던 성민의 얼굴이 서서히 드러나기 시작했다.

다름 아닌 성민 역할을 맡고 있는 박준호였다.

'됐어, 이제 성민 역할은 걱정하지 않아도 될 것 같아.'

환상 속 영상에서 연기하는 박준호를 보며 태수는 저도 모르게 미소를 머금었다.

영상 속에서 연기하는 박준호는 지금보다도 훨씬 발전된 연기를 펼쳤다. 집에 가서 혼자 피나는 연습을 해야만 가능한 확연한 변화였다.

박준호는 불과 이틀 사이에 완전히 다른 배우가 되어 있었다. 전문 배우에 견주어도 크게 모자라지 않을 정도.

앞으로 어떻게 될지 모르지만 좋은 감독과 작품을 만난다면 몇 년 안에 대중에게 이름을 알릴 수 있는 배우가 될 것 같았다.

태수는 박준호라는 가능성 있는 신인 배우를 발견했다는 짜릿한 흥분을 경험했다.

역시 문제는 지선 역할의 조인영.

일단 조인영 섭외 건은 미경에게 맡기기로 하고 소품과 의상을 체크했다.

지선이 입을 하늘거리는 하얀색 원피스와 강풍기처럼 강한 바람을 일으킬 수 있는 선풍기가 필요했다.

의상과 분장은 정우와 민지 커플이 담당하기로 했다.

토요일은 주말임에도 불구하고 카메라 스태프인 연영과 2학년 김동수를 동아리방으로 불러서 함께 콘티를 짰다. 월요일이 크랭크인이라서 이틀밖에 시간적인 여유가 없었기 때문이다.

태수는 자신이 못 그리는 그림 실력으로 짠 콘티를 김동수한테 보여 줬다.

김동수는 태수가 나이가 많은데도 불구하고 처음부터 떨떠름한 표정으로 마지못해 영화 제작에 참여하는 것 같은 인상을 강하게 풍겼다.

스태프 중에서 감독과 가장 밀접하게 작업하는 스태프가 바로 카메라 감독이다. 카메라 감독은 감독이 생각하는 영상을 직접 카메라로 찍어서 보여 주는 사람이니까.

그런 카메라 감독과 호흡이 맞지 않으면 현장에서 여러 가지로 피곤하다. 더구나 이번처럼 하루라는 촉박한 촬영 기간을 생각하면 더더욱 불안 요소라고 할 수가 있다.

거의 '쫄라맨' 같은 그림으로 그린 콘티라서 김동수가 제대로 이해를 할지 걱정스러웠다. 콘티를 모두 확인한 김동수가 고개를 들더니 헛기침을 하며 물었다.

"이거 전부 감독님이 그린 거예요?"

직전까지 김동수는 한 번도 태수한테 감독님이라고 부르지 않았다. 그냥 '저기요'라고만 불렀을 뿐.

"예, 제가 그린 건데요."

뜻밖에도 김동수가 입꼬리를 올리며 말했다.

"연출력이 상당히 좋으시네요. 구도나 앵글도 좋고. 영화 연출 이번이 처음 하시는 거라고 들었는데, 이건 처음 연출하는 감독의 콘티가 아닌데요?"

"예, 연출은 처음이지만 현장 경험도 있고 상업 장편영화
의 시나리오도 썼어요."

태수는 어쩔 수 없이 〈모텔 파라다이스〉의 얘기를 반복되
는 레퍼토리처럼 해 줄 수밖에 없었다.

얘기를 들은 김동수의 반응이 확연하게 달라진 건 말할 필
요도 없었다.

모든 행동이 깍듯해지고 작업에 열의를 보였다.

"감독님, 앞으로 말씀 놓으시고 편하게 대하세요. 저보다
나이도 많으신데. 그리고 아니다 싶으면 언제든 바로 말씀해
주시고 많이 좀 가르쳐 주세요."

자신은 연영과 학생에 불과한데 태수는 이미 상업 영화에
서, 그것도 각본으로 크레딧에 이름을 올린 프로 작가라고
할 수 있다.

영화 시나리오로 데뷔한 작가들이 감독으로 데뷔하는 이
유는 시나리오 실력이 곧 연출력과 비례하기 때문이다.

김동수는 이번 작품에 참여한 것 자체가 행운이라는 생각
을 했다.

김동수와 세세하게 콘티를 짜고, 촬영이 하루 남은 다음
날인 일요일은 모든 멤버들이 학교 동아리실에 나와서 비상
대기를 했다. 그때까지도 조인영이 연락이 없었던 것이다.

마침내 멤버들 사이에서 불만이 터져 나오기 시작했다.

민지가 짜증스럽게 포문을 열었다.

"걔 진짜 이상한 애네. 자기가 시간이 안 되면 차라리 안 된다고 확실하게 말을 하든가. 우리가 자기보고 꼭 해 달라고 매달리는 것도 아니고."

소영도 노골적으로 불만을 드러냈다.

"난 솔직히 처음부터 조인영이 지선이 역할에 어울리지 않는다고 생각했어. 지선은 무척 조용하고 내성적인 성격의 캐릭터인데 조인영은 이목구비가 너무 또렷해서 인상이 세 보인단 말야."

용만 혼자서만 이번에도 조인영을 두둔했다.

"야, 너무 그러지 마라. 조인영이 지금 화보 촬영도 하고 영화도 출연하고, 우리가 모르는 스케줄이 또 있을 수도 있잖아. 걔 우리가 생각하는 것처럼 아마추어가 아니야. 나름 배우라고. 미래액터스 소속이잖아. 우리 영화에 나와 주는 것만으로도 대박 아니냐?"

이번엔 미경이 발끈했다. 학보사 기자라서 그런지 비판도 무척 신랄했다.

"선배가 조인영 매니저예요?"

미경이 동그란 안경 안에 눈을 동그랗게 뜨고 따지자 용만이 흠칫했다.

"전 용만 선배 말에 절대 동의할 수 없어요. 조인영이 B급 화보 촬영하고 영화에 단역으로 몇 번 얼굴 내밀었다고 해도

퇴마하는
톱스타

어차피 조인영 얼굴 아는 사람 없거든요. 그런 주제에 벌써부터 배우 흉내 내려고 하면 안 되죠. 진짜 잘나가는 톱 배우도 독립 영화에 출연하는데 절대 이런 식으로 행동하지는 않아요."

미경의 얘기를 듣는데 문득 장웅인 선배가 떠올랐다.

그런 대배우가 단역에 가까운 씬 하나 찍으려고 새벽바람을 맞고 나오는 모습을 떠올리면 조인영은 앞으로도 결코 좋은 배우가 될 것 같지는 않았다.

태수가 깊게 한숨을 내쉬었지만 기다리는 일 말고는 달리 할 수 있는 일이 없었다.

일요일 오후 4시가 넘어가자 소영이 자리를 박차고 일어났다.

"태수 형, 안되겠어요. 우리 배우 바꿔요. 조금 부족해도 지금 빨리 연영과에 부탁해서 다른 배우로 섭외하자고요. 이러다가 촬영 펑크 나겠어요. 다들 얼마나 어렵게 섭외했는데."

이런 때가 감독으로서 가장 힘든 순간이다.

더 늦기 전에 어떤 결정을 내려야 하는데, 감독 입장에서는 좋은 배우에 대한 욕심을 버리기가 쉽지 않다.

비록 인성이 좋지 않아도 연기만 잘한다면 어느 정도 참을 수가 있다. 적어도 미래액터스 같은 거대 기획사 소속이면 학생 연기자들하고는 분명히 다를 테니까.

그때 미경의 휴대폰이 울렸다.

"어? 잠시만요. 조인영이에요."

다들 숨을 죽이고 미경의 대화를 지켜봤다.

"여보세요?"

－저 조인영인데요.

미경이 사무적으로 딱딱하게 대답했다.

"네, 말씀하세요."

태수가 좀 부드럽게 대하라고 눈짓을 했지만 미경은 별로 듣고 싶은 눈치가 아니었다.

조인영이 사과 한마디 없이 다짜고짜 말했다.

－내일 촬영이죠? 전 어디로, 어떻게 가면 되죠?

미경이 기분이 상한 얼굴로 휴대폰 수화기를 막고 물었다.

"어떡해요? 이렇게 늦게 전화해 놓고 미안하단 사과 한마디도 없네요. 인성이 너무 쓰레기 아니에요?"

태수가 혹시 들을 수도 있다고 인상을 쓰며 눈짓을 했다. 태수 입장에서는 어떻게든 내일 하루만 잘 촬영을 해야겠다는 생각뿐이었으니까.

정우가 물었다.

"그래서 대체 지금 뭐라고 하는 거야?"

"내일 어디로 어떻게 가면 되냐고."

태수가 생각해도 정말 싹수가 없다는 생각이 들었다.

'어차피 이번 작품만 하고 끝낼 거니까.'

일단 태수는 펑크가 나지 않은 것만도 다행스러웠다.

"내가 내일 카니발 가지고 올 테니까, 그거 같이 타고 가면 된다고 해."

그 틈에 용만이 얼른 끼어들어서 물었다.

"어? 형 차 샀어요?"

태수가 고개를 끄덕이자 용만이 주먹을 불끈 쥐고 입모양으로 환호성을 질렀다.

미경이 조인영에게 태수의 말을 전했다.

조인영이 뿌루퉁하게 물었다.

-그럼 카니발에 몇 명이 타고 가는 거예요?

미경이 성질을 죽이려는 듯 한숨을 내쉬며 대답했다.

"스태프들이랑 다 같이 타고 가겠죠. 촬영 장소가 고덕동이라서 별로 멀지 않아요."

-스태프들이랑 다 같이 간다고요? 음…… 전 택시 타고 따로 가면 안 될까요?

"예에?"

미경이 주먹을 들어서 휴대폰에 대고 때리는 시늉을 했다. 다른 멤버들은 이유를 몰라서 다들 고개를 갸웃했고.

-아니, 제가 월요일에 소속사에 들러야 할 일이 있어서 그쪽에서 가려면 같이 못 갈 것 같거든요.

"무슨 새벽부터 소속사를 들러요?"

-그것까지 제가 해명해야 하나요?

태수는 무슨 일인지 모르지만 미경에게 일단 진정하라는 사인을 계속 보냈다.

조인영이 기분 나쁜 듯 말했다.

－제가 택시 타고 가면 택시비는 지원해 주나요? 저 솔직히 말하면 스케줄 때문에 시간 없는데, 연영과 학과장님인 박대식 교수님이 도와주라고 부탁해서 출연하는 거거든요?

미경이 한숨을 푹 내쉬고는 태수에게 조인영의 얘기를 그대로 전했다.

그 얘기를 들은 나머지 멤버들의 표정이 못마땅했다.

태수가 미경을 달래듯 말했다.

"그렇게 해 준다고 해."

＊

월요일 아침.

성민 역할을 맡은 박준호는 가장 먼저 동아리방 앞에 나와서 미스터리클럽 회원들을 오히려 맞이해 줬다.

태수가 번쩍거리는 검정색 카니발을 끌고 오자 클럽 회원들이 환호성을 질렀다.

장비는 지붕에 싣고 모든 멤버들이 다 타고도 자리 하나가 남았다.

조인영이 왔다면 그 자리에 앉을 수 있었을 텐데.

고덕동 소영의 집 앞에 장비들을 내리고는 아침 8시부터 촬영을 시작했다.

씬은 총 11씬.

10분 내외의 러닝타임. 장소 이동이 거의 없는 데다 등장인물들도 적어서 씬의 수가 적었다.

어젯밤 조인영이 아침에 조금 늦는다고 미경에게 전화를 해서 구급차에 지선이 실려 가는 4씬을 먼저 촬영하기로 급하게 스케줄을 변경했다.

구급차는 용만이 동네에 있는 영상 전문 병원에 부탁해서 병원하고 계약을 맺고 일하는 구급차와 구급대원을 총 20만 원에 섭외했다.

대신 어떻게든 1시간 안에 촬영을 끝내 주는 조건.

이번 씬에 등장하는 인물은 모두 넷.

지선의 집에서 시트에 싸인 시신을 들것에 들고 나오는 구급대원 두 명.

그 둘은 배우가 아니라 실제 구급대원이라서 딱히 연기라고 할 것도 없었다.

다음으로 시트에 싸인 지선의 시신에 매달려서 오열하는 지선의 엄마 역할은 단역 출연료를 주고 배우 매니지먼트에서 40대 여자 배우를 섭외했다.

카메라의 위치가 성민의 방에서 원거리로 잡히기 때문에 대단한 연기력을 요하는 역할은 아니었다.

시트에 쌓여서 들것에 실려 나가는 지선의 대역은 체형이 비슷한 소영이 맡았다.

아무리 빨리 찍는다고 찍었지만 촬영 시간이 생각보다 오래 걸렸다.

4씬의 촬영이 거의 끝났을 즈음 택시가 멈추더니 그 안에서 조인영이 내렸다.

성민의 방 안에 있는 태수한테도 조인영이 밖에 있는 스태프들에게 묻는 소리가 들렸다.

"연출하는 분은 어디 계세요?"

감독이라고 부르지도 않고 연출하는 분이라고 부르는 소리가 귀에 거슬렸다.

옆에 있던 박준호가 민망한지 태수에게 말했다.

"인영이가 학과에서도 좀 까칠한 편이라서요."

"상관없어, 연기만 잘하면."

맞는 말이었다. 물론 인성까지 좋으면 더할 나위 없겠지만 배우가 연기를 잘한다면 그 정도는 눈감아 줄 수 있다. 단, 반드시 연기를 잘해야만 한다.

조인영이 태수를 보고는 까딱 고개를 숙였다.

"연출 맡으신 분이세요?"

"네, 안녕하세요. 장태수라고 합니다."

영상으로 볼 때보다 실제로 보니 이목구비가 훨씬 더 또렷해서 인형을 보는 것 같았다. 얼굴은 주먹만 하고.

덩치 큰 용만이 왜 그토록 흥분하며 좋아했는지도 이해가 갔다. 마찬가지로 소영이 왜 지선 역할에 조인영이 어울리지 않는다고 했는지도 알 수가 있었다.

'골치 아프네. 캐릭터하고 맞지를 않아.'

지선은 투명한 수채화 같은 캐릭터인데 조인영은 모든 게 도드라지는 얼굴이었다.

"자, 조인영 씨, 시나리오는 잘 숙지하고 왔나요?"

조인영이 대수롭지 않은 듯 대답했다.

"숙지할 만한 게 별로 없던데요. 대사도 거의 없고. 그냥 바로 연기하면 되잖아요."

그 순간 등골이 싸해지며 불길한 예감이 엄습했다.

'지금 말하는 것만 봐서는 시나리오는 물론이고 캐릭터 분석도 거의 안 했다는 얘긴데?'

지선 역할은 겉으로 보는 것과 다르게 무척 입체적인 캐릭터다. 시나리오와 캐릭터 분석을 제대로 하지 않으면 전혀 감을 못 잡을 수도 있다.

거기에 조인영이 제대로 고춧가루를 뿌렸다.

"오늘은 저녁 8시까지밖에 시간이 안 되니까 참고해 주셨으면 해요."

"아니, 오늘 분명히 밤씬 촬영 있다고 했지 않습니까?"

"얘기는 들었는데 소속사 스케줄이 생겨서 어쩔 수가 없어요. 죄송해요."

순간 머릿속이 하얗게 변했다. 지선이 귀신이 되어 등장하는 씬들은 전부 밤씬으로, 최소한 자정까지는 촬영을 해야만 예정된 분량을 모두 찍을 수가 있는데.

소영과 미경의 얘기를 들을 걸 그랬다는 후회가 밀려들었다. 왠지 연기력도 믿기 어려울 것 같은 예감이 강하게 들기 시작했다.

조인영한테서는 벌써 특급 스타라도 된 것 같은 온갖 허세와 거대 연예 기획사 소속 배우라는 오만이 몸에서 풍겨 나왔다.

'정말 미운 짓만 골라 가며 하네. 그래, 미래액터스 소속이라고 하니까 연기를 얼마나 잘하나 확인이나 해 보자.'

장소 이동이 거의 없기 때문에 촬영은 1씬부터 시간대별로 순차적으로 진행하기로 했다.

용만이 플레이트를 카메라 앞에 대고 소리쳤다.

"슛 들어갑니다!"

"카메라 롤! 씬 1-1."

"스탠바이…… 레디…… 액션!"

씬1의 장소는 성민의 방이다.

성민이 낮에 자신의 방에 누워 멍하니 허공을 바라보는 장면.

박준호는 충분한 리허설과 태수에게 연기 트레이닝을 받은 덕에 NG 없이 한 번에 오케이 사인을 받아 냈다.

다음엔 누워 있던 성민이 벌떡 일어나 창가로 가서 밖을 내다보는 장면.

카메라가 성민의 어깨 너머로 창밖 지선이 걸어가는 모습을 찍는 오버숄더 샷이다. 조인영이 지정된 위치에 대기해서 있고.

"카메라 롤! 씬 1-3."

"액션!"

성민이 창밖으로 걸어오는 지선을 바라보고 있다.

조인영이 터덜터덜 길을 걸어와서 자신의 집으로 들어갔다.

"컷, NG!"

NG라는 소리에 집으로 들어갔던 조인영이 밖으로 나오는데 인상을 썼다. 마치 이런 원거리 샷에서 무슨 NG냐고 항의라도 하는 것 같은 표정.

태수가 방에서 밖으로 달려 나갔다.

"조인영 씨, 지금 걸어오는 모습이 지선의 캐릭터하고 전혀 맞지가 않아요."

태수가 인상을 잔뜩 찌푸리고 있는 조인영에게 다가가서 설명했다.

"시나리오를 읽어 보면 알겠지만 이 영화의 톤이 굉장히 정적이에요. 당연히 지선이 캐릭터도 조용한 편이고. 그러니까 걸음을 걸을 때도 지금처럼 터벅터벅 걷는 것보다는 뭔가 딴생각하면서 걸음을 내딛는다는 느낌이 강했으면 좋겠어요."

조인영이 눈을 똑바로 뜨고 물었다.

"아니, 밖에서 지쳐서 집에 돌아오는데 터벅터벅 걷는 게 맞는 거 아닌가요? 그리고 터벅터벅 걷는 것이나 딴생각하면서 걷는 것이나 무슨 차이가 있어요?"

아무리 만만한 감독이라도 배우가 이런 식으로 따지고 드는 경우는 흔치 않다. 아마도 태수를 감독이 아닌 학생으로 보는 모양.

더 나아가 자신은 단역이라도 영화에 출연하는 배우라는 티를 내고 싶은 것.

태수가 재차 설명했다.

"둘은 엄연히 다르죠. 뭔가 생각에 빠진 듯 혹은 넋이 나간 것처럼 그렇게 걷는 걸 말하는 거예요. 다시 말하지만 이 영화의 전체적인 톤이 그래요. 뭔가 도드라지기보다는 조용하고 정적인……."

"알았어요."

태수의 말이 끝나기도 전에 조인영이 짜증스럽게 말을 끊었다.

순간 태수도 욱하고 짜증이 올라와 한마디 하려다가 자칫하면 촬영 자체가 엎어질 것 같아 가까스로 입을 다물었다.

"아무튼 최대한 정적인 느낌으로 갔으면 합니다."

다시 연기에 돌입한 조인영은 이전보다는 나아졌지만 크게 달라지진 않았다. 두 번의 NG를 더 낸 후에 시간에 쫓겨 어쩔 수 없이 오케이 사인을 냈다.

　조인영이 저녁 8시까지만 시간이 된다고 엄포까지 놓았기에 태수 입장에선 마음이 급할 수밖에 없었다.

　구급차와 씬1의 분량만 찍었는데 시간이 훌쩍 지나서 점심시간.

　미경이 근처 패스트푸드점에서 사 온 햄버거와 콜라로 점심을 때웠다.

　앞으로 남은 촬영 분량에 대한 걱정과 짜증이 밀려오기 시작했다. 딱 한 씬을 찍었지만 조인영이 연기의 기본조차 모른다는 걸 확인했기 때문이다.

　'미래액터스는 대체 무슨 생각으로 저런 배우를 데리고 있는 거야?'

　하지만 다음 순간 태수는 이내 고개를 흔들며 입술을 깨물었다.

　소속사가 미래액터스라는 말만 듣고 주연배우를 보지도 않고 결정한 건 바로 자신이 아니던가. 모두가 즐거워야 할 작업이 자신으로 인해 짜증스러운 일로 변했다.

　무엇보다 영화를 망치게 생겼다.

　장웅인 선배를 보고서도 가장 기본적인 실수를 하다니.

　진정한 배우는 이름값이 아니라 관객을 감동시키기 위한

단 한 장면을 위해 최선을 다한다는 것을. 게다가 그런 배우라면 인성이 삐뚤어질 리가 있겠는가.

박준호만 봐도 알 수가 있지 않나.

조인영이 처음부터 예의에 어긋나는 행동을 할 때 즉시 교체를 했어야만 한다. 소속사의 이름만 믿고 우유부단하게 결단을 내리지 못한 자신의 잘못된 판단에 화가 치밀었다.

그나마 다행이라면 이런 경험을 통해 앞으로 다시는 같은 실수를 반복하지 않을 예방주사를 맞았다는 점이다.

어쨌든 남은 씬들을 생각하면 첩첩산중.

지선이 죽기 이전의 씬들은 그나마 나은 편. 지선이 자살한 이후에는 지선이 영혼이 되는데, 영혼의 공허한 표정과 눈빛 연기를 조인영이 과연 해낼 수 있을 것인가.

그나마 박준호가 있어서 현장의 분위기가 살았다.

박준호의 경우엔 오케이 사인이 난 테이크도 오히려 열의를 보였다.

"감독님, 이번 테이크에서 성민이 지선일 그리워하며 우는 장면에서 살짝 오버하지 않았나요? 그 테이크 한 번만 더 가면 안 될까요?"

성민이 건너편 지선의 집을 바라보며 저도 모르게 눈물을 흘리는 씬으로 섬세한 감정 표현이 필요한 장면. 이전 테이크에서도 충분히 괜찮았다고 생각했는데 박준호가 더 욕심을 낸 것이다.

퇴마하는 톱스타

섬세한 눈물 연기라서 다시 감정을 잡기가 쉽지 않은 테이크인데, 배우가 먼저 저렇게 욕심을 내 주면 마다할 감독이 없다.

연기라는 게 답이 정해져 있는 게 아니라서 다양한 연기 장면이 있으면 감독으로서는 그만큼 선택지가 넓어지는 셈이니까.

슛이 들어가자 박준호는 창가에 턱을 괴고 건너편 지선의 집을 가만히 바라봤다.

처음엔 넋이 나간 것처럼 멍하니 바라보던 박준호의 눈빛이 살짝 흔들리는가 싶더니 동공에 살짝 묻어났다. 지선에 대한 성민의 그리움이 절제된 연기로 섬세하게 표현되는 장면.

태수는 모니터용 화면을 보며 속으로 중얼거렸다.

'잘하고 있어. 동공에 물기가 맺혀만 있어야 해. 눈물을 흘리면 오히려 절제된 감정이 깨져.'

그런 태수의 바람을 전해 들은 것처럼 박준호는 마지막까지 동공에 눈물을 담고만 있을 뿐 눈물을 흘리지는 않았다.

"컷. 오케이."

컷 소리와 함께 비로소 주르륵 뺨을 타고 흐르는 눈물.

박준호의 연기는 매순간 놀라운 변화를 보여 줬다. 연기가 좋아지다 보니 본인도 점점 재미가 있고 더더욱 열의를 보이는 것이다.

그야말로 태수가 그려 준 바탕 그림 위에 박준호가 자신만의 노력으로 섬세한 색을 입혀 가고 있었다.

　그사이 날이 어두워졌고 정말 중요한 밤씬을 찍을 시간이
왔다.

　조인영이 8시에는 가야 한다고 하니 모든 스태프들이 저
녁까지 굶고 촬영에 임해야 하는 상황.

　태수의 휴대폰에 카톡이 울렸다.

　카톡.

　뜻밖에도 손예지였다.

　　예지 : 너 오늘 첫 촬영이라며? 밥은 잘 먹고 찍는 거야?
　　태수 : 말도 마세요, 누나. 감독 신고식 제대로 하고 있어요.
　　　　　여주인공으로 캐스팅한 배우가 연예인병에 걸렸는지
　　　　　갑질이 장난 아니에요.
　　예지 : 어휴, 캐스팅은 감독 책임이야. 배우 보는 눈이 없었
　　　　　다는 거지. 데뷔하는 신인 감독들이 흔히 하는 실수긴
　　　　　하지만 그것도 소중한 경험이야.
　　태수 : 그렇잖아도 그렇게 마음먹고 있어요.
　　예지 : 딱 보니까 저녁도 못 먹었겠구나. 현장 분위기도 최악
　　　　　이고.

　손예지는 이미 이곳 상황이 어떤지 눈에 훤히 보이는 모
양.

태수 : 저녁 먹을 분위기가 아니에요.

예지 : 그런 때일수록 먹을 게 들어가야 분위기가 사는 거야.
스태프들 모두 몇 명이야? 한 일곱 명 되니? 배우는
남녀 주인공 두 명이라고 했으니까, 10인분 생각하면
되겠네? 내가 피자 쏠 테니까 주소나 쩍어 보내.

손예지는 그야말로 이곳 상황을 훤히 꿰뚫으며 시원시원
하게 톡을 보냈다.

태수 : 헉, 누나 안 그러셔도 되는데.

예지 : 내가 너 감독 데뷔하느라 생고생하는데 모른 척할 수
는 없잖아. 밥이라도 잘 사 줘야지^^

태수 : 정말 고마워요, 누나.

이곳 주소를 찍어 보내고 카톡을 끊었다.

대한민국 최고의 배우한테 응원을 받으면서 연기의 기본
조차 모르는 듣보잡 배우한테 갑질을 당하려니 참 어이가 없
었다.

지금부터 찍는 씬들은 정말 섬세한 연기가 필요한 중요한
장면들.

민지와 소영이 조인영에게 하얀색 하늘거리는 원피스를
갈아입혔고 정우는 바람을 대신할 선풍기를 준비해서 대기

했다.

5씬에서 눈물을 머금고 건너편 지선의 방을 바라보던 박
준호의 섬세한 연기에 이어지는 단독 샷.

성민이 적막한 어둠 속에서 넋이 나간 사람처럼 누워서 천
장을 올려다보는 씬이다. 이 장면이 박준호에겐 가장 어려운
연기라고 할 수 있다.

태수의 걱정과 달리 텅 빈 것 같은 공허한 성민의 눈빛을
박준호는 거의 완벽할 정도로 표현해 냈다.

그리고 다음 장면.

상민이 누워 있는 어둠 속에서 휴대폰 불빛이 들어오며 카
톡이 울린다.

카톡.

성민이 손을 더듬어 바닥에 놓여 있던 휴대폰을 들고 본
다.

카톡의 내용은 다음과 같다.

　안녕하세요. 저는 당신의 앞집에 사는 여자입니다.

성민이 벌떡 일어나서 휴대폰을 보다가 답장을 했다.

　성민 : 장난치지 말아요. 누구시죠?
　??? : 저는…… 민지선이라고 해요.

휴대폰을 보는 성민의 온몸에 소름이 돋는다.

죽은 지선한테서 카톡이 오다니.

게다가 살아 있을 때의 지선은 자신을 알지도 못했는데.

그때 다시 뜨는 카톡 메시지.

　지금 제 방에서 당신의 모습이 보여요.

순간 성민의 표정이 굳고 휴대폰을 들고 있는 손이 파르르
떨린다.

성민이 두려운 듯 조심스럽게 창밖으로 고개를 돌려 밖을
내다본다.

건너편 지선의 방은 여전히 칠흑 같은 어둠에 잠겨 있다.

박준호가 컴컴한 지선의 방을 보면서 카톡을 보냈다.

　누군지 모르겠지만 계속 이런 식으로 장난을 치면⋯⋯

그때 건너편 컴컴하던 지선의 방에 휴대폰 불빛이 켜진다.

마치 자신이 보낸 카톡이 그쪽 휴대폰으로 전달된 것처럼.

"헉."

놀란 성민이 흐릿한 어둠에 잠겨 있는 지선의 방을 뚫어지
게 바라본다.

그 어둠 속에서 뭔가 움직이는 것 같은 느낌이 드는 건 자

신의 착각일까?

그때 어둠 속에서 스윽 나타나는 하얀 형체.

긴 생머리와 하얀 원피스가 바람에 천천히 일렁이고 있다. 긴 머리를 풀어 헤친 지선의 영혼이 어둠 속에서 흐릿하게 모습을 드러낸다.

정우가 선풍기를 틀어서 지선의 머리와 원피스가 휘날리 도록 효과를 줬다.

다들 숨을 죽이고 그 긴장의 순간을 지켜봤다.

"컷, 오케이."

조인영의 눈빛 연기가 마음에 들진 않았지만 원거리 샷이 라서 일단 그냥 넘어갔다.

이어서 성민과 지선의 영혼이 마주 보며 카톡을 주고받는 장면이 이어졌다.

죽은 지선의 영혼이 창가에서 가만히 성민을 마주 보고 성 민의 휴대폰으로 카톡을 보내는 장면이다.

물론 지선의 영혼이 직접 카톡을 보내진 않는다.

영혼의 염력이 카톡을 보낸다는 설정.

오래전부터 당신이 절 지켜보고 있다는 걸 알고 있어요. 저도 당신이 너무나 보고 싶어요.

카톡에 몸을 사시나무처럼 떠는 성민. 그럼에도 길 건너 지선의 영혼에서 눈을 떼지 못한다.

완전히 성민의 캐릭터에 몰입한 박준호가 두려움과 전율에 몸을 떨며 카톡을 보낸다.

성민 : 당신은…… 죽었잖아요.

지선 : 중요한 건 우리가 서로 연결되어 있다는 거예요.

성민 : 나한테…… 원하는 게 뭡니까?

지선 : ……만나고 싶어요. 하지만 난…… 내 방을 나갈 수가
없어요.

성민이 초조하게 어두컴컴한 방 안을 오가다가 다시 카톡을 보낸다.

성민 : 그럼 내가 그쪽으로 가면 당신을 만날 수가 있나요?

지선 : 네. 이곳에 오면…… 우리가 만날 수 있어요.

성민이 건너편 어둠 속에 묻혀 있는 지선의 영혼을 노려보다가 결심한 듯 카톡을 보낸다.

알았어요. 지금 그리로 가겠어요.

태수가 외쳤다.

"컷, 오케이!"

다음엔 박준호가 집을 나서서 지선의 집으로 들어가는 6씬.

박준호는 자신의 집을 나서지만 지선의 집 앞에서 서성이며 선뜻 안으로 들어가질 못한다.

조금 전에 창문가에 서 있던 지선의 영혼이 지금은 보이질 않는다.

박준호가 조심스럽게 지선의 집 대문을 열면 삐걱하는 소리와 함께 문이 열린다.

박준호가 떨리는 호흡을 내뱉으며 집 안으로 들어간다.

"컷, 오케이! 다음 8씬!"

촬영이 빠른 속도로 진행됐다.

카메라와 스태프들이 우르르 지선의 방으로 들어갔다.

민지가 하늘거리는 하얀색 원피스를 입고 앉아 있는 조인영의 얼굴에 하얗게 분칠을 하고 있는 중이었다. 영혼처럼 보여야만 하니까.

마침내 태수가 걱정하던 조인영의 리커버리 씬이다.

"카메라 롤! 씬 8-1."

"레디…… 액션!"

마침내 성민이 지선의 집 방문을 천천히 연다.

방 한가운데 서서 성민을 맞이하는 지선의 영혼.

처음으로 눈앞에서 둘이 마주 보는 씬이다.

눈앞에서 지선의 영혼을 마주 바라본 성민은 믿어지지 않는다는 듯 놀람과 두려움이 동시에 떠오른 표정으로 대사를 했다.

"말도 안 돼. 어떻게 이럴 수가?"

지켜보던 태수가 소리쳤다.

"컷, NG!"

박준호는 자신이 낸 NG인 줄 알고 곧바로 고개를 숙였다.

"죄송합니다, 다시 가겠습니다."

태수가 말했다.

"준호 네가 아니라 조인영 씨야."

태수가 조인영을 돌아보고 말했다.

"조인영 씨, 지선이는 영혼이에요. 그리고 성민을 방까지 끌어들인 이유가 있잖아요. 근데 지금 조인영 씨 눈빛에서는 그런 감정을 전혀 느낄 수가 없어요."

조인영이 한숨을 내쉬며 말했다.

"후우, 어차피 실내가 어두워서 그런 눈빛이 잘 드러나지도 않거든요?"

"아뇨, 어둡기 때문에 그 눈빛이 더 잘 드러나는 거예요. 관객들은 흐릿한 어둠 속에서 지선의 눈빛만 볼 거라고요."

조인영이 머리카락을 넘기며 짜증스럽게 말했다.

"미치겠네, 정말. 어쩌라는 거야?"

옆에서 지켜보던 소영이 결국 폭발했다.

"조인영 씨, 지금 뭐 하는 거예요? 당신 지금 연기하러 온 거예요, 갑질하러 온 거예요?"

"참나, 내가 여기 놀러 온 줄 알아요? 없는 시간 빼서……."

태수도 더 이상 참지 못하고 감정이 폭발했다.

설혹 여건이 돼서 이 영화를 마무리할 수 있다고 해도 영화를 볼 때마다 조인영의 얼굴이 나올 텐데, 그렇게 되면 자신부터 이 영화를 보지 않을 것 같았다.

"필요 없으니까 그냥 가요. 연기는 못하면 바로잡을 수 있지만 삐뚤어진 인성은 절대 쉽게 고쳐지지 않죠. 만약 조인영 씨가 처음부터 스케줄 때문에 어렵다고 했으면, 우린 다른 배우를 캐스팅했을 겁니다. 근데 조인영 씨가 마지막까지 가능성을 남겨 두며 마치 할 것처럼 굴었잖아요. 우리가 다른 선택을 못 하도록. 근데 이제 와서 우리를 도와준다는 듯 말하니까 진짜 어이가 없네요."

"아니, 저는 스케줄을 빼기가 어려운데도 어떻게든 도와주려고……."

"이게 도와주는 겁니까? 단역으로 출연한다는 그 영화 현장에서도 감독의 지시에 지금 했던 것처럼 대들었어요? 그 영화 현장에도 시나리오 분석조차 하지 않고 갑니까? 아마 그렇지 않을 거예요. 짧은 한 줄의 지문을 밤새도록 읽고 또 읽고 갔을 겁니다. 현장에서 만나는 제작부 막내 스태프한테도 폴더 인사를 했을 테고."

태수의 말에 조인영의 눈빛이 흔들렸고 낯빛이 허옇게 변했다.

"아무리 학생들이 만드는 영화라고 해도 이 영화는 조인영 씨가 주연을 맡은 영화예요. 당신은 연기가 하고 싶은 게 아니라 배우의 화려함만 갖고 싶은 겁니다. 배우는……."

태수는 울컥하는 감정이 올라와서 더 이상 말을 잇기가 어려웠다.

"아무튼 나는 이 영화에 더 이상 조인영 씨를 출연시키고 싶지 않습니다. 그만 가셔도 됩니다."

조인영은 차분하게 자신의 잘못을 지적하는 태수의 한마디 한마디를 듣고 있으려니 저도 모르게 얼굴이 달아올랐다.

고개를 돌려 보자 모든 스태프들이 적대적인 눈빛으로 자신을 노려보고 있었다.

아마도 태수가 버럭 화를 내거나 소리를 질렀다면 이런 감정을 느낄 수는 없었을 것이다.

그저 영화를 좋아하는 문창과 학생 정도로만 생각했는데 뭔가 싸한 느낌이 밀려들었다.

"잠깐 쉬었다가 제작 회의 하죠."

태수가 그대로 밖으로 나가자 안타깝게 지켜보던 김동수가 조인영을 따로 불렀다.

"야, 작작 좀 해라. 내가 봐도 이건 아니다."

조인영은 여전히 자신의 변명을 쏟아 냈다.

"내가 뭐 어쨌는데? 이거 촬영한다고 내 커리어에 도움 되는 것도 아냐. 학과장님이 도와주라고 말하지 않았으면…….."

"너…… 저 감독님이 어떤 분인지 알아?"

"어떤…… 분이라니? 이 영화 문창과 동아리에서 만드는 영화라며?"

"그건 맞는데 저 감독님이 이번에 손예지가 주연하는 공포 영화 〈모텔 파라다이스〉 각본 쓰신 장태수 작가님이야. 까불려면 좀 알고 까불어."

순간 조인영의 표정이 변했다.

"방금…… 뭐라고 했어? 감독님이 그냥 학생이 아니라 데뷔 작가님이라고?"

"그래, 이제 알겠냐?"

순간 조인영의 동공이 밖으로 튀어나올 것처럼 커졌다.

"그런 얘기를 왜 이제 해? 나 이제 어떡해? 나중에 다른 감독님들 만나서 내 얘기하는 거 아닐까?"

김동수가 어이가 없다는 듯 혀를 찼다.

"넌 정말 답 없다. 감독님이 뭔 시간이 남아돌아서 네 얘기를 하고 있겠냐? 그리고 다른 감독님한테 네 얘기한다고 네가 누군지나 알겠냐? 준호는 며칠 사이에 완전 다른 사람 됐어. 장 감독님한테 연기 지도 받고 나서 연기에 완전히 눈을 떴다고. 내가 봐도 놀랍더라."

조인영의 표정이 허옇게 변했다.

"어떡해? 지금이라도 감독님한테 가서 사과하고 잘못했다고 빌면 용서해 주실까?"

김동수가 어이가 없다는 듯 말했다.

"이제야 감독님이라는 소리가 나오냐?"

조인영이 초조하게 주변을 두리번거리며 말했다.

"아, 어떡해? 감독님 어디 계시지? 감독님……."

밖으로 나온 태수가 분노를 삭이고는 송현주에게 전화를 걸었다.

사실 처음 시나리오를 쓸 때부터 지선 역할에는 계속 송현주가 떠올랐지만 부탁을 할 수가 없었다.

아무리 친한 동생이라도 드라마의 조연으로 한창 얼굴을 알리고 있는 배우한테 학생 영화에 출연해 달라고 부탁하는 것 자체가 너무 실례이고 미안한 일이었기 때문이다.

태수가 답답한 마음을 억누르며 기다리는데 휴대폰 너머에서 마치 반기는 것처럼 송현주의 밝은 목소리가 들려왔다.

ㅡ여보세요. 오빠, 웬일이에요?

처음부터 지선 역할은 송현주를 염두에 두고 썼기 때문에 시나리오 쓰고 제일 먼저 보내서 의견을 물은 것도 송현주였다.

송현주는 시나리오를 읽고 지선의 캐릭터를 정확하게 분석했다.

원래부터 연기에 재능이 있었지만 드라마에서 좋은 배우, 감독, 작가 들과 함께 일을 하다 보니 대본을 보는 눈이 한층 발전한 것 같았다.

─오빠가 웬일이에요? 오늘 영화 촬영한다고 하지 않았어요?

"어, 맞아. 지금 여기 고덕동 촬영 현장이야. 근데 넌 지금 어디야?"

─둔촌동이요. 왜요?

"지금 드라마 촬영 중이야?"

─네.

순간 맥이 쭉 빠졌다.

"그럼 안 되겠네."

─무슨 일인데요?

태수가 현재 상황을 간단하게 송현주에게 설명했다. 얘기를 들은 송현주도 열이 받는지 식식거리며 욕을 했다.

─어디서 굴러먹던 개뼉다귀야? 조인영은 이름도 못 들어 봤구먼. 배우가 어디서 감히 감독한테 갑질이야? 걔는 오빠가 누군지 몰라요?

"응, 어쩌다 보니까 얘기를 못 했어. 지금 와서 나 이런 사람이니까 말 좀 들어 달라고 할 수도 없는 노릇이고."

─어휴, 답답해. 말을 했어야죠. 그런 애들은 현직에서 일하는 사람들한테는 깜빡 죽거든요.

"지금은 그것보다 연기가 더 문제야. 이건 말로 해서 해결될 상황이 아냐."

–그럼 어떡해요? 시나리오가 아깝잖아요. 난 너무 재미있게 읽었는데.

"후우, 할 수 없지 뭐. 여건 되는 대로 촬영해야지. 첫 영화부터 너무 욕심을 부렸나 봐. 촬영 잘해라. 그만 끊는다."

–잠깐만요, 오빠.

"왜?"

–저 지금 바로 갈게요. 고덕동이면 여기서 금방이네.

"무슨 소리야? 너 지금 촬영 중이라며?"

–사실은 이번 금요일에 찍을 씬인데 그날이 저희 엄마 생신이라서 오늘 미리 찍어 두려고 했던 거예요.

"야, 그럼 금요일에는 어떡하려고?"

–저녁에 늦게 내려가면 돼요.

"미쳤어? 어머니 생신인데……."

–그건 제가 알아서 할 테니까 현장 주소나 찍어서 보내 줘요. 지금 택시 타고 가면 15분이면 도착할 거예요.

"야, 송현주 너……."

–저 감독님한테 얘기할 테니까 바로 주소 보내요.

태수가 뭐라고 말할 틈도 없이 송현주가 전화를 끊었다.

송현주는 전라도 광주가 고향인데 일찌감치 서울에 혼자 올라와서 자취를 했다고 했다. 당연히 어머니의 생신이 특별

할 수밖에 없을 텐데 태수를 위해 배려를 해 준 것이다.

그런 송현주의 마음이 말로 표현할 수 없을 정도로 고마웠고 한편으로는 너무 미안해서 어떻게 해야 할지 모를 지경이었다.

"저기…… 감독님?"

태수가 돌아보니 뜻밖에도 조인영이 뒤에 와서 서 있었다. 게다가 조금 전에 잘못 들은 게 아니라면 감독님이라고 부른 듯.

"무슨 일이시죠?"

조인영이 양손을 모은 채 얼굴이 빨개져서 말했다.

"정말 죄송합니다, 감독님."

갑자기 조인영이 바닥에 무릎을 꿇더니 금방 눈물을 흘리며 말했다.

"흐흐흑, 용서해 주세요, 감독님. 정말 몰랐습니다. 전 감독님이 그냥 영화를 취미로 하는 복학생인 줄 알았어요. 감독님이 데뷔 작가님이신 줄은 꿈에도 몰랐습니다."

연기를 아예 못하는 줄 알았는데 지금 보니까 그건 아닌 모양.

조인영은 이전의 꼿꼿하고 차갑던 모습이 상상이 가지 않을 정도로 비굴하게 고개를 숙였다.

물론 지금의 행동이 연기가 아닌 진심일 수도 있겠지만 늦어도 한참 늦은 사과였다.

태수가 배우 미팅도 하지 않고 캐스팅을 한 건 거대 기획사에 소속되어 있으니 최소한 연기의 기본은 되어 있을 것이라는 믿음이 있었기 때문이다.

드림대학 연영과 학생들의 처참한 연기력은 작년에 영화 제작 과정을 옆에서 지켜보면서 지겹도록 경험을 했었기에.

게다가 무명 배우가 그런 갑질을 하리라곤 상상도 못 한 일이었다.

"감독님, 한 번만 용서해 주세요. 제가 오늘 밤을 새우더라도 남은 분량은 모두 촬영을 할게요. 감독님이 지시해 주시는 대로 열심히 배울게요."

태수가 난감하게 말했다.

"여기서 이러지 말고 일어나요."

태수의 말에 조인영이 일어나서 계속 고개를 조아렸다.

태수가 한숨을 내쉬며 말했다.

"미안하지만 이미 기차는 떠났어요."

"네?"

"조인영 씨 대신 지선 역할을 할 배우가 지금 이곳으로 오고 있다고요."

"네에?"

조인영의 얼굴이 허옇게 변했다.

조인영이 갑자기 태수의 팔을 잡고 매달리며 애원했다.

"감독님, 한 번만…… 한 번만 기회를 더 주세요. 저 정말 잘할게요. 그리고 어차피 다른 배우가 와도 이미 찍어 놓은 아침씬을 바꿀 수도 없잖아요."

"그건 조인영 씨가 걱정할 일이 아닙니다, 내가 알아서 할 일이지. 그리고 배우가 본인 적성에 맞는 일인지 진지하게 고민해 보길 바라요."

태수가 냉정하게 돌아서서 스태프들이 기다리는 현장으로 돌아가자 조인영이 얼굴을 감싸고 흐느꼈다.

현장으로 돌아가자 스태프들이 모두 걱정스러운 얼굴로 태수를 기다리고 있었다.

조인영이 하차하면 이번 영화를 접겠다는 뜻인지 모두 불안해하는 표정들.

용만이 조심스럽게 물었다.

"형, 어떡해? 이대로 접는 거야?"

"아니, 지선 역할을 맡을 새로운 배우가 지금 이리로 오고 있어."

"진짜?"

새로운 배우가 온다는 태수의 말에 다들 깜짝 놀라는 표정들.

미경이 눈을 반짝이며 물었다.

"누군데요? 혹시 연영과 학생이에요?"

"아니, 조금 있으면 도착할 테니까 조금만 기다려 봐. 그것보다 앞으로 어떻게 재촬영을 진행할지 회의부터 하자고."

소영이 물었다.

"배우가 바뀌면 아침에 찍은 분량은 어떻게 해요?"

"밤을 꼬박 새우고 내일 아침에 다시 촬영을 해야지. 준호 너 밤새우고 촬영해도 괜찮겠니?"

박준호가 군인처럼 씩씩하게 대답했다.

"저 체력 좋습니다. 그리고 세상 그 무엇도 연기보다 우선하는 건 없으니까 아무런 걱정 하지 않으셔도 됩니다."

조인영이 여전히 미련이 남는지 계속 훌쩍이며 태수가 스태프들과 함께 재촬영 계획을 짜는 모습을 물끄러미 바라봤다.

김동수가 그런 조인영을 불러서 말했다.

"여기 준호 연기한 것 좀 봐 봐."

김동수는 지금까지 박준호의 연기를 촬영한 영상들을 되돌려서 조인영에게 보여 줬다.

처음 준호가 동아리방에 와서 했던 어색한 연기부터 오늘 촬영장에서 한 명품 연기까지 순차적으로 비교해서 보여 줬다.

박준호의 연기를 지켜보던 조인영의 눈빛이 급격하게 흔들리기 시작했다.

급기야 오늘 촬영장에서 찍은 박준호의 영상를 보고는 눈물을 멈추질 못했다. 자신이 무슨 짓을 했는지 비로소 확실하게 깨달았던 것이다.

연영과에서 그나마 남학생 중에 연기를 한다는 박준호였지만 조인영은 그를 같은 배우로 생각하지 않았다. 박준호가 연기하는 모습을 여러 번 봤지만 단 한 번도 연기를 잘한다는 생각이 들지 않았던 것이다.

 촬영본에서도 동아리 방에서 했던 박준호의 연기는 자신이 알고 있던 것과 조금도 다르지 않았다.

 근데 이후에 촬영된 동영상에서 박준호의 연기는 팔색조처럼 변하기 시작했다.

 일취월장이라는 말도 부족할 만큼 그야말로 눈부신 진화를 거듭하는 모습을 눈으로 확인할 수 있었다.

 그리고 마지막으로 오늘 촬영분을 확인한 후에는 그야말로 벌어진 입을 다물 수가 없었다.

 '이게 정말 준호라고? 내가 알고 있던 그 준호라고?'

 영상 속 박준호의 연기는 현장에서 뛰는 이름 있는 배우들과 비교해도 크게 손색이 없을 정도로 뛰어났다.

 옆에 있던 김동수가 말했다.

 "감독님이 옆에 붙어서 일일이 개인 지도를 해 주시더라고. 준호는 정말 열심히 감독님 말을 잘 들었고. 준호는 이번 작품 이후로 인생이 완전히 바뀔 것 같아. 준호가 원래 마스크는 수려했잖아. 연기가 안돼서 주목을 못 받은 것뿐이지. 근데 이번에 완전히 날개를 단 셈이지."

 조인영이 양손으로 자신의 얼굴을 감싸 안았다. 그녀의 어깨가 급격하게 들썩이기 시작했다.

"나 어떡해…… 으흐흐흐흑……."

그때 승용차 한 대가 촬영 현장으로 미끄러져 들어왔다.

김동수가 고개를 돌리자 차 안에서 어디서 본 것 같은 여자가 내렸다.

"어? 저 여자 누구지? 분명히 아는 연기잔데?"

김동수의 말에 조인영이 눈물범벅이 된 얼굴을 번쩍 치켜들었다.

여자를 본 조인영이 저도 모르게 자리에서 벌떡 일어났다.

자신도 분명 어딘가에서 본 것 같은 익숙한 얼굴인데 생각이 나지 않았다.

'누구더라?'

태수가 여자를 향해 다가가며 말하는 소리가 들렸다.

"어서 와, 현주야."

조인영이 미간을 찌푸리며 중얼거렸다.

"현주? 송현주?"

그제야 여자가 누군지 기억이 났다. 요즘 〈최고의 사랑〉에서 감칠맛 나는 조연 연기로 한창 인기몰이를 하고 있는 배우다.

〈최고의 사랑〉은 조인영도 즐겨 보는 드라마다. 특히 송현주가 맡고 있는 톡톡 튀는 지희 역할은 조인영이 너무도 해 보고 싶은 캐릭터였다.

'근데 송현주가 이곳에 왜 나타났을까? 설마 날 대신해서 지선 역할을 맡으러? 말도 안 돼. 송현주 같은 배우가 이런 작은 영화에? 근데 만약 그게 사실이라면 장태수 감독님이 그 정도로 대단한 분이라는 거잖아.'

태수는 승용차에서 내리는 송현주를 맞이했다.

승용차에서 20대 후반쯤으로 보이는 남자가 함께 내리더니 인사했다.

"안녕하세요, 작가님."

태수가 얼떨결에 인사를 하며 남자가 내미는 명함을 받았다. 명함에는 'BA엔터테인먼트 실장 박인호'라고 적혀 있었다.

송현주가 말했다.

"제 매니저 오빠예요."

송현주에게 매니저가 있을 줄은 미처 생각을 하지 못했기에 태수가 당황하며 마주 인사를 했다.

"아, 예, 안녕하세요. 장태수라고 합니다."

박인호도 공손하게 인사를 했다.

"이렇게 뵙게 되어 영광입니다, 작가님. 현주한테 얘기 정말 많이 들었습니다. 〈모텔 파라다이스〉 시나리오 쓰시고 지금은 감독 데뷔 준비 중이시라고."

"아, 예, 이제 막 발걸음 떼는 초보 감독이에요, 하하."

기획사 입장에서 태수처럼 앞날이 기대되는 신인 감독은 어떻게든 가깝게 친해 두고 싶은 게 인지상정.

　　박인호가 은근하게 말했다.

　　"저희 대표님이 현주하고 같이 식사 한번 같이하자고 하시네요. 시간 한번 내 주시죠. 현주하고도 친하신 것 같은데."

　　태수는 갑자기 현주의 소속사 대표가 식사 약속을 청했다고 하자 얼떨떨한 기분이 들었다.

　　송현주가 박인호를 돌아보고 말했다.

　　"나중에 봐서 제가 얘기할게요."

　　박인호가 고개를 끄덕이고는 말했다.

　　"알았어. 나중에 연락해?"

　　"네. 가요, 오빠."

　　"그럼 작가님, 전 이만."

　　"아, 예."

　　박인호가 가고 나자 송현주가 말했다.

　　"매니저 오빠 신경 쓰지 말아요. 우리 대표님이 오빠한테 줄을 미리 대 놓아야겠다고 생각했나 봐."

　　"나한테 줄 대서 나올 게 없는데? 가만…… 너네 제작사 대표면 예전의 그 조폭 같던……?"

　　송현주가 고개를 끄덕이며 대답했다.

　　"맞아요. 그래서 오빠하고도 연결시켜 주고 싶지 않아요."

　　"그렇구나. 그나저나 너 매니저 생겼어?"

"참 나, 나 요즘 꽤 인기 있다니까? 인기 없으면 소속사에서 매니저 붙여 줬겠어요? 치이, 난 맨날 무명인 줄 알아."

송현주가 내심 섭섭한 얼굴로 말했다.

"오빠, 〈최고의 사랑〉 아직 한 번도 안 봤죠?"

"어, 그게……."

사실 태수는 그동안 영화 촬영 현장에서 살다시피 했고 집으로 돌아와서는 거의 정신을 차릴 수 없을 정도로 바쁜 나날을 보냈다.

덕분에 송현주가 나오는 드라마를 찾아볼 여유조차 없었다.

태수가 대답을 못 하고 머리를 긁적이자 송현주가 눈을 흘기면서 말했다.

"아무리 바빠도 그렇지, 우리 사이에 어떻게 그럴 수가 있어요? 도원결의까진 아니지만 옥상에서 야경 내려다보며 무명의 설움을 같이 곱씹은 동지 맞아요?"

"진짜 미안해. 변명 같지만 정말 여유가 없었어. 앞으론 진짜 열심히 챙겨 볼게."

"됐어요. 오빠 바쁜 거 알아."

"그나저나 너 정말 괜찮아? 어머니 생신인데."

"괜찮아요. 오빠도 저 많이 도와줬잖아요. 사실 지금 지희 역할도 오빠 아니었으면…… 얘기 안 해도 알죠? 내가 얼마나 고마워하는지. 저 의리 있는 여자라고요. 요즘 알아보는 사람도 얼마나 많은데?"

"그 정도로 인기 있어? 아무튼 정말 고맙다. 저쪽으로 가서 스태프들하고 인사부터 해."

태수가 스태프들이 있는 곳으로 송현주를 데려가서 인사를 시켰다.

"아까 얘기한 것처럼 지선 역할을 맡아 줄 송현주 씨야. 아직은 누군지 잘 모르겠지만 요즘 〈최고의 사랑〉에서……."

용만이 헤벌쭉 웃으며 말했다.

"형, 지금 무슨 소리 하는 거야? 송현주 씨를 왜 몰라?"

"어? 네가 현주를 안다고?"

그러자 거기 모인 모든 스태프들이 저마다 한마디씩 했다.

"형, 송현주 씨 요즘 인기 얼마나 많은데요?"

"와, 대박! 송현주 씨가 지선 역할을 한다고? 이거 실화야?"

"송현주 씨 나오면 이거 학생 영화 아닌데?"

태수가 얼떨떨한 표정으로 돌아보자 송현주가 눈짓을 하며 말했다.

"거봐요, 나 요즘 알아보는 사람 많다니까."

그때 뒤쪽에서 왁자지껄한 소리가 들려왔다.

"와, 〈최고의 사랑〉 지희다!"

"무슨 드라마 촬영하나 봐, 송현주 왔어."

"대박 예뻐!"

태수가 돌아보자 지나가던 여학생 대여섯 명이 서서 자기들끼리 키득거리고 있었다. 그중 한 학생이 송현주한테 다가와서 말했다.

"저기 사진 한 장만 찍어 주시면 안 돼요?"

"그래요, 찍어요."

송현주가 주저 없이 대답하자 지켜보던 여학생들이 우르르 달려와서 함께 포즈를 취했다.

여학생이 태수에게 휴대폰을 내밀며 말했다.

"죄송한데 사진 좀……."

"아, 예."

태수가 얼떨결에 휴대폰을 받아 들고는 말했다.

"자, 찍습니다. 하나…… 둘…… 셋!"

송현주가 활짝 웃으며 손을 브이 자로 그렸다.

찰칵.

송현주가 지선 역할을 맡는다는 소리에 조금 전까지 가라앉았던 현장의 분위기가 확 살아났다.

주변에 구경꾼들도 몰려들면서 진짜 메이저 영화나 드라마 현장 같은 분위기로 변했다.

스태프들은 더더욱 신이 난 표정들.

'촬영장에 얼굴 알려진 여배우가 나타나는 효과가 이렇게 클 줄이야.'

태수가 지금까지 촬영한 장면들을 송현주에게 보여 주며

앵글과 콘티에 대해 설명했다.

조인영의 연기를 본 송현주가 황당하다는 듯 말했다.

"정말 너무 심하다. 캐릭터에 대한 애정이 전혀 없는 것 같아."

"캐릭터가 아니라 연기에 대한 애정이 없는 거야."

태수의 말에 송현주가 다시 눈을 흘겼다.

"어떻게 그런 것도 확인 안 하고 주연배우를 캐스팅해요? 이런 시나리오 한 편 쓰려면 얼마나 힘든데."

"그러게 말야. 이번에 정말 좋은 경험 한 것 같아. 그나저나 미안하다. 사람들한테 얼굴 알려진 배우한테 이런 학생 영화에 출연해 달라고 해서."

"무슨 소리예요? 처음 이 시나리오 보고 내가 지선이 역할을 얼마나 하고 싶어 했는지 알아요? 근데 오빠가 아무 말도 없어서 솔직히 속으로 엄청 섭섭했다고요."

"야, 그건 오해야. 나 사실 이 시나리오 쓸 때 지선이 역할은 너 생각하면서 쓴 거야. 읽다 보면 너하고 말투나 느낌이 비슷하지 않아?"

"그게 정말이에요?"

태수를 바라보는 송현주의 눈이 금방 감동의 빛으로 물들었다.

"어쩐지 시나리오 읽는데 지선이한테 몰입이 너무 잘되는 거예요. 아…… 어쩐지. 나 어서 연기해 보고 싶어요. 요즘 지희의 가벼운 역할만 계속 했더니 이런 역할을 너무 해 보고 싶은 거야."

"전부 재촬영하려면 내일 아침까지 촬영해야 할 텐데 괜찮겠어?"

"그럼요. 내일은 촬영 스케줄도 없어서 하루 종일 괜찮아요."

태수는 송현주와 스태프들을 모아 놓고 함께 제작 회의를 했다.

박준호는 송현주가 자신의 파트너가 됐다는 사실이 믿기지 않는 듯 눈도 제대로 못 맞추고 수줍은 듯 얼굴을 붉혔다.

하긴 연영과 학생이 진짜 배우를 만났으니 부담이 될 법도 했다.

조인영은 여전히 촬영장에 남아 후회를 곱씹고 있었다.

자신이 저지른 행동을 생각하면 도저히 발길이 떨어지질 않았다.

이런 좋은 기회를 놓치다니.

자신의 경박스럽고 삐뚤어진 허영심이 너무도 저주스러웠다.

문제는 지금 와서 생각해 보니 지선이라는 캐릭터가 너무도 매력적으로 다가온다는 것.

지금까지, 그리고 앞으로도 자신이 결코 만날 수 없는 매력적인 인물이 방금 눈앞에서 기차를 타고 떠났다는 사실을 깨달은 것이다.

아까 김동수가 지금까지 찍은 영상을 보여 줬는데, 그 영상은 자신이 선입견으로 짐작했던 일반적인 공포 영화하고는 완전히 달랐다.

시나리오 분석을 전혀 하지 않았기에 자신은 그런 영화의 분위기와 캐릭터의 감정선을 전혀 이해할 수가 없었던 것이다.

〈앞집에 사는 여자〉는 무서우면서도 슬프고 아름다운 공포 영화였다.

지금 보니 지선의 역할은 자신이 그토록 해 보고 싶었던 김지운 감독의 〈장화, 홍련〉 속 문근영의 이미지도 떠올랐다.

태수가 왜 계속 정적인 연기를 그토록 요구했는지도 이제와서야 알 것 같았다.

지금 다시 기회가 주어진다면 누구보다 열심히 잘할 것 같은 기분이 들었다.

자신에게 남아 있던 마지막 행운이 방금 사라진 것 같은 서늘한 기분.

태수의 말처럼 기차는 이미 떠났다.

재촬영이 시작됐다.

송현주가 준비된 하늘거리는 하얀색 원피스로 옷을 갈아

입었다. 다행히 조인영과 체형이 거의 비슷해서 맞춤처럼 딱 들어맞았다.

송현주가 조인영보다 뛰어나게 미인은 아니지만 배우가 풍기는 오라의 차원이 달랐다.

조인영은 하얀 원피스라는 옷을 단순히 갈아입은 느낌이라면, 송현주는 그 옷을 입는 순간 지선의 영혼이 된 것처럼 표정이나 눈빛까지 신비한 분위기를 풍겼다.

송현주는 완벽하게 지선의 영혼이 되어 스태프들과 눈도 마주치지 않은 채 지선의 감정에 몰입해서 숏을 기다렸다.

성민의 집 건너편에 지선의 영혼이 나타나는 7씬 장면부터 다시 촬영이 시작됐다.

건너편 집에 하얀색 원피스를 입은 송현주가 나타나는 순간 모든 스태프들이 소리 없는 탄성을 질렀다.

미모는 말할 것도 없고 상대를 빨아들이는 것 같은 요염한 눈빛이 흐릿한 어둠 속에서도 은은하게 빛나고 있었던 것이다.

이전 조인영의 아무런 느낌 없던 등장하고는 차원이 달랐다.

송현주는 지선의 영혼이 요염한 눈빛을 가져야만 한다고 생각했다. 어쨌든 성민이라는 남자를 자신의 집으로 끌어들여야만 하니까.

시나리오상에서 보면 성민은 자신의 눈앞에 나타난 지선이 죽은 영혼이라는 사실을 알면서도 유혹을 뿌리치지 못한다.

그 말은 곧 귀신인 줄 알면서도 유혹당할 수밖에 없을 정도로 지선의 눈빛이 매혹적이어야 한다는 말이다.

송현주가 이미 시나리오를 읽고 캐릭터 분석까지 완벽하게 마쳤기에 가능한 연기였다.

사실 송현주는 태수에게 시나리오를 받자마자 읽고서는 자신의 방 거울 앞에서 지금의 눈빛을 얼마나 많이 연습했는지 모른다.

하얀 피부에 하얀 원피스를 입고 성민을 바라보는 송현주의 눈빛은 태수의 마음까지도 흔들어 놓을 정도로 고혹적이고 요염했다. 평소 선머슴 같던 송현주가 맞나 싶을 정도였다.

그 순간 태수의 머릿속에 환상에서 봤던 영상이 떠오르며 흐릿하던 지선의 얼굴이 또렷하게 보이기 시작했다.

지선 역할을 맡은 배우는 바로 눈앞의 송현주였다.

촬영은 순조롭게 진행이 됐고 조인영이 그만둔 8씬의 촬영이 진행됐다.

지선의 방 한가운데 서서 성민을 맞이하는 송현주.

눈앞에서 지선의 영혼을 마주 바라본 성민이 놀람과 두려움을 담은 눈빛으로 대사를 했다.

"말도 안 돼. 어떻게 이럴 수가?"

"컷, NG."

뜻밖에도 이번에는 박준호의 NG.

이전에는 자연스러운 연기를 한 박준호였는데 지금은 눈빛도 그렇고 대사도 어딘지 모르게 경직된 느낌이었다.

확실히 배우들의 연기는 상대 배역이 누구냐에 따라 톤이 달라진다.

박준호의 연기가 송현주의 눈빛 연기에 상대적으로 위축이 된 탓이다. 게다가 유명 배우인 송현주와 연기한다는 부담감도 있었을 테고.

"너 이전에는 잘하더니 왜 이렇게 표정이 경직돼 있어?"

"죄, 죄송합니다. 다시 하겠습니다. 갑자기 상대역으로 유명한 분이 오셔서 제가 좀 흔들렸던 것 같습니다."

사실 박준호는 연영과를 다니긴 했지만 연기 경력이 거의 없는 친구였다.

다시 두 차례 비슷한 NG를 반복했을 때 용만이 다가와서 귓속말로 속삭였다.

"형, 조금만 쉬었다가 가자. 스태프들이 배가 많이 고픈가 봐."

그러고 보니 시간이 벌써 밤 12시가 가까워지는데 아직 저녁도 먹지 못했다.

'가만, 아까 예지 누나가 저녁을 쏜다고 했는데, 내가 주소를 잘못 가르쳐 줬나?'

태수가 카톡을 확인하려는데 밖이 소란스러워졌다.

퇴마하는
톱스타

스태프들이 무슨 일인가 싶어서 밖을 내다보니 흰색 스타 크래프트 밴이 촬영장 앞에 와서 멈추는 게 보였다.

송현주가 눈이 휘둥그레져서 말했다.

"대체 누군데 저렇게 큰 밴을……? 나 저렇게 큰 밴은 처음 봐."

일반 연예인들이 타고 다니는 밴보다 훨씬 크기가 큰 밴이었다.

태수는 설마 하는 심정으로 밖으로 나갔다.

밴의 문이 열리고 누군가 내리는 순간, 주위에서 구경하던 여학생들과 주민들의 입에서 환호성이 흘러나왔다. 주위에 순식간에 사람들이 몰려들었다.

태수가 놀란 표정으로 밴에서 내리는 손예지를 향해 다가갔다.

"누나."

손예지가 태수를 보곤 활짝 웃으며 말했다.

"와, 이렇게 보니까 너 진짜 감독 같다!"

"누나, 이게 어떻게 된 일이에요? 어떻게 여기까지 왔어요?"

"너 아직 저녁 안 먹었지? 내가 너 연출하는 거 보고 싶어서 지금 상상리에서 막 밟고 올라온 거야. 너무 늦었지?"

"아니에요. 촬영하다가 조금 전에 식사를 해야 할 것 같아서 잠시 멈춘 참이었어요. 상상리는 지금 어때요? 촬영 거의 막바지 아닌가요?"

"응, 맞아. 이제 4회 차 남았으니까 이번 주 안에 끝날 거야."

마침내 영화 〈모텔 파라다이스〉의 크랭크업이 다가왔다니 실감이 나지 않았다. 아마도 멀리 떨어져 있어서 더 그런 것 같았다.

태수가 궁금해서 물었다.

"어떻게, 영화는 잘 나올 것 같아요?"

손예지가 주저 없이 고개를 끄덕였다.

"응, 꽤 잘 나올 것 같아. 박홍식 감독이 차분하게 연출 잘하고 웅인 선배가 워낙 중심을 잘 잡아 주니까. 현장 분위기도 좋고. 무엇보다 시나리오가 좋잖니."

태수가 쑥스럽게 웃는데 손예지의 밴에서 매니저 창훈과 코디 혜영, 지희가 피자 박스와 족발을 잔뜩 안아 들고 내렸다.

태수가 일반 구경꾼들과 같은 심정으로 멀찍이 떨어져서 손예지를 보며 쑥덕거리는 용만과 스태프들을 돌아보고는 말했다.

"저거 받아 가서 어서 저녁 먹어."

스태프들이 우르르 몰려가 피자 박스와 족발을 받았다.

손예지가 주변을 기웃거리며 물었다.

"그 속 썩인다는 배우는 어떻게 됐니? 내가 혼 좀 내 줄

퇴마_{하는}
톱스타

까?"

"아니에요. 다른 배우로 교체했어요."

"정말? 그게 그렇게 빨리 교체가 가능해? 아무나 교체했다가 영화 망치는 거 아냐?"

"아뇨, 연기 잘하는 친구예요. 요즘 〈최고의 사랑〉에서 조연으로 인기 얻고 있는 친구예요."

"어머 정말? 너 능력 있다. 그런 배우도 섭외하고. 나 그 드라마 맨날 보는데 누구지?"

태수가 송현주를 불렀다.

송현주가 살짝 상기된 표정으로 다가와서 인사를 했다.

"선배님, 처음 뵙겠습니다. 송현주라고 해요. 정말 영광이에요."

손예지가 그제야 기억이 나는 듯 활짝 웃었다.

"아, 기억난다. 윤영선 친구로 나오는 시원한 사이다 역할, 맞죠?"

"네, 맞아요. 기억해 주셔서 너무 감사해요."

송현주도 손예지 앞에서는 그야말로 신인 배우처럼 어쩔 줄을 몰라 했다.

태수가 말했다.

"지난번에 누나한테 얘기했잖아요. 동생처럼 지내는, 연기하는 친구 있다고. 저하고 같은 건물에 산다는 그 친구예요."

"아, 오디션 같이 봤다던 그 친구?"

송현주가 창피한 듯 웃으며 고개를 끄덕였다.

"야, 이렇게 미인 동생이라고는 말 안 했잖아."

송현주가 몸 둘 바를 모르겠다는 듯 꾸벅 인사를 했다.

"저기서 촬영하고 있는 거야?"

손예지가 창문을 통해 지선의 방과 그 안의 촬영 장비들을 보고는 신기한 듯 말했다.

"이런 작은 영화 만드는 현장 정말 오랜만이야. 학교 때 생각난다. 분위기도 아기자기하고 너무 좋네."

손예지의 등장에 모든 스태프들이 일제히 자리에서 일어나 인사를 했다. 특히 박준호는 완전히 얼음이 돼서 제대로 웃지도 못했다.

태수가 준호를 소개하며 말했다.

"이 친구가 남주인공 역할인데, 여배우 중에 누나를 제일 좋아한대요."

"어머, 정말? 반가워요."

손예지가 손을 내밀자 박준호가 바들바들 떨면서 악수를 했다.

"그럼 민성이 역할인 거네?"

"그렇죠. 이전까지 연기를 잘하다가 지선 역할로 현주가 오니까 갑자기 얼어서 연기가 안되네요. 계속 NG 나고."

손예지가 태수 어깨를 툭 치면서 말했다.

"야, 그럴 때는 좋은 방법이 있어."

"뭔데요?"

"둘이 끝말잇기 게임 시켜. 그럼 서로 익숙해지고 긴장도 풀려서 훨씬 나아."

"오, 그거 괜찮은 방법이네요."

태수가 둘이 피자를 먹으면서 끝말잇기 게임을 하도록 시켰다.

처음엔 긴장해서 쑥스러워하던 두 사람이 시간이 흐르면서 자연스럽게 웃기도 하고 편해지는 모습이 보였다.

손예지가 함께 피자를 먹으며 말했다.

"이번 시나리오 재밌더라. 난 무엇보다 지선의 영혼이 대사 없이 톡으로 말한다는 설정이 재밌었어. 물론 제일 재미있었던 건 생각지도 못한 반전이지만."

그동안 조인영을 적극 두둔하던 용만이 피자를 우걱우걱 먹으며 말했다.

"저희가 처음에 섭외한 여배우는 얼굴은 예쁜데 정말 연기에 대한 기본이 안 되어 있었어요. 대사가 없다고 계속 투덜거리는데, 나중에는 얼굴도 안 예뻐 보이더라고요, 에휴."

붉게 상기된 얼굴로 조인영 흉을 보는 용만을 보며 태수가 소리 없이 웃었다.

손예지가 진지하게 말했다.

"그건 캐릭터와 시나리오를 분석할 줄 몰라서 그런 거죠. 한마디로 시나리오 볼 줄을 모른다는 거예요. 참, 태수야, 나

마지막 반전 촬영하는 거 보러 왔어. 언제쯤 찍어?"

"이제 거의 다 됐어요. 1시간쯤 지나면 그 장면 찍을 텐데, 누나 바쁘지 않아요?"

"바쁘지. 바쁜데 나 그 장면은 보고 갈 거야. 네가 어떻게 찍는지 구경도 할 겸."

"아, 누나가 보고 있으면 엄청 부담될 것 같은데."

다들 배가 터지도록 저녁을 먹은 후 다시 지선의 방으로 모여들었다.

손예지도 아예 방 한쪽 구석에 자리를 잡고 흥미롭게 현장을 지켜봤다.

NG가 났던 9씬의 촬영이 다시 시작됐다.

성민이 지선의 방문을 열고 안으로 들어선다. 하얀 원피스 자락을 일렁이며 촉촉한 눈빛으로 성민을 바라보는 지선의 영혼.

성민이 지선의 영혼을 보곤 믿어지지 않는다는 듯 말한다.

"말도 안 돼. 어떻게 이럴 수가?"

끝말잇기 덕분인지 이전의 경직된 분위기가 아닌 좋았던 연기 톤으로 다시 되돌아간 모습.

많은 비밀을 간직한 것 같은 지선의 눈빛이 미세하게 움직이면 성민이 들고 있던 휴대폰에 불이 들어오고 카톡이 뜬다.

카톡.

퇴마하는
톱스타

성민이 휴대폰을 보면 지선이 보낸 카톡이 보인다.

　당신을 기다리고 있었어요.

영혼의 말에 성민이 말한다.
"당신은 날 알지도 못하잖아요."
다시 카톡이 뜬다.

　아뇨, 우린 서로를 너무 잘 알아요.

"그럴 리가 없어요. 난 당신과 마주하는 게 처음이에요.
지금까지는 몰래 훔쳐봤던 거예요."

　그렇지 않아요. 당신과 나는 매일 밤마다 만났어요.

"대체 그게 무슨 소리예요?"

　지난 열흘 동안 당신은 이 방에 와서 밤마다 내게 말을 걸었
어요.

성민이 고개를 흔들며 말했다.
"뭔가 착각을 하는 거예요. 나는……."

지선의 영혼이 대답 대신 천천히 고개를 돌려서 길 건너를 바라본다. 성민도 뭔가에 이끌리듯 지선의 영혼이 바라보는 곳을 바라본다.

　지선의 눈길이 닿는 곳에 길 건너 성민의 방이 보인다.

　창문이 열려 있는 자신의 방이다.

　지금은 아무것도 보이지 않지만 영화에서는 그 방에 서 있는 또 다른 성민의 모습이 들어갈 예정이었다.

　그리고 그 성민의 목에는 올가미가 걸려 있고 몸이 허공에 떠 있다.

　성민은 목을 매달고 죽어 있는 또 다른 자신의 모습을 발견하고는 경악한다.

　"마, 말도 안 돼."

　카톡.

　성민이 휴대폰을 본다.

　아직도 기억이 나지 않나요? 죽은 당신의 영혼이 밤마다 날 찾아와서 함께 죽자고 속삭이던 일 말예요.

　성민이 혼란스러운 표정으로 자신의 방을 돌아본다.

　목을 매달고 있는 또 다른 자신이 천천히 고개를 돌려 자신을 마주 바라본다.

　충격과 두려움에 부들부들 떨리던 성민의 눈빛이 차분하

게 안정을 찾아간다. 기억이 돌아오고 있었던 것이다.

기억을 되찾은 성민이 고개를 돌린다.

어느새 나란히 마주 보는 성민과 지선, 두 사람의 목에 각각 올가미가 걸려 있다.

처음으로 지선이 입으로 대사를 말한다.

"이제 기억이 나요?"

"네, 기억나요. 이제 당신과 함께할 수 있어서 행복해요. 하지만 당신은……."

"나도 행복해요. 살아가는 게…… 너무 힘들었거든요."

두 사람 마주 보면서 슬픈 듯 소리 없이 미소를 짓는다.

화면 어두워지며 페이드아웃.

"컷, 오케이!"

채널, 소싹한 이야기

드림실용예술전문대학 미스터리클럽 동아리방.

"용만아, 거기 성민이가 지선이 방 바라보는 오버숄더 샷 있잖아. 거기 조금만 더 길게 가 줘. 2초 정도만 더…… 더…… 오케이, 그 정도면 됐어."

태수의 지시에 따라 용만이 프리미어 편집 프로그램을 이용해 지난밤 촬영한 〈앞집에 사는 여자〉의 편집 작업을 능숙하게 진행했다.

동아리방 컴퓨터에는 영상 편집을 할 수 있는 프리미어가 깔려 있었는데, 용만이 그 프로그램을 가장 잘 다뤘다.

태수는 시나리오가 완성된 후 떠오른 환상 속 영상을 생각하며 촬영본의 컷 순서를 재배열하고 각 컷의 길이를 짧거나 길게 붙이는 작업을 이어 갔다.

촬영본에선 컷별로 따로 떨어져 있던 영상들이 편집을 통해 시나리오 순서대로 하나둘 이어지면서 서서히 영화의 윤곽이 드러나기 시작했다.

뒤에서 지켜보던 클럽 멤버들은 컷이 이어지고 짧지만 이어지는 영상의 형태가 드러날 때마다 연신 탄성을 지르거나 흥분을 감추지 못했다.

물론 촬영장에서 볼 때도 기대감이 생길 정도로 컷의 느낌이 좋았지만, 눈앞의 영상은 그 기대감을 넘어서고 있었던 것이다.

이번 영화는 단편이라는 한계만 빼면 일반 상업 영화에도 뒤지지 않을 정도로 완성도가 높았다.

영상의 완성도도 높았지만 마지막 반전이 특히 임팩트가 있었다.

촬영 전 태수가 연출을 하겠다고 했을 때 내심 믿지 못하고 불안해했던 소영도 지금은 경이로운 눈빛으로 편집되는 영상에서 눈을 떼지 못하고 있었다.

흔히 공포 영화라고 하면 귀신이 갑자기 나타나서 깜짝 놀라게 하는 공포 아니면 잔혹한 영상이 등장한다.

근데 이번 영화는 마치 예술영화처럼 조용하고 정적이면서 공포 영화 특유의 으스스한 소름과 애잔한 슬픔마저 느껴졌던 것이다.

하지만 결정적인 신의 한 수는 마지막에 지선의 역할을 송현주로 대체한 것이다.

아무리 시나리오가 좋고 카메라의 앵글이 좋다고 해도 영혼의 느낌을 완벽하게 살린 송현주의 열연이 없었다면 지금과 같은 퀄리티는 결코 나올 수가 없었다.

지금 화면에 떠 있는 송현주의 신비스러운 눈빛은 귀신이 나오는 중국 판타지 로맨스 영화 〈천녀유혼〉의 왕조현을 떠올리게 만들었다.

정말 재미있는 영화를 편집하다 보면 끊어져 있는 영상들이 너무 짧고 감질나게 느껴지곤 한다. 그래서 어서 떨어져 있는 짧은 컷들이 이어져서 완전한 영상으로 감상하고 싶은 마음.

지금 편집하는 영상을 지켜보는 클럽 멤버들의 심정이 딱 그랬다.

이번 영화는 편집 영상만 봐도 지금까지 드림대학 연영과에서 만들었던 그 어떤 작품들하고도 비교하기 어려웠다.

영상의 앵글이라든가, 연출의 호흡들이 아마추어 학생 영화에서는 결코 나올 수 없는 것들이었다.

지켜보는 멤버들의 얼굴에 저절로 뿌듯한 자부심이 떠올랐고 얼굴에 미소가 그려졌다.

모두의 마음속에는 같은 감정이 있었다.

'세상에, 저 영화를 정말로 우리가 만들었단 말야?'

모두의 얼굴에 흥분과 설렘이 묻어났다.

각자 영화 속에서 자신이 한 역할에 대해 무용담을 늘어놓듯 목소리를 높이기도 했고, 때로는 재미있었던 당시의 상황을 떠올리며 박장대소하기도 했다.

그중에서도 미경은 계속 '오 마이 갓'을 외치며 흥분을 감추지 못했다.

"선배님, 정말 연출 처음 하는 거 맞아요? 제가 진짜 영화 많이 보거든요. 근데 초보 감독은 절대로 이런 연출을 할 수가 없어요."

역시 영화광인 정우도 상기된 표정으로 말했다.

"와, 만약 앞으로도 계속 이 정도 퀄리티로 영화 만들 수 있다면, 태수 형이 말한 대로 유튜브에서 수익도 생기고 나중에 우리끼리 영화 제작사도 만들 수 있을 것 같아요."

편집을 하던 용만도 싱글벙글 웃으며 말했다.

"정말 그렇게 됐으면 좋겠다. 그럼 취직 걱정 안 해도 되고 우린 정말 하고 싶은 일 하면서 살 수 있을 텐데."

태수가 오히려 그런 동생들의 마음을 진정시켰다.

"아, 10분도 안 되는 단편 하나 만들어 놓고 웬 호들갑이야? 남들이 들으면 무슨 엄청난 거 만든 줄 알겠다."

용만이 말했다.

"형, 무슨 소리야? 길이가 중요한 게 아니지. 지금 유명한 감독들은 이미 단편영화부터 남다른 재능을 보여 줬다고."

태수가 처음 마음속 계획을 밝혔을 때 그 얘기를 온전히 믿은 사람은 아무도 없었다. 심지어 가장 적극적인 지지 의사를 밝혔던 용만조차도 내심으로는 반신반의했다.

태수가 말했다.

"일단 이번 영화는 가능성이라고 생각해. 우리가 정말 할 수 있다는 가능성. 나도 다른 사람들보다 너희들하고 오래오래 함께하고 싶거든. 그러니까 앞으로는 각자 열심히 영상 공부를 해. 지난번에도 말했지만, 이 바닥은 실력이 없는데 인정만으로 끌고 갈 수는 없는 곳이니까."

태수의 말에 어느새 다들 진지한 표정으로 고개를 끄덕였다.

미경이 말했다.

"앞으로 제작한 단편영화를 유튜브에 올리려면 채널 이름이 있어야 하잖아요. 채널 이름은 뭐로 할까요?"

미처 그 생각은 못 했는데, 확실히 블로그를 운영해서 그런지 그런 쪽으로 미경의 머리가 빨리 돌아갔다.

소영이 턱을 괴고 중얼거렸다.

"이왕이면 한 번 들어서 머릿속에 딱 각인되는 제목이 좋은데."

민지가 머리를 긁적이며 말했다.

"무섭고 미스터리한 이야기가 우리 영화의 콘셉트니까…… 무서운 이야기도 있고 기묘한 이야기도 있고. 뭐 없나?"

"오싹한 이야기 어때?"

공포라고는 해도 엄청나게 무서운 이야기를 만들 건 아니니까 미스터리하면서 살짝 소름이 돋는 정도의 느낌을 주는 제목이란 생각이 들었다.

태수의 말에 다들 좋은 반응을 보여 줬다.

"오, 그거 괜찮은데?"

"저도 우리 영화하고 느낌이 잘 맞을 것 같아요."

"그럼 채널 제목은 오싹한 이야기로 정하는 겁니다?"

미경의 말에 다들 동의했다.

'오싹한 이야기'라는 채널 제목을 정하고 나니까 비로소 본격적인 프로젝트가 시작된 것 같은 기분이 들었다.

편집을 하던 용만이 한 장면에서 탄성을 쏟아 냈다.

"와, 대박! 이 화면은 정말 〈천녀유혼〉 왕조현이다."

지켜보던 동생들도 약속이나 한 것처럼 동시에 탄성을 쏟아 냈다.

"송현주 진짜 예쁘다. 드라마에서는 이 정도로 예쁜지 몰랐는데."

"이 영화가 많이 알려지면 송현주한테 귀신 역할 해 달라는 제안 들어올 것 같은데."

"이 장면은 극장의 커다란 스크린에서 보면 정말 멋질 것 같아."

태수도 같은 생각을 했다.

극장의 커다란 스크린에서 보지 못한다는 게 많이 아쉬웠다.

모두의 탄성을 자아낸 컷은 성민이 길 건너 창문에 나타난 지선의 영혼을 바라보는 장면.

방의 열린 창문 어둠 속에서 지선의 영혼이 처음 등장하는 장면이었다.

어둠 속에서 송현주가 머리를 흩날리며 스르르 나타나는데, 정말 영혼이 나타나는 듯한 신비한 느낌이 들었다.

카메라를 맡은 김동수가 96프레임으로 고속 촬영을 한 장면이라서 창문에 나타난 송현주의 모습을 4배속 느리게 보이도록 했던 것이다.

고속 촬영은 전체 영상을 느리게 돌리는 슬로 화면과 달리 짧은 움직임을 4배 느리게 보여 주기 때문에 그 장면이 훨씬 부드럽고 초현실적으로 보이게 만드는 효과를 준다.

어둠 속에서 서서히 앞으로 드러나는 송현주의 바스트 샷.

촬영 당시 아래에서 틀어 놓은 선풍기에 의해 머리카락과 하얀 원피스가 펄럭였다.

근데 그 장면을 고속으로 촬영하자, 송현주가 마치 물속에 있는 것처럼, 머리카락과 원피스의 움직임이 부드럽게 출렁이고 표정 연기도 신비로운 느낌이 들었다.

많은 배우들이 흔히 말하는 인생작이라 부르는 단 한 편으로 스타의 반열에 오르곤 한다.

물론 이 단편영화가 송현주의 인생작이 될 수는 없겠지만 적어도 그동안 한 번도 보여 주지 못했던 매력을 보여 주는 계기는 충분히 될 것 같았다.

보고 있는 태수조차 마음이 설레고 흔들릴 정도니까.

문득 예전에 옥상 평상에서 같이 술을 마실 때, 촉촉하게 물기가 배어 나오는 송현주의 눈빛을 처음 봤을 때 마음이 설레던 기억이 떠올랐다.

그때 송현주가 비련의 여주인공 같은 역할을 해도 무척 잘하겠다는 생각을 했었는데.

현재 〈최고의 사랑〉에서 송현주가 맡은 지희는 가볍고 통통 튀는 역할이다. 주연을 돋보이도록 하는 전형적인 서브 캐릭터.

그런 지희 역할로 인기를 끌고 있지만 그런 인기는 양날의 검이 될 수도 있다.

방송가에서는 늘 검증된 이미지만 우려먹으려는 감독과 작가 들이 우글거리니까.

그런 식으로 항상 가볍고 까불거리는 이미지의 배역만 하다 보면 만년 조연으로 전락해 끝내 화면에서 사라지는 배우들이 얼마나 많은가.

완성된 영화를 송현주에게 보여 줄 생각을 하자 마음이 설레었다.

<u>드르르르륵</u>.

휴대폰이 울려서 보던 태수의 표정이 밝아졌다.

"어, 현주야."

송현주라는 소리에 용만이 옆으로 바싹 다가왔다.

–아직도 동아리방에서 편집해요?

"응. 왜?"

–영상 잘 나왔는지 궁금해서요.

용만이 휴대폰에 대고 재빨리 말했다.

"예, 잘 나왔어요. 진짜 예쁘게 나왔어요."

–어, 정말요? 오빠 정말이에요?

"응, 잘 나왔어. 오늘 밤이면 편집 다 끝나니까 궁금하면 밤에 옥상으로 올라와."

–오늘 나 광주 내려가요. 엄마 생신이라서.

"아, 맞다. 그랬었지. 음…… 그럼 내가 있다가 촬영장으로 노트북 들고 갈게."

–아녜요, 그냥 나중에 볼게요. 와, 나 너무 기대돼! 내가 첫 번째로 주연 맡은 영화잖아요. 그럼 오빠 편집 잘해요.

～～

얼추 편집을 끝낸 시간은 밤 9시가 넘은 시각이었다.

카니발을 몰고 집으로 가려던 태수가 송현주에게 전화를 걸었다.

─여보세요?

"어디야?"

─촬영장요.

"뭐야, 너 아직도 촬영 안 끝났어?"

─네. 원래는 오늘 간단한 씬 하나만 찍을 예정이었는데 대본이 바뀌어서 분량이 늘어났어요. 아마 늦게 끝날 것 같아요.

"그럼 어머니 생신은?"

─오늘은 새벽에 끝날 텐데 못 내려갈 것 같아요. 그리고 몸도 너무 피곤하고. 그냥 이번 주말에나 내려갈까 봐요.

송현주의 말에 태수의 마음이 싸하게 아려 왔다.

말은 저렇게 해도 타지에 올라와 있으면서 고향에 있는 어머니 생신을 못 챙기는 딸의 심정이 오죽할까. 모르긴 몰라도 고향에 있을 송현주의 어머니도 텔레비전에 나오는 유명한 딸이 온다고 동네에 자랑도 했을 것 같고.

무엇보다 그 모든 어긋남이 자신 때문이라는 생각을 하자 그냥 있을 수가 없었다.

"집이 광주라고 했지? 내가 태워 줄게."

─그게 무슨 소리예요?

"내가 광주까지 너 태워 준다고. 내 차로."

오늘 〈앞집에 사는 여자〉의 편집은 대충 끝났고 내일은 딱히 다른 일이 없으니 큰 부담은 없었다.

송현주가 깜짝 놀란 목소리로 말했다.

─아니에요. 그럴 필요 없어요. 여기서 광주가 얼마나 먼데.

"지금 올림픽공원이지? 내가 근처에 있을 테니까 끝나면 전화해."

태수는 올림픽공원에 차를 세워 놓고 송현주의 촬영이 끝나길 기다리며 근처를 돌아다녔다.

길을 걸으며 다음 영화 소재를 구상하는데, 아이디어가 쉽게 떠오르질 않았다.

원래 생각한 소재가 있었는데, 이번 영화에 대한 주위 반응이 너무 좋아 더 강렬한 이야기가 필요할 것 같아서 새로운 소재를 구상할 생각이었던 것이다.

그런 태수의 눈에 액세서리 가게가 보였다.

자신을 도와주느라 엄마 생신에도 못 가고 늦게까지 촬영하는 송현주를 생각하니 작은 선물이라도 준비를 해 주고 싶었다.

생전 처음 들어가 보는 액세서리 가게.

화려한 액세서리들이 눈앞에 가득했지만 어떤 선물을 사야 할지 도무지 감이 잡히지 않았다.

"연세가 있으신 어머니 생신에 선물하려고 하는데, 어떤 게 있을까요?"

알바처럼 보이는 여자 점원이 물었다.

"연세가 얼마나 되시는데요?"

"음…… 50대? 60대? 아마 그 정도 되셨을 거예요."

나이를 잘 모르는 것 같은 태수의 대답에 고개를 갸웃하던 여자 점원이 고민하다가 한쪽으로 걸어갔다.

점원이 진열장을 열고 브로치를 하나 꺼내 보이며 말했다.

"나이 드신 분이면 외출하는 코트에 이런 브로치 하나 달아 주셔도 꽤 멋스러워 보여요."

은은하게 빛이 나는 꽃잎 모양의 브로치였다.

"네, 그걸로 살게요."

태수는 두말없이 브로치를 포장해서 올림픽공원으로 향했다.

이미 시간이 새벽 1시가 다 되어 가는데, 아직도 촬영이 끝나지 않은 모양.

〈최고의 사랑〉에서 극중 지희의 집이 올림픽공원 근처로 설정이 되어 있어서 공원이 자주 배경으로 등장했다.

촬영 현장은 금방 찾을 수가 있었다.

규모는 다르지만 그저께까지 자신도 촬영을 하다 와서 그런지 마음이 새로웠다. 예전에는 무심코 넘겼던 장비나 스태프들의 움직임도 새삼스러운 눈으로 보게 됐다.

안쪽에 보니 대기하고 있는 송현주와 핑크레벨 소현의 모습이 보였다. 둘은 극 중에서 고교 동창으로 설정이 되어 있었다.

촬영이 끝난 시각은 새벽 2시가 다 됐을 때였다.

스태프들에게 인사하고 힘없이 돌아 나오던 송현주가 태수를 보고는 깜짝 놀랐다.

　피곤에 지쳐 있던 그녀의 얼굴에 기쁨과 서러움이 한꺼번에 떠올랐다.

　"오빠."

　"힘들었지?"

　태수의 한마디에 고개를 끄덕이는 송현주의 두 눈에서 금방 눈물이 주르륵 흘러내렸다.

　송현주가 참았던 감정이 복받치는지 울면서 중얼거렸다.

　"엄마…… 흐흐흑."

　그런 송현주를 보고 있자니 태수의 마음도 찌릿하게 아려 왔다.

　"그래, 울고 싶으면 마음껏 울어. 그리고 어서 어머니 뵈러 가자."

　태수가 카니발을 출발시켰다.

　새벽의 고속도로엔 차량이 거의 없어서 막히는 일 없이 뻥 뚫린 길을 달릴 수가 있었다.

　송현주가 물었다.

　"영화 편집은 다 했어요?"

　"응. 아직 음악하고 효과음은 더 해야 해."

　"너무 보고 싶다. 언제쯤 볼 수 있어요?"

　"유튜브에 올리면 그때 봐."

"치이, 알았어요. 기다릴게요."

고속도로 톨게이트를 빠져나와 광주 시내로 들어섰을 때는 이미 날이 밝아 오면서 새벽 6시가 가까워 오는 시각이었다.

내비가 가리키는 대로 차를 몰고 가자 조용한 주택가에 아담한 2층 집이 보였다.

"저기가 우리 집이에요."

태수가 차를 송현주의 집 앞에 세우고 같이 내려서는 예쁘게 포장된 브로치를 내밀었다.

"아까 너 기다리다가 하나 샀어. 어머니 갖다 드려."

송현주가 액세서리를 받아 들고는 감동한 표정으로 말을 잇지 못했다.

"그럼 갈게."

송현주에게 인사를 하고 카니발에 오르려는데 어디선가 여자의 울음소리가 들려왔다.

주파수가 낮은 초저주파의 울음소리로, 흔히 말하는 귀신의 울음인 귀곡성이었다.

송현주는 아무런 소리도 듣지 못했다. 귀곡성은 영능력을 가진 태수만 들을 수 있는 소리였다.

소리가 들려오는 곳을 찾아 주위를 두리번거리는데, 앞쪽에 눈길을 끄는 집 한 채가 시야에 들어왔다.

딱 봐도 오랫동안 버려진 폐가인 듯 철제 대문도 녹이 슬었고, 덩굴이 저주처럼 집 전체를 칭칭 감고 있는 모습의 2층 집이었다.

무엇보다 집을 둘러싸고 있는 검은 기운에서 강한 귀기가 느껴지는 게 심상치가 않았다.

모르면 몰라도 알게 된 이상 그냥 지나칠 수는 없었다.

조만간 귀기를 보충하기 위해 일부러 퇴마행을 떠나야 하니까.

"저 집은 어떤 집인데 저렇게 방치가 됐어?"

"아, 귀신집이요?"

"귀신집?"

"귀신 나오는 집이라고 해서 귀신집이라고 불리는데, 인터넷에 검색하면 나올 정도로 유명한 집이에요. 그래서 무슨 동호회 사람들이 탐험한다고 몰래 들어갔다가 정신이 이상해지기도 하고 심지어 죽은 사람도 있대요."

송현주의 설명을 듣고 나니 더더욱 호기심이 생겼다.

귀기가 보이고 귀곡성이 들려온다는 건 아직도 집 안에 영이 남아 있다는 소리니까.

송현주가 생각하기도 싫다는 듯 어깨를 움츠리며 말했다.

"저 집에서 예전에 살인 사건이 일어났어요. 제가 고등학교 때요. 아직도 그때 생각만 하면 오싹하게 소름이 돋아요."

"어떤 사건이었는데?"

"제가 고등학교 때 저 집 언니가 대학생이었는데, 정말 예뻤거든요. 인혜라고 저하고도 친한 언니였는데."

송현주가 예뻤다고 말할 정도면 대체 얼마나 예뻤던 걸까?

"근데 그 언니를 좋아하던 남자가 있었어요. 스토커처럼 계속 쫓아다니면서 고백을 해도 그 언니가 받아 주지 않자, 그 남자가 언니 집에 들어가서 언니는 물론이고 일가족을 모두 살해한 거예요. 당시 신문에 크게 날 정도로 유명한 사건이었거든요."

말만 들어도 가슴이 답답해질 정도로 끔찍했다.

귀신보다 더 무서운 게 사람이라고 어떻게 그런 짓을 저지를 수가 있단 말인가.

"그럼 그 남자는 잡혔어?"

"아뇨. 자기도 집 안에서 스스로 목숨을 끊었어요."

예전엔 태수도 이런 얘기를 들으면 무서워서 집에 들어갈 엄두도 나지 않았을 텐데, 영능력을 가지게 된 후로는 겁이 없어졌다.

태수가 귀신집을 가만히 지켜보자 송현주가 물었다.

"왜요? 혹시 뭘 본 거예요?"

태수가 깜짝 놀라서 송현주를 돌아봤다.

'혹시 얘가 그때 그 얘기를 기억하고 있었던 건가?'

한 달 전쯤 옥상에서 함께 술을 마실 때 〈모텔 파라다이스〉에 출연하겠다는 손예지 전화를 받은 날이었다.

송현주가 손예지를 어떻게 알게 됐냐고 꼬치꼬치 물어서 그 과정을 얘기하는 도중에 처음으로 자신이 영혼을 볼 수 있다는 얘기를 털어놓았던 것이다.

당시 송현주는 취기가 많이 올라 있어서 그랬는지 별로 그렇게 놀라는 모습을 보이지 않았다. 이후에도 거기에 대해 얘기가 없어서 기억을 못 하는 모양이라고 생각했는데.

"너 설마 그때 그 얘기 아직도 기억하고 있었던 거야? 내가 영혼 본다는……."

송현주가 눈을 동그랗게 뜨고 대답했다.

"그럼요. 그런 얘기를 어떻게 잊어요?"

"헐."

"왜요? 계속 모른 척해 줘요?"

"참나."

"저 집에서 뭔가를 본 거죠? 그렇죠?"

태수가 고개를 끄덕이자 송현주가 물었다.

"혹시 저도 같이 들어갈 수 없나요?"

"같이 들어가다니? 네가 저길 왜 들어가, 큰일 나."

"혹시라도 인혜 언니의 영혼이 저 집에 남아 있을 수도 있잖아요. 만약 그렇다면 작별 인사라도 전하고 싶어서요. 어릴 때 친하게 지냈던 언니인데, 그런 인사는 할 수 있지 않나요?"

송현주의 심정이 충분히 이해가 갔다.

혹시 악귀가 있다고 해도 자신은 백귀의 귀기를 흡수했으니 충분히 대처가 가능할 테고.

"그래, 그럼."

태수가 고개를 끄덕이자 송현주가 미소를 지으며 말했다.

"고마워요."

―끼이익.

녹슨 철제 대문을 밀고 들어가자 마당에 무성한 잡초가 자라 있었다.

벽 곳곳에 스프레이로 '귀신집'이라는 낙서가 되어 있고 현관문이 반쯤 열려 있었다.

문을 열고 들어가자 바닥에 온갖 쓰레기가 뒹구는 실내가 드러났다.

속이 드러난 찢어진 소파와 콘크리트가 드러난 벽면들. 오랫동안 방치된 흔적이 역력했다.

귀기 탓에 실내는 바깥보다 훨씬 기온이 낮게 느껴졌다.

태수가 송현주를 돌아보고 물었다.

"안 무서워?"

송현주가 입술을 바들바들 떨면서도 고개를 흔들었다.

"아뇨, 저, 전혀요."

그러면서 송현주가 바닥에 있던 나무토막을 집어 드는 걸 보며 태수는 웃음이 나는 걸 참았다.

태수가 눈을 감고 주문을 읊었다.

'귀기탐색.'

화르르르륵.

허공이 흔들리며 마치 집 안의 평면도를 연상시키는 지도
가 눈앞에 나타났다.

2층 쪽에서 붉은 점이 깜빡이는 게 보였다. 어떤 영인지는
모르지만 집 안에 영이 남아 있다는 얘기였다.

붉은 점의 크기가 제법 되는 걸 보니 악귀일 가능성이 있
었다.

이왕 이렇게 된 거 송현주에게도 영을 볼 수 있도록 해 주
는 게 차라리 나을 것 같았다.

'안명부(眼明符).'

화르르르륵.

주문을 읊자 무형의 노란 부적이 허공에 나타났다. 일정
시간 동안 영을 볼 수 있게 해 주는 부적인 안명부다.

태수가 안명부를 손에 넣은 후 송현주를 돌아보고 말했다.

"잠깐 나 보고 눈 감아 봐."

송현주가 무슨 의미인지 알려는 듯 태수의 눈을 뚫어지게
응시하다가 스르르 눈을 감았다.

태수가 검지와 중지 두 개를 송현주의 이마에 가만히 갖다
댔다. 안명부의 기운이 손가락을 타고 송현주의 피부 속으로

스며들었다.

잠시 후 송현주의 이마에 마치 문신처럼 안명부의 도형이 새겨졌다.

지난 파라다이스 모텔에서 백귀의 귀기를 흡수한 후 가능해진 술수였다.

"이제 눈 떠도 돼."

송현주가 눈을 뜨더니 고개를 갸웃했다.

"이상해요. 갑자기 시야가 푸른색으로 변했어요. 마치 선글라스를 낀 것처럼."

"잠시 동안 귀신을 볼 수 있게 해 주는 부적이 네 몸 안에 들어가 있어서 그래."

"귀신을 보는 부적요? 그럼 저도 귀신을 볼 수 있는 거예요?"

"응, 잠시 동안만."

태수가 다시 주문을 읊었다.

'축귀부(逐鬼符)'

화르르르륵.

허공에 축귀의 부적이 떠오르자 그걸 집어서 송현주가 들고 있는 나무토막에 새겨 넣었다. 역시 나무토막에도 부적의 도형이 새겨졌다.

"와, 이게 뭐예요?"

"영력이 깃들지 않은 무기는 아무리 휘둘러도 악귀에게

퇴마하는
톱스타

타격을 주지 못해. 그래서 악귀를 때리면 실제로 타격을 줄수 있도록 부적을 심어 놓은 거야. 혹시라도 악귀가 나타나면 그걸로 때려. 그럼 큰 타격은 주지 못해도 효과는 있을 거야."

송현주가 신기한 듯 나무토막을 들고 바라봤다.

태수가 계단을 밟고 2층으로 걸음을 옮기자 송현주가 얼른 뒤로 따라붙었다.

삐그덕…… 삐그덕…… 삐그덕…….

낡은 나무 계단을 밟고 위층으로 올라갔다. 송현주는 나무토막을 움켜쥔 채 그런 태수의 등에 바짝 붙었다.

2층엔 양쪽으로 방이 두 개가 있었다.

붉은 점이 깜빡인 곳은 좌측의 방.

송현주가 떨리는 소리로 말했다.

"어떡해? 여기 오니까 기억이 나요. 예전에 언니 집에 한번 놀러온 적이 있는데, 저기 왼쪽에 있는 방이 인혜 언니 방이었어요."

태수가 성큼성큼 방으로 들어서자마자 영안을 뜨고 방 안을 천천히 훑었다.

'분명 이 안에 영이 있을 텐데 왜 안 보이지?'

구석에 부서진 옷장이 보였고 낡게 찢어진 침대도 방치되어 있는 모습이 보였다.

옷장과 침대는 거무칙칙하게 색이 바랬는데, 칠이 벗겨지지 않은 곳엔 분홍색이 아직도 남아 있었다.

그런 태수의 영안에 특이한 흔적이 보였다.

바로 침대 아래쪽 나무 바닥이었다.

낡은 나무 바닥에 곰팡이처럼 검은 기운으로 물든 흔적이 있었던 것이다.

손을 갖다 대자 강한 귀기가 느껴졌다.

'나무 바닥에 뭔가 있는 건가?'

태수가 주문을 읊었다.

"축귀부!"

화르르르륵.

허공에 노란 축귀부가 떠 있었다. 손으로 집어서 검은 기운의 흔적 위에 부적을 뿌렸다.

축귀부는 귀기와 만나면 항마의 기운을 뿜어낸다.

바닥에 달라붙은 부적에서 항마의 기운이 쏟아져 검은 바닥을 노랗게 물들였다.

ㅡ키아아악!

괴성과 함께 나무 바닥 아래에서 검은 기운이 솟구치며 침대를 허공으로 날렸다.

쾅!

침대가 반대편 벽에 가서 부딪혀 떨어지자 송현주가 몸을 부들부들 떨었다.

악귀가 으르렁거리며 말했다.

-죽여 버릴 테다!

바닥에서 튀어나온 검은 기운이 단단히 화가 난 듯 태수에게 달려들어 목을 휘감았다. 대단한 공격은 아닌데 숨이 막혀서 손에 제대로 영력이 실리지가 않았다.

"으으…… 너야말로…… 혼 좀 나야겠다."

검은 기운이 서로 엉기면서 20대 후반의 젊은 남자로 변했다. 아마도 여자와 그 일가족을 살해한 잔혹한 범인인 모양. 악귀의 얼굴이 부패한 것처럼 시커멓게 변해 있었다.

태수가 천천히 손에 영력을 끌어모으는데, 뜻밖에도 송현주가 들고 있던 나무토막으로 검은 기운을 후려쳤다.

　-키악!

그냥 보면 안개 같은 검은 기운일 뿐인데 항마의 부적이 붙은 나무토막으로 후려치자 마치 사람을 때린 것처럼 힘이 전해졌다.

악귀가 태수에게서 잠시 떨어졌다가 이번엔 송현주를 향해 달려들었다.

태수가 기공력을 실어서 송현주에게 달려드는 악귀를 후려쳤다.

"어딜!"

　-키악!

허공을 후려쳤는데 손목이 얼얼할 정도로 강한 반동이 느껴졌다.

태수의 공격을 받은 악귀가 힘을 잃고 비실대면서 방 안을 맴돌았다.

가만 보니 이곳을 벗어나지 못하는 지박령인 모양.

인간일 때는 잔악한 짓을 저질렀지만 생각보다 귀기가 강하지는 않았다.

"화멸부!"

화르르르륵.

태수가 악귀의 얼굴에 화멸부를 던졌다. 화멸부가 악귀의 얼굴에 찰싹 달라붙더니 불길을 일으켰다.

화아아아악!

－끄아아아악!

화염에 휩싸인 악귀가 괴성을 지르며 허공으로 사라졌다.

몸속으로 서늘한 기운이 스며드는가 싶더니 허공에 메시지가 나타났다.

귀기를 흡수했습니다!

그리고 등 뒤에서 서늘한 한기와 함께 영의 목소리가 들려왔다.

－너…… 현주 아니니?

태수와 송현주가 돌아서자 눈앞에 한 여자의 영이 슬픈 얼굴로 서 있었다.

송현주가 믿어지지 않는다는 듯 영을 보며 말했다.

"인혜 언니? 맞죠?"

ㅡ그래, 나야.

송현주가 너무도 놀라운 듯 손으로 입을 가린 채 말을 잇지 못했다.

영이 말했다.

ㅡ여기서 널 다시 만나게 되다니.

지금 눈앞에서 영을 보니 정말 예뻤던 송현주의 말이 거짓이 아니었다는 걸 알 수가 있었다.

"언니, 왜 아직도 여기 있어요?"

송현주의 물음에 인혜의 영이 흐느끼며 말했다.

ㅡ난 죽어서도 그 살인마에게 영혼을 사로잡혀서 계속 이 방에 갇혀 있었어.

"죽어서도 영혼이 사로잡혀 있었다고요? 어떻게 그럴 수가 있어요?"

태수가 아까 검은 기운이 빠져나오면서 뜯어졌던 나무 바닥을 살폈다.

침대가 날아간 바닥에 홈이 파인 곳이 보였고, 그 홈 안에 주술로 보이는 글이 적힌 검은 나무 상자가 보였다.

조심스럽게 상자를 꺼내서 뚜껑을 열자 한국의 전통 혼례 의상을 입은 남녀 한 쌍의 인형이 나란히 들어 있었다.

두 인형 사이를 감고 있는 노란 종이를 손으로 꺼내서 펼쳤다.

그 안에 머리카락 몇 올이 들어 있었는데, 짧은 머리와 긴 머리카락이 서로 뒤엉켜 있었다.

아마도 남자와 여자의 머리카락인 모양이었다. 누군가 주술을 걸어 놓았다는 증거였다.

노란 쪽지에는 김성철이라는 이름과 윤인혜라는 이름이 적혀 있었는데, 그 아래 사주팔자가 적혀 있었다.

송현주가 물었다.

"그게 뭐예요?"

"정말 지독한 인간이네. 죽은 그 살인마가 저 여자를 살해한 후에 영혼결혼식을 치른 거야. 죽어서도 도망치지 못하도록. 여기 올 때부터 작정하고 이런 걸 준비해 온 거지."

송현주가 치를 떨며 말했다.

"정말 세상에서 제일 끔찍한 사랑…… 아니, 집착이네요."

태수는 인혜의 영을 천도시킨 후 송현주와 귀신집을 나섰다.

송현주가 태수를 돌아보고 말했다.

"너무 신기했어요. 앞으로 퇴마할 때 가끔 저도 데리고 가면 안 돼요?"

"응, 안 돼."

"왜요?"

"위험하기도 하고, 귀기라는 게 있는데 너한테 부적을 쓰면 그 귀기가 엄청 많이 소모가 되거든."

송현주가 '아······' 하며 고개를 끄덕였다.

태수가 카니발에 올라타며 말했다.

"갈게. 네 덕분에 다음 영화 소재를 얻은 것 같아."

광주에서 올라와서 옥탑방으로 들어서는데 조진호 대표한
테 전화가 왔다.

ㅡ어, 장 작가. 오늘 모텔 파라다이스 쫑파티 하는 거 안 잊어버렸지?

그러고 보니 며칠 전에 조진호 대표가 쫑파티에 대한 카톡
을 보내온 게 기억났다.

기억이 틀리지 않다면 오늘 저녁 6시. 장소는 충무로의 한
횟집이다.

만약 전화를 못 받았으면 까맣게 잊어버리고 참석을 못 할
뻔했다.

"아, 예, 기억하고 있어요. 이따가 갈게요."

ㅡ장 작가는 절대 빠지면 안 돼, 알았지?

"그럼요. 당연히 가야죠."

ㅡ어휴, 정말 정신이 없네.

전화를 끊자마자 태수는 옷도 갈아입지 않고 그대로 침대
위로 쓰러졌다.

밤새워 운전을 하고 광주까지 다녀온 탓에 눈꺼풀이 천근만근이었다.

스르르 잠이 쏟아지는 찰나 번쩍 드는 생각.

'귀신집에서 떠오른 스토리를 잊어버릴 수도 있으니까 대충이라도 정리를 해 놓고 자야지.'

태수가 무거운 몸을 일으켜서 노트북을 부팅시켰다. 이어서 머릿속에 떠올랐던 다음 영화의 스토리를 정리하기 시작했다.

송현주네 앞집인 귀신집에서 천도시킨 윤인혜의 이야기에서 아이디어를 얻은 스토리다.

마치 송현주를 광주까지 데려다준 것에 대해 수고비를 받은 기분.

처음엔 그 이야기를 그대로 심령 공포로 다뤄도 재미있겠다는 생각을 했다가 이내 접었다.

〈앞집에 사는 여자〉도 똑같이 심령 공포인 데다 반응이 너무 좋아서, 똑같은 심령 공포를 다루면 아무래도 임팩트가 떨어질 것 같았던 것이다. 대단한 반전이 있는 것도 아니고.

그리고 윤인혜의 영혼 결혼 이야기는 악귀를 퇴치하는 과정을 넣어야만 재미가 있는데, 그렇게 되면 CG에 엄청난 돈이 들어간다.

상황은 간단해도 10분 내외의 단편으로 만들 소재는 아니었다.

그래서 이번 영화는 영혼이 나오지 않는 현실 공포로 가닥을 잡았다. 말하자면 귀신보다 사람이 무섭다는 메시지의 공포 영화라고나 할까.

그렇게 되면 장르는 자연스럽게 스릴러 공포가 될 것 같고.

스토리를 정리하며 제목을 뭐로 정할지 고민하는데, 송현주가 했던 말이 떠올랐다.

―정말 세상에서 제일 끔찍한 사랑…… 아니, 집착이네요.

자연스럽게 '집착'이라는 제목이 떠올랐다.

남자든 여자든 그런 집착 범죄의 대상이 될 수 있으니까.

최근 들어 흔히 데이트 폭력이라고 불리는 범죄가 많이 발생한다.

여친이 말을 듣지 않는다고 혹은 헤어지자는 말을 했다고 폭행하고 심지어는 살인까지 저질렀다는 뉴스가 심심찮게 흘러나온다.

드물게는 이번 윤인혜 사건처럼 여친의 가족들까지 몰살시킨 범죄도 있었다.

소재만 잘 풀면 많은 사람들이 충분히 공감할 수 있는 공포 영화가 될 수 있겠다는 생각이 들었다.

일회용 커피를 세 잔이나 마시며 열심히 자판을 두드렸다.

처음엔 스토리만 간단히 메모하고 잘 생각이었는데 막상 이야기를 써 나가다 보니 계속 아이디어가 떠올라 잠을 잘 수가 없었다.

결국 종파티에 참석할 시간까지 10분 내외의 초고 시나리오를 완성해서 멤버들에게 이메일로 보냈다. 멤버들의 의견들을 듣고 빨리 기획 회의를 하고 싶었던 것이다.

～

거의 백 명에 가까운 사람들이 횟집을 통째로 세를 내다시피 해서 종파티를 했다.

태수가 빠듯하게 도착해서 들어가자 조진호 대표와 박홍식 감독, 손예지, 장웅인 등이 반갑게 맞이하며 제일 가운데 좌석으로 이끌어서 앉혀 줬다.

말하자면 대표와 감독, 주연배우들이 앉는, 스포트라이트를 가장 잘 받을 수 있는 상석이다.

술집이라서 아역들은 참석하지 않은 모양.

드라마나 영화의 종파티 하는 모습을 텔레비전이나 신문 기사로 가끔 보긴 했지만 자신이 직접 참석하는 건 처음이라서 뭔가 신기했다. 게다가 주연배우, 감독, 대표와 자리를 나란히 하다니.

기자들도 많이 참석을 해서 사진을 찍었는데, 그 속에 소희의 모습이 보였다.

소희가 왜 여기에 있지 생각하다가 이내 아차 하고 이마를 쳤다.

'내가 그때 대표님 카톡 받고 소희한테 바로 전달했었지? 그때 참석해서 취재하라고.'

태수는 대각선 방향에 혼자 앉아 있는 소희한테 늦게 와서 미안하다고 눈짓을 했다. 아는 사람도 없을 텐데 좀 일찍 와서 얘기라도 나눌걸.

소희도 태수를 향해 마주 웃어 보였다.

사람들이 대충 자리를 잡자 한상훈 피디가 일어나서 간단한 인사말로 배우들과 스태프들의 노고에 감사를 전했다.

"자, 이제 우리 〈모텔 파라다이스〉 제작사이자 고스트라인 대표이신 조진호 대표님의 인사말이 있겠습니다."

조진호 대표가 자리에서 일어나더니 감회가 새로운 듯 숨을 고르며 입을 열었다.

"저는 정말 우리 영화가 이렇게 무사히 제작이 될 수 있었다는 것만으로도 기적이라 생각합니다. 투자사도 외면하고 주연배우는 못 하겠다고 하차하고. 그땐 정말 희망이 보이지 않았습니다. 솔직히 말하면 당시 극단적인 생각까지도 했었으니까요."

감정이 벅찬지 조진호 대표가 말을 끊었다가 다시 이었다.

"그런데 기적이 일어났죠. 생각지도 못한 사람이 시나리오를 수정해서 가져왔는데, 정말 기가 막히게 끝내주는 시나리오였습니다."

조진호의 말에 사람들이 환호성과 함께 박수를 쳤다.

조진호의 바로 옆자리에 앉아 있던 태수는 얼굴이 발갛게 달아올랐다.

"그리고 그 친구가 손예지 씨를 캐스팅했습니다. 이게 기적 아닙니까? 손예지 씨가 출연만 한 게 아니라 투자까지 했어요. 저예산 공포 영화에 말입니다."

참석자들이 모두 손예지를 향해 '와' 하며 박수를 쳤다.

"그렇게 찾아온 기적을, 여기 계신 모든 배우분들과 스태프들이 혼신을 다해 만든 영화가 〈모텔 파라다이스〉입니다. 이쯤에서 우리 영화의 공동 제작자이자 각본가이며 손예지 씨를 캐스팅해 온 복덩이 장태수 작가를 소개합니다."

우렁찬 박수와 함께 환호성이 이어졌다.

이곳에 올 때만 해도 그저 자리를 채운다는 정도로만 생각하고 왔는데 이런 환대를 받는 주인공이 될 줄은 꿈에도 생각지 못했다.

태수에 대해 잘 모르는 기자들이 호기심 어린 눈빛으로 바라봤다.

자리에서 일어나긴 했으나 너무 갑작스럽고 당황스러워서 머릿속이 하얘졌다.

흐릿한 시야로 소희도 보이고 바로 건너편에서 눈웃음을

짓고 있는 예지 누나도 보였다.

"음…… 사실 제가 이 자리에 이렇게 서 있어도 되는지 잘 모르겠는데…… 정말 운이 좋았던 것 같습니다. 좋은 분들을 만났고 너무도 과분한 기회를 얻었던 것 같습니다. 모든 분들에게 감사드리고 우리 영화 〈모텔 파라다이스〉 정말 잘돼서 이곳에 모인 모든 분들이 인센티브를 받아 갈 수 있는 날이 왔으면 좋겠습니다. 감사합니다."

평범한 인사말이었지만 인센티브란 말 덕분에 횟집이 떠나갈 것 같은 환호성이 울렸다.

이어서 박흥식 감독과 손예지, 장웅인이 차례로 일어나서 인사를 했다.

화기애애한 분위기에서 술잔이 돌고 조진호 대표와 박흥식 감독, 손예지와 장웅인은 계속 자리를 옮겨 가며 스태프, 기자 들과 얘기를 나눴다.

태수도 스태프들과 술잔을 나눴고 기자들하고도 취중 인터뷰처럼 얘기를 나눴다.

다들 태수에 대해 궁금해했지만 영능력에 대한 얘기를 할수는 없었다.

소희도 모처럼 찾아온 취재 기회를 놓치지 않으려는 듯 손예지와 장웅인 두 사람의 곁을 열심히 쫓아다니는 모습이 보였다.

이윽고 태수의 곁으로 온 소희가 와서 말했다.

"너 되게 멋있어졌어. 너무 대단해 보여."

"쑥스럽게 왜 그래?"

"나 이번에 네 책 사서 읽어 봤거든. 정말 깜짝 놀랐어. 사실은 우리 편집장이 소설가 장태수 인터뷰도 따오라고 했어."

"진짜? 아직 별로 반응도 없는데?"

"무슨 소리야, 오늘 아침에 보니까 온라인 서점에서 문학 부문 신간 베스트 2위던데?"

"진짜?"

"응. 곧 종합 베스트셀러 30위에도 진입하겠던데? 민영사에서 엄청 대대적으로 마케팅을 하고 있어."

그쪽으로는 신경 쓸 여력이 없어서 전혀 생각도 못 했기에 자신의 일이 아닌 남의 일처럼 멀게 들렸다.

'오늘 집에 들어가면 독자들 리뷰가 있는지 읽어 봐야겠네.'

예전에 소설을 쓸 때면 자신이 잘 쓰고 있는지 어떤지를 몰라서 정말 답답했다. 독자들이 어떤 감상을 남겼을지 너무도 궁금했다.

"참, 명호네는 지난주에 크랭크업 했어. 특급 배우도 많고 제작비도 많이 써서 그런지 종파티를 아예 호텔을 통째로 빌려서 하더라고. 기자들도 엄청 부르고."

"거기도 갔었어?"

소희가 고개를 끄덕이며 말했다.

"응, 명호가 불러 줘서. 덕분에 조인수하고 강동운, 전지혜까지 인터뷰 다 했어. 내가 요즘 동창들 덕분에 회사에서 아주 잘나가는 기자 됐어."

"다행이네. 그쪽은 영화 어떻게 나왔대? 잘 나왔대?"

"말은 잘 나왔다고 하지. 쫑파티에서 제작사 대표들이 얼마나 설레발을 치는데. 하지만 그런 말은 믿을 게 못 되고 개봉 때 까 봐야지. 심지어는 언론 시사 반응하고 관객 반응이 완전히 다른 경우도 많거든. 참, 네 소설에 대한 인터뷰도 해야 하는데."

"나하고만 얘기하면 배우들 취재 못 하잖아. 난 나중에 이메일 인터뷰를 해도 되니까, 얼른 다른 배우들 취재해. 손예지 누나 옆에 앉게 해 줄까?"

소희가 웃으면서 말했다.

"아니, 안 그래도 돼. 아까 손예지 씨가 나 보자마자 태수 친구 왔다고 옆으로 오라고 하시더라고."

"그랬어?"

소희가 자리를 옮긴 후 혼자 술잔을 기울이는데 조진호 대표가 벌겋게 취기가 오른 얼굴로 옆에 와서 앉더니 어깨에 손을 얹고는 말했다.

"장 작가, 정말 고마워."

"아, 대표님."

"장 작가는 정말 내 은인이야, 은인."

"에이, 왜 그러세요. 저야말로 감사하죠. 〈모텔 파라다이스〉 덕분에 영화에 눈을 떴으니까."

조진호가 갑자기 정색을 하고 은근한 목소리로 말했다.

"나…… 장 작가 ≪비가 오면≫ 읽었어."

"아, 그러셨어요?"

조진호가 태수의 손을 덥석 잡으며 말했다.

"나하고 계약하자. 그 소설은 그냥 영화야. 각색은 장 작가가 하고. 내가 진짜 좋은 감독하고 배우 모셔다가 열심히 잘 만들게. 응?"

태수가 배시시 웃으며 말했다.

"그렇잖아도 그 얘기 언제 하시나 기다리고 있었어요. 출판사에서 두 번이나 전화 왔었거든요. 영화 판권 계약하자는 영화사 있다고."

"그럼 나 때문에 거절한 거야?"

"그거 말고 이유가 뭐가 있겠어요."

조진호가 갑자기 태수를 와락 끌어안았다.

"어, 어…… 대표님."

조진호가 팔을 풀고는 감동한 눈빛으로 말했다.

"고마워, 장 작가. 믿어 줘서 정말 고마워."

이후 박흥식 감독, 예지 누나, 장웅인 선배하고도 얘기를 나눴다.

박흥식 감독은 술을 꽤 마셨는지 얼굴이 벌겋게 달아올라 있었다.

후반 작업이 남긴 했지만 실질적으로 촬영이 끝났으니, 영화가 개봉했을 때 어떤 반응이 올지 불안감이 많은 것 같았다.

"영화는 잘 나올 것 같은데 엄청 불안하기도 해. 다들 시나리오 좋고 배우 좋아서 당연히 잘 나올 것처럼 말들을 하니까 내 입장에선 엄청 부담이지."

어떤 감독이든 그런 부담을 피할 수는 없을 것 같았다. 감독은 영화라는 커다란 배의 선장이고 흥행에 대한 최종 책임도 감독의 몫이니까.

〈앞집에 사는 여자〉처럼 아무런 부담 없이 찍고 유튜브에 올리는 8분짜리 영화하고는 마음가짐이 다를 수밖에 없다.

하지만 안심해도 될 것 같았다.

변수가 없진 않겠지만 지금까지 진행된 상황으로 봐서 〈모텔 파라다이스〉는 한국 공포 영화사에 이정표를 세울 수 있는 작품이 될 같으니까.

이번엔 반대쪽에서 누군가의 팔이 태수의 목을 휘감았다.

'헉.'

손예지가 옆으로 와서 태수의 목을 끌어안았던 것이다.

"야, 장태수."

"아, 네, 네."

"너 내가 장담하는데, 오래지 않아 한국을 대표하는 영화

감독이 될 거야."

손예지의 말에 앞에 앉아 있던 조진호가 물었다.

"예지 씨, 그게 무슨 말이에요?"

"대표님. 장 작가, 아니 장 감독 잘 잡으세요. 얘 시나리오만 잘 쓰는 게 아니에요. 연출력도 아주 죽이더라고요."

조진호가 어리둥절한 눈으로 물었다.

"이게 무슨 소리야? 장 작가가 나 모르게 영화 연출이라도 했다는 거야?"

"대표님, 모르세요, 태수가 공포 단편영화 연출한 거?"

"공포 단편영화? 아, 그거 뭐 유튜브에 올린다던?"

태수가 대답했다.

"예, 맞아요."

"그거 벌써 완성된 거야? 어디 가면 볼 수 있어?"

"그게 아니라 예지 누나가 촬영 현장에 직접 찾아왔었거든요."

조진호가 눈을 휘둥그레 뜨고 말했다.

"와, 예지 씨가 거길 직접 찾아갔다고? 진짜 태수를 엄청 아끼시나 보네."

손예지가 검지를 세워서 조진호 눈앞에 대고 흔들며 말했다.

"대표님, 태수한테 좀 더 신경 쓰시는 게 좋을 거예요. 그러다가 장래 대한민국 최고의 감독이 될 사람을 놓치게 되는 수가 있거든요?"

태수가 온몸이 오글거리는 것처럼 어쩔 줄을 몰라 하자 조진호가 눈을 빛내며 정색을 하고 말했다.

"가만, 손예지 씨가 이렇게 말할 정도면 뭔가 있는 건데? 장 작가, 그 영상 어디 가면 볼 수가 있어? 지금 유튜브에 올려놨어?"

"아뇨. 편집은 다 끝났는데 아직 음악하고 효과를 다 못 넣어서 조금 더 작업해야 돼요. 파일은 지금 제 노트북에 들어 있고요."

"그래? 그 파일 지금 좀 볼 수 있을까?"

"지금 여기서요?"

"아니, 저기 안쪽 빈방에 들어가서. 장 작가, 잠깐 나 좀 보자고."

조진호가 태수의 손을 잡고서는 횟집 안쪽의 빈방으로 잡아끌었다.

태수가 어쩔 수 없이 노트북을 부팅시켜서 〈앞집에 사는 여자〉의 편집된 영상을 틀었다.

조진호가 언제 취기가 돌았나 싶게 눈을 빛내며 영상을 봤다.

8분가량의 영상을 모두 지켜본 조진호가 태수를 돌아보고 물었다.

"어? 저 귀신 역할 한 배우, 요즘 〈최고의 사랑〉 나오는 송현주 아냐?"

"맞아요. 저하고 아는 사이라서 이번에 부탁을 했거든요."

"야, 이거 뭐, 그냥 학생 영화가 아닌데. 배우도 그렇고 연출력도 그렇고. 솔직히 잘 만들 거라고 예상은 했지만 이 정도인 줄은 몰랐어. 예지 씨 말이 맞았네. 장 작가, 아니 앞으로는 장 감독이라고 불러야 할 것 같아."

"이제 겨우 시작인걸요."

"시나리오도 좋고 연출력도 뛰어나고. 어떻게 영화를 한 번도 만들어 보지 않았는데 이런 연출을 할 수가 있지? 컷이 넘어가는 것도 자연스럽고 앵글도 좋고. 이야…… 〈천녀유혼〉 같은 판타지 공포 영화 만들어도 잘 만들겠다. 앞으로 이런 단편 작업 계속할 거지?"

"예, 앞으로도 계속하려고 해요."

"음…… 이거 우리 회사하고 같이하자."

"예?"

"이거 그냥 유튜브에 올려서 소모하기엔 너무 잘 만들었어. 괜찮은 단편은 장편으로 발전시킬 수도 있고 제작 지원에 대한 부분도 아무래도 학교보다는 우리가 훨씬 체계적으로 해 줄 수가 있을 거야."

처음 태수가 유튜브에 영상을 올린다는 말을 했을 때 조진호도 공포 영화 전문 제작사를 생각하면서 그런 기획을 생각했었다는 얘기를 들려줬다.

당시 신인 감독들을 모아서 공포 단편영화를 몇 편 만들었고 그것 때문에 장비들도 모두 구입했다고 했다. 아주 좋은 장비는 아니지만 학교에 있는 장비보다는 나을 것이란 말과 함께.

솔직히 태수도 학교 장비를 쓰는 게 불편하긴 했다. 일일이 사용 계획서 작성해서 교수들 허락도 받아야 하고, 연영과 학생들이 사용할 때는 기다려야 할 때도 있고.

무엇보다 연영과 학생들 눈치가 보인다는 게 신경이 쓰였다. 그것 때문에 연영과 학생들 중에서 무리하게 캐스팅을 하려다 보니 이번에 조인영 같은 일도 벌어졌고.

어쨌든 그 부분은 자신이 혼자 결정할 수 있는 문제가 아니었다. 고스트라인과 함께 프로젝트를 진행해서 추후 일이 잘됐을 때 생길 수 있는 여러 문제들도 체크해 봐야 한다.

"전 지금 일하는 동생들을 계속 함께 데리고 하고 싶거든요. 만약 고스트라인의 지원을 받아도 그렇게 할 수가 있나요?"

"음, 상관없어. 어차피 지금 내가 인력적인 부분은 지원해 줄 수가 없으니까. 난 지금은 단지 장 감독을 도우면서 인연을 계속 이어 가고 싶은 거야. 만약 그 프로젝트가 잘 진행이 되면, 그때 가서 서로 얘기를 나누면 되지 않을까? 그 친구들이 일만 잘한다면 아예 우리 제작사 직원으로 일할 수도 있고."

사실 태수가 가장 바라는 그림이기도 하다.

조진호 같은 노련한 사람이 전체적인 기획 방향을 잡아 주고 그 아래에서 동생들이 자신과 함께 커리어를 쌓으면서 일할 수 있는 기회를 얻는 것.

지금까지 지켜본 조진호 대표라면 충분히 믿고 함께해도 좋겠다는 생각이 들었다.

"일단 제가 동생들 만나서 얘기를 나눠 보고 최종 확답을 드릴게요."

"그래, 그렇게 하고. 음…… 그 대학생영화제가 6월이라고 했지?"

"예."

"그 영화제 출품할 작품도 같이 준비하고 있는 거야?"

"예. 소재는 잡았고 계속 스토리를 조금씩 다듬고 있어요."

"만약 거기서 좋은 결과 나오면 말이야……."

조진호가 잠시 뜸을 들인 후에 말했다.

"≪비가 오면≫을 장 작가가 직접 연출해 보는 건 어떨까?"

"예?"

"내가 보기에 몇 작품만 더 만들면서 경험을 쌓으면 충분히 가능할 것 같아. 물론 신인 감독이라서 투자라든가 캐스팅이 쉽지 않을 수도 있지만, 영화제에 출품한 작품의 결과가 좋다면 가능할 것 같거든."

가끔 상상을 하긴 했지만 그 꿈이 현실이 될 수 있다는 생각을 하자 가슴이 벅차올랐다. 한편으로는 과연 자신이 벌써 상업 장편영화의 감독을 꿈꿔도 되는지 의심도 들었고.

"제가 아직 아무것도 한 게 없는데, 감독을 할 수가 있나요?"

"한 게 왜 없어? 상업 장편영화의 시나리오도 썼고, 원작 소설은 영화 판권 계약을 맺을 거고, 단편영화로 훌륭한 연출력도 보여 줬잖아. 그리고 6월에 대학생영화제에 출품한 작품이 좋은 평가만 받는다면 자격은 충분하지."

가끔 자신이 ≪비가 오면≫을 연출한다면 정말 잘 만들 수 있을 것 같다는 생각을 했지만, 그건 어디까지나 막연한 희망 사항에 불과했다.

'이상하다. 책의 띠지에는 내가 각색을 한다는 얘기만 적혀 있었는데?'

태수는 당시 ≪비가 오면≫의 띠지에서 봤던 문구들을 다시 떠올렸다.

한국 문단의 걸출한 스토리텔러 정태수 작가, 첫 장편소설 ≪비가 오면≫의 베스트셀러 등극에 이어 각본을 맡은 공포 영화 〈모텔 파라다이스〉까지 연이은 흥행 폭발! 첫 장편소설 ≪비가 오면≫의 각색도 직접 맡아 고스트라인과 다시 호흡을 맞출 예정!

각색을 맡았다는 얘기는 있었지만 감독을 맡았다는 얘기는 문구에 없었다.

근데 문구를 가만히 살펴보면 '≪비가 오면≫의 각색도 직접 맡아서 고스트라인과 다시 호흡을 맞출 예정!'이라고 되어 있다.

그 말은 띠지가 인쇄될 때만 해도 아직 감독이 정해지지 않았다는 말로 해석할 수 있다.

그렇다면 아직 미래에 자신이 ≪비가 오면≫을 연출하게 되는지 어떤지 알 수가 없는 상황이라는 말이다.

"어때, 장 작가? 한번 그렇게 진행을 해 보자. 물론 이 모든 얘기는 〈모텔 파라다이스〉가 흥행해야 한다는 전제를 깔고 하는 거야. 만약 영화가 흥행을 못 하면 내가 투자를 받기가 쉽지 않을 테니까."

"알았어요. 기회만 주어진다면 저도 ≪비가 오면≫은 꼭 제가 연출을 하고 싶습니다."

"좋아, 오케이. 그럼 그렇게 알고 있을게. 그리고 유튜브 영상은 같이하는 동생들한테 물어보고 최종 확답을 줘."

"네, 그럴게요."

꿈대학 동아리실.

태수의 얘기를 들은 동생들은 다들 설레는 표정을 감추지 않았다.

태수를 제외하면 구체적인 목표보다는 영화 일을 좋아하니까 뭐든 해 보자는 정도의 심정으로 시작한 프로젝트다.

영화도 기대 이상으로 잘 나온 데다 현재 상업 영화를 만들고 있는 영화 제작사가 관심을 가졌다는 것만으로도 흥분이 되는 일이 아닐 수가 없었다. 그만큼 이번에 만든 영화와 프로젝트가 가능성을 인정받았다는 얘기니까.

다들 고스트라인과 함께 일할 수 있다면 학교 장비 말고 그쪽의 지원을 받자고 이구동성으로 말했다.

용만이 덧붙여서 말했다.

"어제 연영과 친구한테 들었는데, 이번에 우리 영화 만들고 나서 연영과에서 말들이 엄청 많았대. 왜 문창과가 연영과 장비를 사용하냐고."

"그건 연영과 학과장님이 허락하신 건데?"

"그건 알고 있는데 어쨌든 기분이 나쁘다는 거지. 연영과에 신호철이라고 나이 많은 선배가 있어. 나이가 서른 몇 살이라던가."

"난 처음 들어 보는데? 신호철?"

미경이 나서서 말했다.

"선배님은 휴학해서 잘 모르시겠지만 연영과 과댄데 나이도 많고 또 학교 들어오기 전에 상업 영화 조감독 출신이라고 해서 제가 인터뷰도 했거든요. 영화 현장에 있다 와서 그런지 좀 거칠기도 하고 상업 영화판에 있다가 왔다고 엄청 잘난 체하는 스타일이에요. 근데 그 사람이 학과장 찾아가서 항의도 하고 그랬나 봐요."

사실 따지고 보면 연영과 과대 입장에서는 그럴 수도 있겠다는 생각이 들었다. 하지만 자신들도 최대한 그쪽 피해가 안 가도록 조심해서 쓰는데 너무하다는 생각도 들었다.

"근데 어차피 우리가 장비 쓰는 건 자기들 안 쓸 때 쓰는 거잖아."

태수의 말에 용만이 대답했다.

"형, 장비가 문제가 아니라 박준호하고 조인영이 과에 돌아가서 뭐라고 했는지 연영과 연기과 애들이 다들 우리 영화에 출연하고 싶어 한다는 거야. 그거 갖고 그 형이 열이 좀 받았나 봐."

미경이 말했다.

"저도 그 얘기 들었어요. 영화가 잘 나왔다는 소문이 돌아서 그런 건지, 저한테도 연기과 선배들이 다음 영화 언제 제작하는지, 그때 배우 오디션 하는지 꼬치꼬치 물어보더라고요."

소영도 말했다.

"저도 깜짝 놀랐어요. 제가 아는 연영과 친구가 유튜브 다음 영화 언제 하냐고, 배우 오디션 보는 거냐고 물어봐서."

사실 학교 학생들이 영화를 제작할 때 가장 힘든 부분이 배우들이다. 연영과 연기하는 애들한테 부탁을 해야 하는데, 연기력이 좋고 잘나가는 학생들은 외부 영화에 참여하고 싶어 하지 학생 작품에 출연을 잘 안 하려고 한다.

근데 오디션까지 볼 생각을 하고 있다니 정말 의외였다.

오디션을 본다면 어차피 미스터리클럽 멤버들이 심사를 볼 텐데, 연영과 과대 입장에서는 자존심이 상할 법도 하다.

미경이 말했다.

"그래서 그 과대 오빠가 열을 좀 받았대요. 왜 자기네 영화 만들 때는 연기과에서 협조 안 해 주면서 다른 학과 영화에 숙이고 들어가냐고."

정우가 어이가 없다는 듯 말했다.

"참 나, 그게 무슨 열 받을 일이야? 자기네도 영화 잘 만들어 봐, 당연히 연기하는 애들은 출연하고 싶어 하지. 작년 대학생영화제 때 최종 15팀 뽑는 본선도 통과 못 했으면서."

소영이 말했다.

"어쨌든 불필요하게 연영과 자극할 필요는 없잖아요. 만약 다른 장비 쓸 수 있으면, 그쪽에서도 시비 걸 일이 없을 테고."

그때 방문을 두드리는 노크 소리가 들려왔다.

똑똑똑.

방문을 열었더니 입구에 덩치가 큰 학생 세 명이 서 있었다. 두 명은 학생 같은데 나머지 한 명은 거의 교수에 가까운 분위기.

미경이 알은체를 하며 자리에서 일어났다.

"어? 과대 선배님, 어쩐 일이세요?"

"장태수가 누구냐?"

태수가 자리에서 일어나며 대답했다.

"전데요?"

신호철이 안으로 들어서며 손을 내밀었다.

"연영과 과대 신호철이오."

태수가 손을 잡고 악수를 하자 신호철이 말했다.

"나 서른넷인데 말 까도 되지?"

갑자기 반말을 하는 호철을 향해 태수가 어이가 없다는 표정으로 반문했다.

"예? 아니, 댁이 날 언제 봤다고 말을 깝니까?"

태수도 온갖 알바를 하며 산전수전을 다 겪으며 살았다. 그리고 최근 영화 현장에서는 신호철보다 훨씬 나이가 많은 사람들하고도 대등한 관계로 일을 했었고.

아무리 학교라고 해도 이렇게 예의 없게 구는 사람한테 반말을 듣고 싶지 않았던 것이다.

신호철이 가소롭다는 듯 피식 웃으며 욕설을 내뱉었다.

"뭐? 댁이? 씨발…… 존나 싸가지 없네."

신호철이 금방이라도 한 대 칠 것처럼 말했다.

"너 몇 살이냐?"

"스물넷인데."

"넷인데? 너 지금 나한테 반말 깠냐?"

"당신이 먼저 반말하니까 나도 반말하는 거야."

퇴마술은 영을 상대로 하는 영능력이지만 기공을 실어서 하는 무술들은 당연히 인간을 상대로도 힘을 발휘할 수가 있다.

덕분에 태수는 눈앞의 신호철에게 전혀 위협을 느끼지 못했다.

태수의 눈빛에서 그런 기세를 읽은 것인지 신호철이 더 이상의 거친 행동은 하지 않고 말했다.

"경고하는데, 우리 기자재 쓸 때 나한테 허락받고 써라. 교수가 뭐라고 했든 그 기자재들 관리하는 실무 담당자는 나니까. 니들도 알았지?"

신호철이 위협적으로 말하자 태수가 말했다.

"나이 들어서 아직도 중고딩처럼 힘으로 사람들을 어떻게 해 보려고 하는 건 좀 아니지 않나? 게다가 여긴 문창관데?"

태수가 너무 당당하게 말을 받아치자 신호철도 살짝 당황하는 기색을 보였다.

태수가 계속해서 말을 이어 나갔다.

"그리고 앞으로는 우리도 연영과 기자재 쓸 일 없을 테니까 그쪽도 함부로 남의 동아리방에 들어와서 행패 부리는 일은 없었으면 좋겠어."

신호철이 태수 앞으로 바싹 다가와서 말했다.

"허접한 영화 하나 만들면서 시바 존나 요란해요. 영화가 그렇게 만만해 보여? 영화판이 어떤지 알지도 못하는 어린 새끼가."

옆에서 듣고 있던 용만이 말했다.

"형, 그건 좀 아닌 것 같은데요. 태수 형 이번에 〈모텔 파라다이스〉 각본 쓴 사람이에요."

"시바, 각본 썼다고 연출도 잘하냐? 각본은 각본이고 연출은 연출이야. 난 영화판에서 12년을 구르다가 학교에 들어온 사람이야. 내가 제작부에 막내로 있을 때 봉준우 감독 〈괴물〉 찍었다. 시바, 니들이 영화를 알아?"

미경이 말했다.

"영화 오래했다고 잘하는 건 아니잖아요."

"조용히 해, 영화는 짬밥이야. 지금 유명 감독들 다 연출부, 제작부 하면서 바닥부터 빡빡 기었던 사람들이야. 단편 영화 계속 만들어서 유튜브에 올린다고? 제작비가 어디서 났는지는 모르지만 영화 돈으로 만드냐? 돈 많다고 돈지랄 하는 것도 아니고."

신호철이 식식거리며 태수를 노려보더니 방문을 쾅 닫고 나갔다.

신호철이 나가자마자 소영이 어이없다는 듯 말했다.

"완전 마초 캐릭터네. 참나, 어이가 없어서. 뭐든지 자기 기준으로만 얘기를 해."

미경도 거들었다.

"연영과 사람들도 저 선배 때문에 엄청 힘들어한대요. 저 선배 과대 되고부터 군기 잡는다고 분위기도 살벌하고."

태수가 웃으며 말했다.

"그럼 자연스럽게 결정이 됐네. 우린 앞으로 연영과 장비 말고 고스트라인 장비 쓰는 거로 하자. 자, 그럼 이제부터 다음 영화 기획 회의할까? 다들 시나리오 받았지?"

<집착> 오디션

태수는 신호철이 다녀간 후 오히려 마음이 더 단단해졌다. 신호철의 말이 맞는 건 아니지만 덕분에 영화를 대하는 마음이 더욱 진지하고 절실해졌다.

태수가 〈집착〉 시나리오를 테이블에 올리며 말했다.

"외부에서 볼 때는 동아리 학생들이 대충 만드는 영화라고 생각할 수 있을 거야. 우리가 대충 취미로 영화 만드는 게 아니라는 걸 보여 줄 수 있는 가장 확실한 방법은 영화를 잘 만드는 거겠지. 게다가 이제 우린 고스트라인이라는 영화 제작사와 협력을 해서 영화를 만드는 거니까, 아마추어라고 할 수도 없어."

소영이 말했다.

"충분히 잘 알고 있어요. 형한테는 말하지 않았지만 실은 우리 모두 매일 수업 끝나면 여기 동아리실에 모여서 스터디 한다고요."

태수는 처음 듣는 얘기였다. 요즘 워낙 바빠서 동생들과 함께할 시간이 적었던 것이다.

"각자 시나리오 써 와서 합평도 하고, 교수님하고 모여서 평가도 받고 그래요."

"교수님이라니?"

정우가 말했다.

"고민석 교수님이 일주일에 한 번씩 동아리실에 직접 오셔서 시나리오도 봐주시고, 영화에 대한 강의도 따로 해 주세요. 심지어 밥도 사 주신다니까요."

"진짜? 교수님이 영화 강의를 하셔?"

"'메아리'라고 한강대학교 영화 동아리 있잖아요?"

"알아, 우리나라 유명 감독 중에 거기 출신 많잖아. 사실 나도 메아리를 모티브로 해서 우리 클럽 만든 건데."

"메아리 창립 멤버가 세 명인데, 정지훈 감독하고 홍일수 감독 그리고 고민석 교수님이래요."

고민석 교수가 메아리의 창립 멤버였다니, 전혀 생각지도 못한 얘기였다.

정지훈 감독, 홍일수 감독은 나름 우리나라에서 자신만의 색깔로 자리를 잡은 베테랑 감독들이다.

그동안 고민석 교수가 영화와 미스터리클럽 운영에 많은 관심을 보인 이유를 이제야 알 것 같았다.

'어쩐지 영화에 대한 내공이 상당하다 했더니.'

사실 프로젝트를 진행하면서 동생들이 쫓아오지 못할까 봐 걱정이 많았는데, 고민석 교수의 지도를 받으며 공부를 하고 있다니 마음이 놓였다.

"자, 그럼 우리의 두 번째 영화 시나리오 회의를 시작할까? 다들 시나리오 어떻게 읽었어?"

멤버들이 인쇄해 온 시나리오를 펼치고는 각자의 생각을 돌아가면서 말했다.

먼저 소영이 의견을 말했다.

소영이 가지고 있는 시나리오 종이에는 여백이 없을 정도로 깨알 같은 글자들이 잔뜩 적혀 있었다.

"전 이번 시나리오도 꽤 재미있게 읽었어요. 〈앞집에 사는 여자〉 정도는 아니지만 데이트 폭력이라는 소재가 그에 못지않게 섬뜩한 공포를 느낄 수 있는 스토리라고 생각해요. 다만 첫 번째 영화의 임팩트가 너무 강해서 그 정도의 반응이 나올지는 잘 모르겠어요."

이어서 정우와 민지, 용만, 미경의 순으로 의견을 말했다.

"저도 이번 시나리오 역시 재미있었어요. 다만 〈앞집녀〉하고 비교하면 좀 부족하다고 느꼈어요. 제가 심령 공포를 워낙 좋아해서 그럴 수도 있겠지만. 그래도 전 이 정도도 꽤

찮다고 생각해요. 매번 완성도 높은 시나리오를 어떻게 쓰겠어요?"

"난 여자라서 그런지 〈앞집녀〉보다 공포의 강도는 더 강했던 것 같아요. 사귀던 여자가 헤어지자고 하니까 그 오빠까지 살해하는 얘기인데. 후우, 현실에서 정말로 일어날 수 있는 일이라고 생각해서 그런지 너무너무 무서웠어요."

용만이 말했다.

"형, 난 솔직히 말하면 〈앞집녀〉가 훨씬 좋았어. 물론 남자라 그렇게 강한 공포를 느끼지 않아서 그런 건지도 모르지만, 〈앞집녀〉는 반전도 좋았고 영상미도 있었고. 난 이번에도 심령 공포 했으면 좋겠어."

마지막으로 미경이 말했다.

"전 이번 영화도 〈앞집녀〉 못지않게 좋았고 무서웠어요. 솔직히 할리우드 슬래셔 무비 보면 무조건 찌르고 죽이는 고어 장면이 많이 나오는데, 이건 심리묘사 위주라서 더 무섭고 좋았어요. 다만 아쉬운 건 진행이 너무 뻔하게 예상이 되는 것 같아요. 뭔가 마지막에 임팩트를 주든 반전을 주든 변화가 생겼으면 좋겠는데. 물론 그게 쉬운 일은 아니겠지만."

역시 마지막 미경의 얘기가 태수의 생각과 가장 가까웠다.

태수도 임팩트가 강한 뭔가가 마지막에 들어갔으면 좋겠다는 생각을 계속 하고 있었던 것이다.

"좋아. 지금은 〈앞집녀〉보다 살짝 아쉽다는 의견이 많네.

내가 임팩트 부분은 좀 더 고민을 해 볼게. 그럼 나머지 부분들…… 배우나 촬영 장소, 특수 분장 같은 부분들은 어떻게 할까?"

정우와 민지가 손을 들었다.

"피 만드는 건 저희 둘이 할게요."

용만이 말했다.

"니들 또 작년처럼 씻어도 안 지워지는 피 만들어서 배우들 기겁하게 하지 마라."

멤버들이 쿡쿡거리고 웃었다.

실제 작년에 대학생영화제 출품작 찍을 때 배우가 머리에 피를 발랐는데 씻기지가 않아서 결국 붉은색으로 염색을 하는 사태까지 벌어졌던 것이다.

"걱정하지 마. 우리도 그때 트라우마 생겨서 이젠 확실하게 할 거야."

"자, 그럼 특분은 됐고. 촬영 장소는 2층짜리 전원주택이 있으면 딱 좋을 것 같은데."

용만이 말했다.

"형, 촬영 언제 할 거야? 다음 주 일요일에 하면 안 돼?"

"다음 주 일요일? 왜?"

"양평에 우리 친척 아저씨 살고 있는데, 그 집이 다음 주 토요일부터 화요일까지 제주도에 놀러 가거든. 내가 빌려 달라고 하면 아마 빌려줄 거야. 2층 전원주택인데 공간도 넓고

방도 많아서 살인범하고 쫓고 쫓기는 장면 찍기 좋을 거야."

"그럼 무조건 그 날짜에 맞춰야지. 오케이, 촬영 일자는 다음 주 일요일로 정하자. 그럼 열흘 정도 남은 거니까 거기 맞춰서 진행하면 되겠네. 마지막으로 배우는 어떻게 할까?"

이번에 출연하는 배우는 모두 네 명이다.

모두 대학생으로 여자는 효성과 정아, 남자는 진우와 종민.

그중에서 실질적인 주연으로 연기력이 필요한 배우는 효성과 진우다.

미경이 말했다.

"오디션으로 뽑으면 어때요? 연영과 연기 전공 학생들도 이번 영화에 관심이 많고, 외부에서도 지원할 가능성이 있을 것 같은데."

민지가 물었다.

"외부에서 지원한다고? 누가? 우리가 오디션 공고 낸다고 지원을 하는 배우들이 있을까?"

"제가 내일 〈앞집녀〉 영어 자막 넣어서 유튜브에 올릴 건데요. 그때 영상 마지막에 크레딧 올라갈 때 두 번째 영화 오디션 안내 자막을 넣으면 어떨까 싶어요."

태수가 물었다.

"아이디어는 괜찮은데, 유튜브에 올려도 사람들이 며칠 사이에 얼마나 보겠어?"

"아마 송현주 씨가 나와서 사람들이 꽤 볼 것 같은데요?"

정우의 말에 태수가 고개를 갸웃했다.

"솔직히 우리가 오디션으로 배우 뽑는다는 것도 좀 웃기지 않나? 그리고 학생 영화에 오디션 보러 오는 배우들이 있을까?"

미경이 말했다.

"우리 영화가 학생 영화 수준이 아니잖아요. 다들 영화 보고 엄청 놀라더라고요. 아마 연영과 학생들이나 일반 배우들도 영화 보면 출연하고 싶은 마음 들 거예요."

소영도 거들었다.

"캐스팅은 그냥 오디션으로 진행해요. 만약 괜찮으면 앞으로도 계속 그렇게 배우 뽑으면 되잖아요. 지난번처럼 배우 연기력도 모르고 캐스팅했다가 또 실수하면 어떡해요?"

소영이 지난번 캐스팅 미스 얘기를 하자 태수도 결국 고개를 끄덕였다.

"좋아, 그럼 배우는 오디션으로 뽑는 거로 하고. 오디션 진행 날짜하고 세부적인 사항은 미경이가 책임지고 진행하도록 해."

항상 아이디어와 에너지가 넘치는 미경이 신이 난 표정으로 대답했다.

"넵, 알겠습니당!"

민영사 편집장실.

태수가 민영사 편집장실로 들어서자 박홍구 편집부장과 강수인 팀장 그리고 고스트라인 조진호 대표가 반갑게 태수를 맞이했다.

오늘 출판사에서 약속을 한 이유는 ≪비가 오면≫의 영화 판권 계약서에 도장을 찍기 위해서였다.

박홍구 편집장이 태수와 조진호 대표에게 각각 계약서를 건네며 말했다.

"지난번 작가님한테 말씀드렸던 내용으로 작성한 계약서입니다. 검토해 보시죠."

태수는 계약서를 받아서 펼쳤다.

막연하게 ≪비가 오면≫이 영화화되리라고 생각은 하고 있었지만 직접 계약서를 보니 감회가 새로웠다.

영상화판권설정계약서

갑 : ㈜고스트라인(영화 제작사)

을 : 장태수(원작자)

병 : 민영사(원작 출판사)

갑과 을과 병은 다음과 같이 극장용 영화의 원작 ≪비가 오면≫에 대한 저작권 계약을 체결한다.

이하 여러 계약 조항들이 빼곡하게 적혀 있었다.

출판사가 작가 에이전시를 하는 개념이라서 나머지 조항들은 믿고 도장을 찍으면 될 것 같았다.

원작 저작권료는 3천만 원이고 영화 흥행 시에 인센티브 5퍼센트 지급 조건이었다.

원작 계약을 하고 나면 다시 조진호 대표와 각색 계약을 하고 연출을 하게 되면 감독 계약도 따로 해야만 한다.

조진호 대표도 별다른 이의 없이 도장을 찍었고 태수도 역시 사인을 했다.

사인을 하고 난 후에는 박홍구 편집장과 강수인 팀장, 조진호 대표에 태수까지 넷이서 근처 고급스러워 보이는 중국집에서 요리를 시켜 식사를 했다.

식사를 하면서 앞으로 출판사와 영화사가 서로 윈윈이 되도록 같이 마케팅을 하자는 논의가 진행됐다.

출판사 입장에서는 소설이 영화화되면 엄청난 홍보 수단이 되고, 영화 제작사 입장에서도 책이 많이 팔리면 팔릴수록 영화에 대한 홍보가 되니까 서로 도움이 된다.

강수인 팀장이 말했다.

"≪비가 오면≫은 현재 보교문고 문학 부문 베스트 13위까지 순위가 올라갔어요. 원래 15위 진입이 정말 힘든데, 생각보다 빠르게 진입을 해서 아마 다음 주에는 종합 베스트셀러 30위권도 가능할 것 같습니다."

강수인의 말에 조진호가 말했다.

"종합 베스트셀러 10위권에만 들어가면 영화 투자받을 때도 도움이 많이 될 텐데. 출판사에서 홍보 좀 많이 해 주십시오."

박홍구 편집장이 말했다.

"그럼요. ≪비가 오면≫은 저희 출판사가 올 상반기 메인으로 밀고 있는 작품인걸요. 처음엔 이 정도까지 반응이 있으리라는 생각을 못 해서 저희도 놀라는 중입니다. 조만간 라디오 광고도 나갈 거고, 보교문고에서 작가 사인회도 생각을 하고 있습니다."

〈집착〉시나리오를 보완하기 위해 이틀째 시나리오를 붙잡고 고민했지만 좋은 아이디어가 떠오르지 않았다. 촬영 날짜는 다가오는데 마음이 점점 답답했다.

한창 시나리오를 붙들고 끙끙대는데 카톡이 울렸다.

용만이 보낸 카톡이었다.

형, 오싹한 이야기 채널에 들어가서 봐요. 〈앞집녀〉조회 수는 아직 많지 않은데, 댓글 반응이 장난 아니에요.

〈앞집에 사는 여자〉는 미경이 번역 자막까지 넣어서 이틀 전에 유튜브에 올렸다고 들었다. 이틀 사이에 조회 수가 얼마나 나올까 싶어서 아직 들어가지를 않았는데.

태수가 유튜브 오싹한 이야기 채널로 들어갔다.

영화를 올린 지 이틀밖에 지나지 않았는데 조회 수가 벌써 500을 넘어서고 있었다. 클릭 수도 클릭 수지만 동영상 아래에 달려 있는 댓글의 반응이 상당히 뜨거웠다.

－(타천사리*) 으~~~~ 완전 소름이네요

－(라이프제*) 와, 그럼 죽은 건 남주가 먼저였네;; 여자 개소름 시체 보면서 생활한 거임? 무섭ㄷㄷㄷㄷ

－(hi*) 헐~ 이런 반전이…….

－(기냥왔*) 와 남주가 나쁜 x이네요. 살아 있을 때 말도 못 하고 귀신 돼서 꼬시다니.

－(카야시*) 악, 스포를 봐 버렸어. ㅠ.ㅠ

－(뒹굴이3*) 큭, 반전 죽이네요.

－(독불*) 귀신도 쓰는 귀톡…… ㅋㅋ

－(부유*) 오~~~~ 송현주다~~

－(omp790*) 헉 대박대박 10분짜리 단편에 이런 반전이라니.

－(kokosh*) ㄷㄷㄷ 지금 좀 추워졌어요 ㅠㅠ

－(tost*) 와씨, 똥 싸면서 보다가 쫄아서 똥 들어감…….

－(희연*) 으악 ㅠㅠ 넘 재밌지만 넘 무섭…… ㅠㅠ

─(쭈*) 와…… 뒷목에 소름 돋음

─(잠탱이의*) 반전 같은 소리 하고 있네. 다 예, 예상했던 거야…… 창
　　문을 열어 놨나, 왜 목 뒷덜미가 서늘하지……?

유튜브에 올리기 전까지만 해도 사람들 반응이 어떨지 궁
금해서 초조했는데, 막상 댓글들을 보니 심장이 찌릿찌릿했
다. 더불어 다음 〈집착〉 시나리오에 대한 부담은 오히려 더
커졌다.

〈집착〉의 배우 오디션을 보기로 한 시각이 오후 2시.
태수는 30분 일찍 학교에 도착해서 동아리방으로 향했다.
동아리방이 있는 학생회관 2층 계단을 올라가려는데 1층에
서부터 계단을 따라 학생들이 줄을 서서 늘어서 있었다.
'오늘 무슨 학교 행사가 있나?'
고개를 갸웃하며 2층으로 올라가서 동아리방 복도로 들어
서던 태수가 멈칫 제자리에 멈춰 섰다.
정체 모를 긴 줄이 동아리방 앞으로 이어져 있었던 것이
다.
동아리방 문 앞에는 미경이 의자를 놓고 앉아 있는 모습이
보였다.

태수가 줄을 서 있는 학생들의 시선을 한 몸에 받으며 미경에게 다가가서 물었다.

"무슨 일 있어?"

미경이 살짝 당황한 표정으로 말했다.

"안에 들어가면 선배들이 설명해 줄 거예요."

태수가 동아리방으로 들어서자 용만이 호들갑을 떨며 말했다.

"형, 밖에 봤지?"

"어. 근데 무슨 줄이야?"

"무슨 줄은, 오디션 보려고 줄 서 있는 지원자들이지."

"진짜야?"

용만이 테이블에 수북하게 쌓여 있는 서류들을 가리키며 말했다.

"여기 봐 봐, 이게 다 오디션 볼 지원자들 프로필이라고. 지금까지 프로필 제출한 지원자만 서른두 명이야."

"말도 안 돼."

태수가 테이블에 쌓여 있는 서류들을 훑어보니 정말로 오디션 지원자들이 제출한 서류였다.

소영이 말했다.

"저희 학교 영연과 사람들도 많이 지원했는데, 다른 학교 연영과 학생들도 많이 지원했더라고요. 심지어 한강대학교 연영과에서도 세 명이나 지원했어요. 일반인도 여러 명 있고."

"와, 이게 무슨 일이냐? 한강대학교 학생들이 지원하다니?"

도무지 믿어지지가 않았다.

한강대학교 연영과는 실기는 물론이고 필기 점수도 높아서 현역 배우도 들어가기 어렵다는 학과다. 덕분에 한강대 연영과 출신 학생들은 자존심 강하기로 소문이 자자했다.

그런 한강대학교 학생들이 드림대학 동아리에서 만드는 영화 오디션에 지원하다니.

흔한 말로 이게 실화인가 싶었다.

소영이 한강대학교 학생들 프로필을 보여 주며 말했다.

"여기 봐요. 맞잖아요, 한강대학교."

태수가 프로필을 받아서 보니 정말 한강대학교 학생들 세 명이 지원을 했다.

그들의 프로필을 보는데 갑자기 뭉클한 마음이 들었다.

예전에 장르문학 공모대전 시상식에서 한정호 교수가 듣보잡 지잡대라고 무시하던 기억이 떠올랐던 것이다.

만약 한정호 교수가 이런 사실을 안다면 어떤 표정을 지을지 궁금했다.

"다들 어떻게 알고 지원을 한 거야?"

"대부분 유튜브에 올린 〈앞집녀〉 보고 왔대요."

"조회 수가 500 정도 되던데 그거 보고 이렇게 많이 왔단 말야?"

용만이 말했다.

"아냐, 형. 어젯밤에 500이었고 지금은 7,000을 넘었어. 지금도 계속 오르는 중이고. 밤사이에 네 배도 넘게 늘었다고."

"아니, 어떻게 밤사이에 그렇게 갑자기 늘 수가 있어?"

용만이 휴대폰으로 동영상을 검색해서 보여 줬다.

"어제 송현주 씨가 토크쇼 〈티비스타〉에 나온 거 몰라? 거기서 〈앞집녀〉 얘기를 했잖아."

"정말이야?"

태수가 그 자리에서 '송현주'를 검색어로 검색하자 기사와 동영상이 줄줄이 떴다.

〈티비스타〉는 MC 김구리가 진행을 하고 고정 패널로 김국전과 윤종선이 출연하는 프로그램으로, 매주 서너 명의 게스트가 한꺼번에 출연해서 집단 토크를 하는 예능 프로그램이다.

〈티비스타〉에 출연한다는 건 이미 인기가 검증됐다는 소린데, 송현주가 거기 나갔다는 사실만으로도 태수에겐 놀라운 일이었다.

어제는 '요즘 핫한 씬 스틸러'라는 주제로 최근 인기를 끌고 있는 조연급 배우 세 명이 초대됐다.

태수는 '티비스타 송현주 모음'이라는 제목의 동영상을 클릭했다. 그러자 송현주 출연 분량만 모아 놓은 동영상이 재생됐다.

MC 김구리가 송현주에게 질문했다.

"얼마 전 〈최고의 사랑〉에서 노래방 광란의 댄스? 그게 엄청나게 화제가 됐다고 하던데 어떤 장면이에요?"

송현주가 창피한 듯 대답을 했다.

"아, 그거 찍고 정말 너무 창피했는데. 〈최고의 사랑〉에서 저하고 백석훈 씨하고 둘이 부부거든요. 근데 백석훈 씨가 로또를 샀다가 3등에 당첨된 거예요. 그래서 좋다고 둘이 노래방에 가서 정말 미친 듯이 춤추고 노래한 장면인데…… 너무 창피해서."

그러자 나머지 패널과 게스트들이 기다렸다는 듯 여기서 다시 한번 보자고 분위기를 띄웠다.

송현주가 마지못해 무대로 나가서는 코믹한 표정과 춤을 선보이며 당시 장면을 재연했다. 그런 송현주를 보면서 태수는 역시 배우는 배우라는 생각을 했다.

송현주 덕분에 스튜디오의 분위기가 후끈 달아올랐다.

자리로 돌아간 송현주에게 김구리가 질문을 했다.

"최근에는 공포 영화를 찍으셨다고?"

송현주가 정식 영화는 아니고 학생들이 만드는 공포 단편 영화인데, 정말 학생들이 만들었다는 게 믿어지지 않을 정도로 잘 만들었다고 말했다.

김구리가 어디 가면 볼 수 있냐고 하자 송현주가 유튜브에 가면 오싹한 채널이라고 있는데, 거기 영화가 올라가 있으니까 가서 꼭 보라고 대놓고 홍보를 해 줬다.

태수는 그제야 오디션 지원자들이 이렇게 많이 몰려온 이유를 알 것 같았다.

～～～

드림대학 연영과 연습실.

연영과 과대표 신호철이 연출 전공 후배들을 불러 놓고 소리를 질러 댔다.

"너희들 뭐 하냐? 내일모레가 촬영인데 아직 배우도 못 구했어? 지금 장난해? 이것들이 진짜 요즘 좀 풀어 줬더니 아주 가관이네? 시바, 배우가 있어야 영화를 찍을 거 아냐! 야, 박민재! 너 조인영하고 박준호 책임지고 잡아 오라고 했어, 안 했어?"

박민재가 난처한 표정으로 말했다.

"형, 그게요…… 둘 다 저희 영화에 출연하기 어렵다고 해서."

"하아, 이것들이 지금 장난해? 그럼 지들이 학과 작품에 출연 안 하면 연기 학점 어디 가서 딸 건데? 영화든 연극이든 한 학기에 세 작품 이상 출연해야 학점 나오는 거 몰라? 걔네들 지금 어딨어?"

박민재가 머뭇거리고 대답을 하지 못하자 신호철이 피식

웃더니 구석에 있던 야구방망이를 집어 들며 말했다.

"시바…… 빠져 가지고. 약빨이 떨어졌다 이거지? 니들은 몽둥이가 약이야. 다들 엎드려뻗쳐! 영화가 그렇게 대충대충 만들어서 되는 건 줄 알아?"

보다 못한 김형수가 말했다.

"조인영하고 박준호 둘 다 오디션 보러 갔는데요."

"뭐? 오디션?"

"저기 박준호는 오늘 드라마 오디션 있어서 갔고…… 조인영은…… 오늘 문창과에서 공포 단편영화 오디션 본다고 해서."

순간 신호철의 눈에서 불꽃이 튀었다.

"방금 뭐라고 했냐? 조인영이 문창과 오디션 보러 갔다고 했냐?"

박민재가 대답했다.

"예. 조인영 말고도 문창과 오디션 보러 간 저희 과 애들 많아요."

"이것들이 미쳤나 진짜!"

얼굴이 벌겋게 달아오른 신호철이 야구방망이를 던지더니 연습실을 빠져나갔다.

연영과 건물 바로 옆 학생회관으로 들어서던 신호철이 고개를 갸웃했다. 1층 계단에서부터 학생들이 길게 줄을 서 있었던 것이다.

'뭐야? 오늘 학생회관에 뭐 있나?'

신호철이 계단을 올라가다 보니 익숙한 얼굴들이 보였다.

"야, 한지혜, 이상욱, 니들 여기서 뭐 해?"

둘 다 곤란한 표정을 짓다가 마지못해 대답했다.

"저희…… 문창과 오디션 보려고 왔는데요?"

순간 신호철의 표정이 변했다. 얼굴이 벌겋게 달아올랐고 분노로 뺨이 실룩거렸다.

마음 같아서는 당장 두 사람을 끌어내고 싶었지만 줄을 서 있는 사람들의 시선이 온통 자신에게 쏠려 있어서 그럴 수도 없었다.

하지만 그보다 더 충격적인 건 이 많은 사람들이 전부 미스터리클럽에서 만드는 영화의 오디션을 보려고 이렇게 줄을 서 있다는 것.

'말도 안 돼. 동아리 애들이 만드는 영화에 이 많은 사람들이……?'

가만 보니 드림대학 연영과 학생들은 몇 명 되지 않고 오히려 외부에서 오디션을 보러 온 사람들이 훨씬 더 많은 것 같았다.

신호철은 일단 상황 파악을 위해서 연영과 실습실로 돌아가 박민재를 다그쳤다.

"야, 혹시 문창과 애들 배우들한테 출연료 준대?"

"아뇨, 공고에 보니까 차비하고 식비 정도만 지급한다고 되어 있던데요."

"근데 그렇게 많은 지원자들이 몰렸다고? 말이 되는 소리를 해야지."

"그게…… 유튜브에 오디션 공고도 올렸고 어제 〈티비스타〉에서 송현주가 얘기했대요. 자기가 얼마 전에 학생들이 만든 공포 단편영화에 출연했다고."

"뭐, 걔들 영화에 송현주가 나왔다고! 〈최고의 사랑〉 송현주?"

박민재가 겁먹은 얼굴로 고개를 끄덕였다.

"야, 그 영화 어디 가면 볼 수 있냐?"

"유튜브 오싹한 이야기라는 채널에 들어가면 〈앞집에 사는 여자〉라고 이번에 문창과에서 만든 영화 있거든요. 그 영화 크레딧 올라가고 나면 마지막에 오디션 공고도 같이 떠요."

신호철이 즉시 유튜브에 접속해서 오싹한 이야기 채널에 들어갔다.

〈앞집에 사는 여자〉라는 제목의 동영상이 나왔고 날짜를 보니 이틀 전에 게시된 걸로 표시가 되어 있었다.

근데 조회 수가 무려 9,200회를 넘어섰다.

그리고 동영상 아래에 달린 댓글의 반응들이 장난이 아니었다.

일부러 다른 선입견이나 스포 당하는 일 없이 객관적으로 영화를 보려고 댓글은 대충 살펴봤다.

뭔가 영화의 반전이 있는 모양인데 반전에 대한 반응이 폭발적이었다.

신호철이 쓴웃음을 지었다.

'가증스러운 놈, 보나 마나 어디 영화에서 아이디어 도용했겠지. 아마추어 학생 영화에서 그런 뛰어난 반전 아이디어를 얻는 게 그렇게 쉬운 일인 줄 알아?'

다른 독립 영화에서도 다들 반전 죽인다고 해서 들어가 보면 알려지지 않은 영화의 아이디어를 가져와 교묘하게 짜깁기한 경우가 대부분이었다.

만약 그랬다면 자신의 눈을 피해 가지 못할 것이다. 웬만한 영화는 안 본 게 없으니까.

동영상을 재생해서 몇 초 지나지 않아 신호철의 입에서 탄성이 흘러나왔다.

"진짜 송현주가 나왔네?"

신호철은 한동안 머리를 한 대 맞은 것 같은 충격을 받았다. 자신의 상식으로는 도무지 이해가 가지 않았던 것이다.

지금의 송현주라면 웬만한 영화의 조연으로 출연해도 될 정도의 인기를 얻고 있었다. 그런 송현주가 독립 장편영화도 아니고 동아리 애들이 만든 공포 단편영화에 출연했다는 걸 어떻게 이해하란 말인가.

분명 다른 이유가 있을 것이란 생각이 들었다.

"너 혹시 송현주가 어떻게 저 영화에 출연했는지 들은 얘기 없어?"

"제가 그쪽 스태프 얘기 들어 보니까 장태수 감독하고……."

"잠깐만. 뭐? 너 방금 장태수 감독이라고 했냐?"

"예?"

"맞을래? 누구 멋대로 거기다 감독을 갖다 붙여? 감독이 그렇게 쉽게 되는 거냐?"

박민재가 눈치를 보며 다시 말했다.

"미안해요, 형. 장태수하고 송현주가 좀 아는 사이였나 봐요."

"하아, 어쩐지. 딱 보니까 장태수라는 새끼 돈이 많은 모양이네. 송현주를 이런 허접한 영화에 출연시키는 것 보니까. 배우들이 절대 친하다고 그냥 출연해 주지 않아. 분명히 출연료 많이 줬을 거야. 그랬으니까 한 달에 한 편 이상 영화 찍겠다고 설레발을 치고 다니지. 아무리 단편영화라도 제작비가 얼만데."

신호철이 다시 영상을 재생했다.

8분 남짓한 영상이 끝난 후 신호철은 팔짱을 낀 채 화면을 노려보며 아무런 말이 없었다.

박민재가 조심스럽게 물었다.

"솔직히 영화는…… 죽이죠?"

"어유, 씨…… 앵글도 그렇고 전부 어디서 베껴 왔는데 뭘. 그리고 이 반전 내가 어디서 봤는데."

"어, 정말요? 어떤 영화요?"

"무슨 영환지 기억은 나지 않지만 분명히 봤어. 교묘한 새끼, 내가 이 반전 아이디어 어디서 갖다 쓴 건지 반드시 밝힌다."

영화를 보는 내내 그를 사로잡은 감정은 무시무시한 질투심과 까닭 모를 적개심이었다.

물론 신호철은 그런 반전을 본 기억이 없다.

솔직히 〈앞집녀〉에 나온 반전은 자신이 생각지도 못한 놀라운 것이었다. 일반 상업 영화에 저 설정을 그대로 사용해도 손색이 없을 정도.

하지만 신호철은 인정하고 싶지 않았다. 자신은 본 적도 없으면서 알려지지 않은 어떤 영화에서 몰래 가져다 쓴 설정이라는 확신을 한 것이다.

한번 그쪽으로 생각이 돌아가자 모든 것들이 의심스러웠다.

태수가 〈모텔 파라다이스〉의 시나리오를 썼다는 얘기도 믿기가 어려웠다.

허접한 시나리오임에도 불구하고 장태수의 집에서 직접 투자를 했을지 모른다든가, 무명의 감독 아니면 작가에게 대필을 시켰을지도 모른다는 말도 안 되는 의심들이 머리를 어지럽혔다.

결국 신호철은 동영상에 댓글을 달았다.

(Godmovie) 이거 완전 표절이네.

───※───

동아리방 오디션 현장.

〈집착〉에 필요한 배우는 남녀 대학생 두 명씩 모두 네 명이다.

정아와 정아의 친구 효성, 정아의 오빠 진우, 정아의 남친 종민.

줄거리는 이렇다.

정아의 남친 종민은 강박증이 심하고 폭력적이다.

종민은 최근 마음이 변한 정아에게 만약 자기를 버리면 가족까지 다 죽여 버리겠다고 위협을 했다.

협박에 시달려 온 정아는 종민이 무서워서 몰래 해외 어학연수를 떠나기로 한다.

정아의 집은 양평의 전원주택.

오늘 밤 비행기로 한국을 떠나기로 한 정아는 전원주택에서 짐을 가지고 와야 하는데, 갑자기 일이 생겨서 친구 효성에게 대신 부탁을 한다.

퇴마하는
퇴스타

전원주택에 가면 오빠인 진우가 있으니까 얘기를 하고 짐을 대신 좀 가져와 달라는 부탁.

　정아의 부탁을 받고 전원주택으로 간 효성은 정아의 오빠인 진우와 어떤 남자가 함께 있는 걸 본다.

　효성은 오빠인 진우는 물론 남친인 종민도 본 적이 없었다. 근데 같이 있는 남자가 정아의 남친인 종민이라는 걸 알고 경악한다.

　효성은 종민을 보는 순간 무슨 일을 저지를 것 같은 공포를 느낀다.

　하지만 오빠인 진우는 평소 종민이 집에 자주 놀러 왔기 때문에 정아하고 무슨 일이 있었는지 알지 못하는 상태에서 평소처럼 종민에게 잘 대해 준다.

　그뿐만 아니라 정아가 오늘 밤 어학연수를 떠난다는 얘기까지 종민에게 알려 준다.

　효성이 오빠인 진우에게 종민의 실체를 알리려는 순간, 종민이 그런 의도를 알아차린다.

　종민은 그 자리에서 오빠를 칼로 찌르고 효성을 위협해서 정아를 불러들이도록 만든다.

　효성의 전화를 받고 아무것도 모른 채 전원주택으로 돌아온 정아는 종민에게 붙잡히고 폭행과 살해 위협을 받는다.

　그때 죽은 줄 알았던 오빠 진우가 일어나서 종민을 덮치고 효성과 정아까지 합세해서 종민을 죽이게 된다는 이야기다.

아직까지 줄거리가 확정된 건 아니다.

현재의 줄거리도 공포 스릴러 영화로 심리묘사만 잘하면 충분히 긴장감 넘치고 무서운 이야기가 될 수 있지만, 태수는 여기에 좀 더 임팩트 있는 뭔가를 추가하고 싶어서 여전히 고민 중이었다.

오디션 지원자들은 영화의 줄거리를 들은 후에 동아리실로 한 명씩 들어와서 오디션을 본다.

여자 배역 두 사람은 자유 연기, 남자 배역 두 사람은 지정 연기를 하도록 규칙을 정했다.

태수가 감독 자리에 앉아서 심사를 보고 용만, 소영, 정우와 민지는 옆에 서서 각자 점수를 매겨서 태수의 결정을 돕기로 했다.

처음엔 감독으로 지원자들에게 질문을 던지고 그들의 연기를 보면서 심사하는 것 자체가 어색했지만, 시간이 흐르자 금방 적응이 됐다.

다른 오디션 현장과 다른 점은 지원자가 들어와서 인사를 할 때 감독이 거만하게 앉아 있는 게 아니라 태수도 일일이 마주 인사를 한다는 점.

다섯 번째로 동아리방으로 들어온 지원자가 쑥스러운 듯 인사를 했다.

"안녕하세요, 저는 연영과 3학년 이정수라고 합니다."

쑥스러운 이유가 있었다. 같은 드림대학 연영과 학생인 데다 학년이 3학년이기 때문이다. 3학년이면 학번으로 따져서 태수보다 오히려 선배가 되는 셈.

태수도 자리에 앉은 채로 마주 인사를 했다.

"안녕하세요. 이번 영화의 감독을 맡은 장태수라고 합니다."

이정수는 다른 멤버들하고도 아는 사이인지 웃으며 눈짓을 주고받았다.

하긴 미스터리클럽 멤버들은 연영과에 가서 연출이나 영화 제작 관련 과목들을 많이 듣기 때문에 연영과 사람들을 많이 아는 편이다.

태수가 물었다.

"이번 영화 오디션에 지원한 동기가 뭔가요?"

"〈앞집에 사는 여자〉에 출연했던 준호가 연영과 후밴데, 이번 영화에 꼭 출연하라고 권하더라고요. 감독님 연출력이 정말 뛰어나고, 연기 지도를 받았는데 연기가 정말 많이 늘었다면서."

"영화는 보셨나요?"

"네, 당연히 봤습니다. 솔직히 준호 연기 보고 충격 먹었어요. 준호는 이전에도 같이 작품을 해서 잘 알고 있는데, 〈앞집녀〉에서 연기는 제가 아는 준호가 아니라 다른 사람 같았거든요. 누구한테 연기 지도를 받느냐에 따라서 그렇게 달라질 수 있다는 게 놀라워서 자존심 버리고 이번 오디션에 참가하게 됐습니다."

이정수의 입장에서는 그게 솔직한 마음일 것 같았다. 후배한테 고개를 숙이고 오디션을 봐야 하니까.

이정수가 어색하게 웃으며 말했다.

"저도 이번 영화에서 감독님의 연기 지도를 받아 보고 싶습니다."

이정수가 선배라서 나머지 멤버들은 꽤나 조마조마한 마음으로 지켜봤다. 혹시나 불편한 상황이 벌어지지 않을지 걱정스러웠던 것이다.

하지만 태수는 전혀 그런 부담을 느끼지 않고 베테랑 감독처럼 자연스럽게 오디션을 진행시켰다.

아마 예전이라면 태수도 이정수를 대하는 게 불편했겠지만 그동안 함께했던 사람들이 어디 보통 사람들인가?

전문가들과 일을 하면서 자연스럽게 학생티를 벗어던진 덕에 아마추어의 어설픈 느낌은 어디서도 찾아볼 수가 없었다.

그렇다 보니 이정수도 학교 선배라서 불편하다는 생각은 바로 잊어버렸다.

태수가 이정수를 유심히 살피며 말했다.

"그럼 지정 연기 두 가지 볼까요?"

남자 배우는 사건의 피해자인 정아의 오빠 역할과 남친 역할 두 가지를 혼자서 모두 해야만 한다. 두 가지 연기를 모두 본 후에 어떤 배역을 줄지 결정할 예정이기 때문이다.

오빠 역할은 여동생의 친구인 효성에게 배려심이 많은 순수한 청년의 모습을 보여 주는 것이고, 반대로 남친 역할은 잔혹한 살인마의 모습을 연기하는 것이다.

동시에 양극단의 모습을 연기하는 게 결코 쉬운 일은 아니지만 연기력을 확인하는 데는 오히려 효과적인 방법이었다.

이정수가 오빠인 진우와 남친인 종민 두 사람의 연기를 번갈아 가며 했다.

진우가 종민과 함께 있을 때 집으로 들어오는 효성을 대하는 첫 장면이다.

상대역이 필요한 연기라서 효성의 연기는 소영이 대신해 줬다.

"안녕하세요. 저 정아 친구 효성이라고 하는데요. 정아 전화 받으셨죠?"

이정수가 먼저 오빠인 진우 연기를 했다.

"아, 예, 정아한테 얘기 많이 들었어요. 어서 들어와요. 아참, 여기 인사해요. 정아 남자 친구 종민이. 둘이 서로 모르죠?"

딱 들어도 별다른 감정이 느껴지지 않는 대사와 감정 표현. 좀 더 고민을 했다면 저런 평범한 대사에서도 캐릭터의 특징이나 감정을 찾아냈을 텐데.

장웅인 선배의 경우 노숙자 한 씬 촬영을 위해서 서울역에 가서 일부러 몇 시간 동안 노숙자를 관찰했다고 하지 않앉던가.

소영이 놀라는 효성의 연기를 대신했다.

"네? 조, 종민 씨요?"

이정수가 이번엔 바로 종민의 역할을 했다.

"아, 효성 씨구나. 정아한테 얘기 많이 들었어요. 고등학
교 2학년 때 짝이라고 하던데."

"아, 네. 그, 그런 걸 어떻게 기억하세요?"

"전 제가 좋아하는 사람이 한 얘기는 절대 잊어버리질 않
거든요. 고등학교 2학년 때 둘이서 사복 입고 광화문 나갔다
가 대학생들이 쫓아와서 클럽 가서 놀았다는 얘기도 들었어
요. 정아가 워낙 예뻐서 저라도 쫓아갔을 것 같아요."

그 정도까지 연기를 본 태수가 마음의 결정을 내렸다.

이정수는 연기에 재능이 없었다. 아니, 재능이 없다기보다
는 노력이 부족하단 생각이 들었다.

재능이 없어도 캐릭터 분석만 열심히 했다면 지금보다는
훨씬 나은 연기를 보여 줬을 것이다.

오빠의 순수함, 남친의 잔혹한 면모 어느 쪽도 전혀 맛을
살리질 못했다.

조금 과장해서 말하면 거의 국어책을 읽는 수준이라고 할
까. 연영과 3학년 졸업반이라는 생각을 하자 한숨이 나왔다.

이정수가 다음 대사를 시작하려고 호흡을 골랐다.

학교 선배라서 예의상 더 들어 줄 수도 있었지만 태수는

과감하게 연기를 중단시켰다.

"네, 됐습니다. 수고하셨습니다."

정해진 연기의 절반도 하지 않았는데 연기를 중단시키자 오히려 용만과 동생들이 당황하는 눈치.

이정수가 기분이 상한 듯 뻘쭘하게 웃더니 인사도 하지 않고 동아리방을 나갔다.

용만이 눈치를 살피며 말했다.

"형, 정해진 연기는 끝까지 지켜보지 그랬어? 그래도 연영과 선밴데."

"난 여기 드림대학 학생으로 앉아 있는 게 아니라 영화〈집착〉의 감독으로 앉아 있는 거야. 방금 그 친구는 캐릭터에 대한 분석을 전혀 하지 않았어. 연기를 못해도 최선을 다하는 연기는 끝까지 지켜볼 가치가 있지만, 이번처럼 전혀 준비가 안 된 경우는 시간만 낭비할 뿐이야. 내가 아마추어의 티를 벗어야 한다고 매번 얘기하잖아. 바로 이런 걸 말하는 거야. 학교 선배라고 봐주고 아는 사람이라고 봐주고. 전문가들은 절대 그렇게 하지 않거든. 다음 들여보내."

태수의 단호한 얘기에 용만이 더 이상 말도 붙여 보지 못한 채 밖에 있는 미경에게 다음 지원자 들여보내라는 신호를 보냈다.

대기하고 있던 지원자들이 차례로 들어왔지만 대부분 수준 이하의 연기를 보여 줬다.

아무래도 학생 영화의 오디션이라고 하니까 경쟁률도 약하고 연기에 대한 눈높이도 낮을 것이란 선입견을 가지고 지원을 한 모양.

일반인 지원자 중에서는 엑스트라를 하던 사람도 있었고 심지어 연기를 전혀 해 보지 않았던 사람도 있었다.

그런 사람들은 대사 한 줄만 듣고 바로 내보냈다.

몇몇 지원자는 동아리방을 나가면서 대놓고 불쾌한 표정을 짓거나 불만을 표시하는 사람들도 있었다.

절반 가까운 지원자의 오디션을 봤지만 딱히 마음에 드는 지원자가 눈에 띄지 않아 조금씩 마음이 초조해졌다.

사실 〈앞집녀〉에서 조인영을 제대로 보지도 않고 캐스팅한 건 일단 대사가 없는 데다 대부분 혼자서 하는 단독 연기였기 때문이다.

하지만 이번 〈집착〉은 〈앞집녀〉와 달리 대사도 많은 데다 인물들 간의 미묘한 심리를 연기로 보여 줘야 하기 때문에 정말로 연기를 잘하지 않으면 시나리오의 느낌을 살릴 수가 없다.

연기가 서툴러서 NG가 많이 나면 하루에 촬영하는 게 불가능할 수도 있고.

따라서 〈앞집녀〉보다 배우들의 연기력이 오히려 더 중요한 영화라고 할 수가 있다.

그런 걱정을 할 즈음 미모가 돋보이는 지원자가 동아리방으로 들어섰다.

얼굴을 보니 낯이 익은데 어디서 봤는지 기억이 나지 않았다.

프로필을 보니 한강대학교 연영과 2학년 김예림이라고 되어 있고 경력을 보니 라면 CF에 출연한 적이 있다고 되어 있었다.

'빨간라면'이라고 얼마 전에 출시된 라면인데, 거기에 보조 연기자로 한 커트 출연을 했다는 내용. 비로소 여학생을 어디서 봤는지 기억이 났다.

'얼굴이 낯익은 이유를 알겠네.'

빨간라면은 최근 태수가 자주 끓여 먹는 라면이다. 얼큰하면서 달짝지근한 맛이 묘한 중독성이 있어서 계속 끓여 먹게 만든다.

자연스럽게 빨간라면의 CF도 눈여겨보게 됐다.

CF는 영화배우 최민신 씨가 라면을 먹고 '아, 얼큰달달하다.'라는 재미있는 멘트로 시작한다.

그럼 부인으로 출연한 김남조 씨가 '우리 남편 귀가시키는 일등공신은?'이라고 멘트를 하면, 뒤에 있던 아들과 딸이 엄지를 추켜세우며 '일등라면!'이라고 멘트를 한다.

그때 딸 역할로 한 컷 나왔던 배우가 바로 눈앞에 있는 이 배우다.

짧은 컷이었지만 웃으며 '일등라면'이라고 외칠 때의 표정이 보는 사람을 기분 좋게 만드는 매력이 있었다.

그동안 유명 배우를 많이 만났음에도 불구하고 CF에 한 컷 출연한 여학생을 만나자 괜히 진짜 연예인을 만난 것처럼 신기한 기분이 들었다.

'아, 한강대학교 연영과 학생이었구나.'

지금까지 들어왔던 다른 지원자들하고는 경력 면에서 비교가 되지 않았다.

한강대학교 연영과는 대부분 기본적으로 재능이 있는 학생들이었다.

게다가 기본자세도 무척 진지했다. 얼굴에 제법 긴장한 티가 날 정도로 이번 오디션에 임하는 각오가 절실하다는 걸 알 수가 있었다.

"안녕하세요, 한강대학교 연영과 2학년 김예림입니다. 잘 부탁드립니다."

김예림이 인사하자 태수도 자리에서 마주 고개를 숙였다.

"안녕하세요. 이번 영화의 감독을 맡은 장태수라고 합니다."

감독이 마주 인사를 하자 김예림이 다소 당황한 듯 한 번 더 인사를 했다.

프로필을 보니 김예림은 CF 외에 독립 장편영화에서 조연을 맡은 경험도 있었다.

태수가 말했다.

"우리 영화가 유튜브에 올라가는 단편영화이고 동아리 학생들이 만드는 영화라는 거 알고 지원하셨나요?"

"네, 그럼요."

"지원한 동기를 물어봐도 될까요?"

반듯한 마스크에 목소리도 맑았다.

"솔직히 말씀드리면 〈앞집에 사는 여자〉를 보고 무척 충격을 받았어요. 오디션 보러 와서 그냥 형식적으로 하는 말이라고 생각하실지 모르지만, 〈앞집녀〉에서 송현주 씨가 연기한 지선이라는 인물이 제가 평소에 너무나 해 보고 싶었던 캐릭터였거든요."

"오, 그래요?"

김예림이 고개를 끄덕이며 말했다.

"제가 〈천녀유혼〉이라는 영화를 좋아하는데, 거기 나오는 왕조현이라는 배우를 정말 좋아하거든요. 정말 티끌 하나 없는 깨끗한 피부에 맑은 눈빛이, 귀신이라고 하기엔 너무 예쁘잖아요. 그리고 어딘지 모르게 슬픈 눈빛을 가진 것도 너무 매력적이고. 전 지선 캐릭터에서 〈천녀유혼〉의 왕조현을 떠올렸거든요."

내심으로 무척 반가웠다. 태수가 시나리오를 쓸 때 염두에 뒀던 왕조현의 이미지를 같이 떠올렸다고 하니까.

송현주가 지선 역할을 워낙 잘해 줬지만 지금 눈앞에 있는 김예림이 했어도 또 다른 매력이 있었을 것 같았다. 오히려 왕조현의 이미지에는 김예림이 더 어울릴 것 같기도 했다.

태수가 모른 척 물었다.

"보니까 라면 CF에 출연을 했네요? 어떻게 출연하게 됐는지 물어봐도 돼요?"

"아는 언니가 광고 회사 AD예요. 마침 라면 CF를 찍는다는 거예요. 그래서 현장 구경이 하고 싶어서 가서 구경해도 되냐고 물었더니 오라고 해서 갔는데, 당시 감독님이 절 보고 카메라 앞에 한번 서 보라고 하셔서······."

태수가 웃으면서 말했다.

"그렇게 우연하게 데뷔한 연기자들이 의외로 많더라고요. 사실은 저도 그 광고에서 김예림 씨 봤어요."

태수의 말에 김예림이 깜짝 놀라며 말했다.

"어, 정말요? 저 진짜 짧게 지나가는데?"

태수가 웃으면서 말했다.

"그러게요. 굉장히 짧은 컷이었는데 이상하게 눈에 쏙 들어오더라고요. 그럼 자유 연기 시작해 볼까요?"

"네, 알겠습니다."

김예림이 공손하게 대답하고는 본인이 준비해 온 자유 연기를 시작했다. 영화 〈인질〉에서 살인마에게 인질로 붙잡힌 여자의 연기였다.

아마도 〈집착〉에서 효성의 역할을 염두에 둔 것 같았다.

효성은 〈집착〉에서 실질적인 여주인공이다. 정아는 서울에 있고 효성이 대신 전원주택을 찾아가서 진우와 종민을 상대로 연기를 펼치니까.

김예림은 자리에 주저앉더니 양손이 묶인 것처럼 자세를 취한 후에 정신이 불안정한 살인범에게서 기지를 발휘해 위기를 모면하는 여주인공의 연기를 꽤나 실감나게 보여 줬다.

혼자 있을 때는 극한의 공포로 부들부들 떠는 애처로운 눈빛을 보이다가도 살인범과 마주할 때는 화사한 미소를 보여 주며 살인범의 마음을 녹이는 이중적인 연기가 웬만한 전문 연기자 못지않았다.

"수고하셨습니다."

태수의 말에 김예림이 인사를 하고는 말했다.

"절 뽑아 주시든 그렇지 않든 상관없이 이건 제 진심인데요. 〈앞집녀〉는 시나리오도 그렇고 연출도 그렇고 제가 정말 좋아하는 분위기의 영화였어요. 좋은 영화 볼 수 있게 해 주셔서 정말 감사했습니다."

이후 더 나은 연기를 하는 지원자가 없다면 효성의 역할은 김예림으로 해야겠다고 마음을 먹었다.

'이제 고민은 종민, 진우 역할인데.'

무엇보다 남자 지원자들 중에선 딱히 마음에 드는 배우가 없어서 고민이 됐다.

그나마 무난하게 연기를 펼친 스물일곱 살의 안연수라는 연극배우가 있긴 했지만, 연기의 톤이 연극에 맞춰져 있어서 발성이나 표정 연기가 과장된 면이 많아 고민스러웠다.

"이제 다 끝난 건가?"

태수가 복도에 있는 미경한테 물었다.

미경이 문을 열고 들어와서는 곤란한 표정으로 말했다.

"마지막에 접수한 지원자가 한 명 더 있어요."

"그래? 누군데?"

미경이 프로필을 태수에게 내밀었다. 프로필의 사진을 보던 태수의 미간이 좁혀졌다.

마지막 지원자는 다름 아닌 조인영이었다.

조인영이 머뭇거리다가 조심스럽게 인사를 했다.

"안녕하세요? 오디션 보러 온 마지막 지원자 조인영입니다."

지난번 〈앞집녀〉 때와 달리 짙은 화장을 모두 지워서 거의 생얼에 가까운 얼굴.

조인영이 동아리방 문 앞에서 안으로 들어서지도 못한 채 조심스럽게 말했다.

"혹시 저한테도 기회를 주신다면 도전을 해 보고 싶습니다."

조인영을 본 멤버들의 표정이 다들 좋지가 않았다.

그런 분위기를 의식한 듯 조인영이 입술을 깨물고 머뭇거리다가 다시 고개를 숙이고는 말했다.

"죄송합니다. 제가 주제도 모르고."

퇴마하는 톱스타

돌아서서 동아리방을 나가려는 조인영을 태수가 불렀다.

"아닙니다, 조인영 씨. 준비해 온 연기가 있으면 하세요. 전 다른 선입견 없이 조인영 씨 연기만 볼 테니까요."

조인영이 감정이 복받치는지 고개를 숙인 채 말을 잇지 못했다.

"여기까지 왔을 때는 고민을 정말 많이 했을 것 같은데, 왜 그렇게 쉽게 돌아서요?"

조인영이 불안한 표정으로 말했다.

"그때 감독님이 그러셨잖아요. 전 연기가 적성에 맞지 않는 것 같다고. 근데 그 말이…… 내내 머릿속을 떠나지 않았어요. 정말 나는 연기에 재능도 없고 노력도 부족한 건가, 누구 말처럼 겉멋만 들고 얼굴만 반반한 껍데기 배우에 불과했나. 그래서 최선을 다해 도전해 보고 싶었어요. 내게도 가능성이 있는지 한 번 더 평가를 받고 싶었어요."

조인영은 그때 봤던 이미지와 180도 다른 모습이었다. 화장을 지워서 그런지 세 보이던 이미지도 사라졌고 얼굴도 많이 핼쑥해졌다.

태수는 가능한 감정을 배제하고 객관적으로 조인영의 연기를 봐야겠다고 생각했다. 정말 연기를 잘한다면 그 자체로 인정을 해 주겠다고.

"네. 좋습니다, 조인영 씨. 준비해 온 자유 연기 보겠습니다."

조인영이 떨리는 목소리로 말했다.

"영화 〈친절한 금자씨〉에서 이영애 선생님이 했던 첫 번째 기도 장면을 연기해 보겠습니다."

너무도 유명한 장면이다. 마녀 이금자가 내면의 분노를 맑은 눈빛과 담담한 어조로 표출하는 깊은 내공이 필요한 연기다.

조인영이 눈을 감고는 잠시 감정을 추스른 후에 다시 눈을 떴다.

그러곤 조금 전 위축되어 있던 모습과 달리 천진난만한 표정으로 이영애 씨의 대사를 연기하기 시작했다.

"과연 제 안에 천사가 깃들어 있을까요? 정말 그렇다면 제가 그토록 사악한 행위를 하는 동안 천사는 어디에서 무얼 하고 있었을까요……. 내 안의 천사는 오직 내가 부를 때만 자기 존재를 드러낸다는 것을……."

이금자가 전도사를 향해 말하는 긴 대사를 조인영이 또박또박 뱉어 냈다.

이전에 〈앞집녀〉 현장에서 봤던 조인영이 맞나 싶을 정도로 전혀 다른 모습.

문득 조인영은 재능이 없는 게 아니라 연기에 대한 절실함이 부족했던 게 아닐까 하는 생각이 들었다.

어쩌면 너무 쉽게 미래액터스라는 거대 기획사에 들어간게 독으로 작용했을 수도 있고.

복잡한 심리 연기를 마친 조인영은 한동안 감정의 여운에서 헤어나질 못했다. 아주 뛰어나진 않았지만 배우로서의 가능성을 보여 주기엔 충분했다.

"잘 봤습니다, 조인영 씨. 우리 영화에 여자 배역은 둘이에요. 정아하고 효성이죠. 사실상 영화의 여주인공은 효성이고 정아는 역할이 아주 적은 조연에 가깝습니다. 근데 효성을 연기할 친구는 이미 결정이 되었어요. 남은 건 정아 역할인데 괜찮겠어요?"

조인영이 고개를 번쩍 들더니 고개를 끄덕이며 울먹였다.

"네, 감사합니다. 정말 감사합니다."

"알겠습니다. 그럼 정아 역할은 조인영 씨로 생각하겠습니다. 이후 촬영 스케줄은 우리 조감독이 알려 줄 거예요. 수고하셨어요."

조인영이 태수는 물론 다른 멤버들에게도 연신 인사를 하고 동아리방을 빠져나갔다.

용만이 입을 벌리며 말했다.

"와, 사람이 어떻게 저렇게 변할 수가 있냐? 제가 진짜 우리 연영과 클레오파트라 조인영 맞아?"

정우가 말했다.

"아마 우리 영화 보고 충격을 많이 받았을 거야. 자기가 어디 가서 그런 배역을 해 보겠어? 그야말로 굴러 들어온 복을 스스로 걷어찬 셈이지."

"제가 봤을 때 이번 오디션에 참가한 가장 큰 이유는 선배님한테 연기 지도를 받고 싶어서 그런 것 같은데요? 준호 선배 연기력 좋아진 것 보고."

미경의 말에 다들 고개를 끄덕이며 동의했다.

"맞아, 그럴 수 있겠네."

"나 연기 지도 잘 못하는데?"

태수의 말에 미경이 고개를 흔들었다.

"배우들한테 연기 지도할 때 선배님이 연기를 직접 하면서 보여 주잖아요. 그런 때 보면 그냥 선배님이 연기하면 훨씬 잘하겠다는 생각이 들 때가 많아요."

그러자 여기저기서 '맞아요.'라는 대답이 나왔다.

미경이 진지하게 말했다.

"차라리 이번에 진우 역할은 선배님이 직접 하는 게 어때요? 어차피 마땅한 배우도 없는데."

태수가 손을 내저으며 말했다.

"배고프다. 밥이나 먹으러 가자."

───

멤버들이 우르르 학생 식당으로 몰려갔다.

다들 배가 고팠는지 허겁지겁 밥을 먹으면서 와자하게 오디션 심사 뒷얘기에 대한 수다를 떨었다.

퇴마하는 톱스타

"제일 중요한 효성 역할은 누가 제일 어울릴까?"

혹시나 해서 물었는데 역시나 다들 이구동성으로 김예림을 추천했다.

"일단 이미지가 신선하고 깨끗했어요."

민지의 말에 정우도 이어서 말했다.

"김예림은 우리 영화 출연하고 분명히 뜬다고 확신해."

소영도 같은 의견.

"나도 김예림은 기대가 되더라. 어떤 연기를 할지 너무너무 보고 싶어."

김예림에 대해서는 다들 기대치가 높은 표정들.

정아 역할에 조인영을 뽑은 것에 대해서는 별다른 이견이 없었다. 정아의 분량이 워낙 적기도 하고 객관적으로 봐도 조인영이 오늘 오디션에서 2등이었으니까.

"이제 가장 골치 아픈 배역이 진우하고 종민인데."

정우가 말했다.

"어차피 형이 시나리오는 수정을 할 테니까 진우가 주연이 될지 종민이 주연이 될지는 모르겠지만, 내 생각에는 그나마 안연수라는 연극배우가 제일 괜찮았던 것 같아요."

나머지 멤버들도 다들 비슷한 의견.

"대사나 표정이 너무 연극 톤이라서 말야."

태수의 걱정에 대해서도 다들 공감은 하지만 딱히 다른 지원자가 떠오르질 않았다.

조진호 대표나 예지 누나한테 부탁을 하면 적당한 배우를 추천해 주겠지만, 만약 만나 봤는데 마음에 들지 않으면 괜히 거절하기가 부담스러울 것 같아서 그것도 썩 내키지가 않았다.

그때 미경이 식당 입구 쪽을 돌아보며 말했다.

"와, 김보미 선배다."

김보미라는 소리에 밥을 먹던 클럽 회원들이 일제히 입구쪽을 돌아봤다.

태수도 일전에 고민석 교수한테 웹툰학과 김보미에 대해서 들은 기억이 나서 고개를 돌렸다.

'대체 누구기에 다들 연예인 쳐다보듯이 보는 거지?'

태수가 입구를 돌아보자 정말 연예인 못지않은 미모의 여학생이 친구와 함께 음식을 받아 오는 모습이 보였다.

용만이 숟가락을 든 채로 말했다.

"와, 그림도 예쁘게 그리는데 실물도 어떻게 저렇게 예쁠수가 있냐? 세상 참 불공평하네. 어? 근데 김보미가 우리 쪽을 계속 보는데? 대체 누굴 보는 거지?"

용만의 말처럼 김보미가 반대편 테이블에 앉으며 멤버들이 앉아 있는 테이블을 뚫어지게 바라봤다.

미경이 말했다.

"태수 선배님 보는 것 같은데? 왜 저렇게 보는 거야?"

소영도 고개를 끄덕였다.

"맞아, 태수 선배 보는 거야. 선배 혹시 김보미랑 아는 사이에요?"

그렇잖아도 태수 역시 의아하던 참이다. 김보미가 대놓고 자신을 뚫어지게 바라봤던 것이다.

"내가 어떻게 알아?"

미경이 안경을 추켜올리고는 말했다.

"그러게. 보미 선배한테 물어봐야겠네, 태수 선배한테 무슨 할 말이 있는지. 어차피 다음 주 학보에 자랑스러운 드림인 코너 인터뷰도 해야 하거든."

태수가 뭐라고 말하기도 전에 미경이 벌떡 일어나서 김보미를 향해 걸어갔다. 김보미도 미경이 오자 알은체를 하며 반갑게 얘기를 나눴다.

김보미는 미경의 얘기를 들으면서도 호기심이 반짝이는 눈빛으로 계속해서 태수를 응시했다.

'왜 날 자꾸 쳐다보는 거야?'

김보미와 얘기를 끝낸 미경이 멤버들의 테이블로 건너왔다. 다들 호기심이 가득한 표정으로 미경의 입만 바라봤다.

"야, 무슨 일이래?"

미경이 엄청난 비밀이라도 얘기하는 것처럼 목소리를 낮춰서 말했다.

"방금 김보미 선배가 뭐라고 했는지 알아요? 태수 선배가 ≪오늘도 연애≫에 나오는 강혁하고 이미지가 너무 비슷하대요. 그래서 너무 놀랐대요."

민지가 태수를 돌아보고는 손으로 입을 가린 채 놀란 토끼 눈을 했다.

"세상에, 나도 그 생각했어! 근데 막상 그 말 듣고 보니까 진짜 태수 형하고 강혁하고 너무 닮은 거 있지. 대박! 웬일이래?"

미경도 고개를 끄덕이며 말했다.

"그렇죠? 저도 보미 언니가 말하기 전까지는 몰랐는데, 그 얘기 듣고 보니까 진짜 너무 똑같은 거예요."

옆에 있던 용만도 맞장구를 쳤다.

"그러고 보니까 진짜 닮았네. 와, 지금 보니까 김보미가 강혁 그릴 때 형을 모델로 해서 그린 거 아냐?"

태수가 자신을 바라보고 있는 김보미를 힐끗 보며 물었다.

"강혁이 누군데 그래? 혹시 나쁜 캐릭터 아냐?"

송현주가 말했다.

"아니에요, 요즘 강혁이 얼마나 인기가 좋은데. 대사는 많지 않지만 존재감은 확실해요. 첫 장면에서 여주인공 구해 준 저승사자 역할이거든요."

"엥? 저승사자?"

미경이 휴대폰으로 웹툰을 검색해서 이미지를 보여 줬다.

딱 보니까 시크한 이미지의 저승사자인데 옷차림이 일반 사람들하고 같은 걸로 봐서 인간으로 신분을 숨기고 살아가는 설정인 모양.

김보미가 나가자 미경이 기다렸다는 듯이 태수에게 말했다.

"보미 언니가 선배만 괜찮다면 〈오늘도 연애〉 제작사에 강혁 역할로 당장 추천하고 싶대요."

김보미가 강혁 역할로 태수를 추천하고 싶다는 말에 동생들이 흥분해서 난리가 났다.

"와, 대박! 까만 슈트만 입으면 진짜 똑같지 않냐?"

"머리도 웹툰 강혁의 아이롱 펌처럼 하고 메이크업 좀 하면 그냥 강혁이네."

"왜 여태까진 몰랐지?"

눈앞으로 와서 이리저리 자신을 살펴보는 동생들에게 태수가 인상을 찡그렸다.

"야, 너희들 도대체 왜 이래?"

용만이 말했다.

"왜 이러긴, 김보미가 원작자로서 형을 강혁 역할로 캐스팅하고 싶다는데, 이런 기회가 또 어딨어? 그냥 하겠다고 해."

"그럼 나보고 드라마에 출연하라고?"

미경이 말했다.

"원작자가 적극적으로 밀어주겠다는데 한번 해 봐요. 아마 첫 회만 나오는 거라서 부담도 거의 없을 거예요."

여태까지 배우 캐스팅하려고 오디션을 보고 왔는데, 이젠 그 반대 입장이 되게 생겼다.

"형, 연기하면 생각 외로 엄청 잘할 것 같아요."

"선배, 연기해 봐요. 강혁하고 이미지 너무 잘 어울린다니까요."

"부담 갖지 말아요. 어차피 강혁은 초반에 잠깐 나오고 안 나와요. 대사도 적고. 근데 초반에 등장하는 이미지가 워낙 강렬해서 독자들이 엄청 좋아하는 캐릭터예요."

"맞아요. 그래서 지금도 김보미한테 강혁 다시 소환해 달라고 떼쓰는 독자들 많다니까요."

평소 이런 문제에 신중한 소영조차도 진지한 목소리로 태수를 부추겼다.

"태수 형, 이참에 연기 한번 해 봐요. 이번에 보니까 형은 연기에도 소질 있는 것 같아요."

사실 태수도 살짝 마음이 흔들렸다. 배우들한테 연기 지도를 하다 보면 자신이 직접 연기를 해 보고 싶은 욕심이 들 때가 있었던 것이다.

특히 요즘에는 더더욱.

미경이 말했다.

"어차피 오디션은 우리 촬영 끝난 다음이라니까 스케줄 문제는 없어요, 헤헤."

미경이 말처럼 어차피 오디션은 촬영이 다 끝난 다음이라니까 그 문제는 그때 가서 생각하기로 했다.

그렇게 동생들과 수다를 떨다가 헤어진 시각은 밤 9시가 넘어서였다.

주차장에 세워 둔 카니발로 다가가는데 누군가 불렀다.

"저기, 감독님."

고개를 돌리자 뜻밖에도 연극한다던 안연수가 기다리고 있었다.

"어? 안연수 씨?"

안연수가 고개를 꾸벅하고 인사를 했다.

"죄송합니다, 감독님. 이렇게 불쑥 나타나서."

"아니에요. 여태까지 저 기다린 거예요?"

"예, 꼭 드리고 싶은 말씀이 있어서요."

"예, 말씀하세요."

"제가 연극을 하던 사람이라서 아까 오디션 때도 너무 연극처럼 대사를 한 것 같아서요. 외람되지만 혹시 어떻게 보였는지 여쭤봐도 될까요? 제가 다른 뜻이 있어서 그런 게 아니라 제 연기의 문제점에 대해 정확하게 알고 싶어서요."

태수가 기억하기로 안연수의 나이는 스물일곱으로 자신보다 세 살이나 많았다. 그럼에도 불구하고 자신에게 이토록 깍듯하게 대하는 건 연기에 대한 열정이 있기 때문일 것이다.

이런 때는 마음이 아프더라도 최대한 솔직하게 말해 주는 게 도움이 될 것 같았다.

"예, 맞아요. 정극 연기는 자연스러운 게 좋은데, 뭐랄까 전체적으로 과장된 느낌이 많이 들었어요. 연극 톤이 몸에 많이 배어 있으신 것 같던데."

안연수가 실망한 표정으로 고개를 끄덕였다.

"역시 그랬군요. 제가 지금은 연극보다 드라마나 영화 쪽을 하고 싶은데, 오디션을 볼 때마다 번번이 계속 떨어지더라고요. 다들 결과만 알려 주고 이유는 말해 주지 않아서. 이제 알겠습니다. 감사합니다."

<집착> 크랭크십

인사를 하고 돌아서는 안연수의 뒷모습을 보니 괜히 마음이 짠했다. 아까 오디션 볼 때 안연수가 했던 말이 떠올랐기 때문이다.

오디션 볼 때 태수가 왜 연극을 하다가 바꾸려고 하는지 물었을 때 안연수가 이렇게 대답했다.

－연기가 너무나 하고 싶은데 저희 집이 경제적으로 어려워서 연기 학원을 다닐 돈이나 시간이 없었습니다. 그래서 극단에서 알바를 하면서 연기를 배우게 됐고 그러다 보니 자연스럽게 연극 무대에 서게 됐습니다. 근데 제가 정말로 하고 싶은 연기는 드라마나 영화의 연기입니다. 워낙 운이 안

따르는 인생이라 제가 원하는 걸 한 번도 못 해 봐서 지금이라도 해 보고 싶어서 오디션마다 지원하고 있습니다.

안연수의 뒷모습을 보니 그가 오디션 때 했던 한마디 한마디가 마음속에서 되살아났다.

만약 영능력을 얻지 못했다면 태수 또한 지금의 안연수와 같은 답답한 삶을 살고 있지 않았을까?

그런 생각이 드니 도저히 그냥 보낼 수가 없었다.

연기가 많이 부족한 것도 아니고 얘기를 나눠 보고 가능성이 보인다면 남자 배역 두 자리 중 한 자리를 맡겨도 되지 않을까?

"저기, 안연수 씨."

안연수가 돌아섰다.

"혹시 저녁 안 먹었으면 같이 식사할래요?"

태수의 말에 안연수의 눈빛이 출렁였다.

사실 태수는 조금 전에 저녁을 먹어서 전혀 생각이 없었지만 안연수에게 밥 한 끼를 꼭 사고 싶은 마음이 들었다.

'후우, 지금 배 엄청 부른데 큰일이네.'

～

학교 앞 감자탕집.

"드세요. 금강산도 식후경인데 일단 먹고 얘기해요."

긴장한 빛이 역력하던 안연수가 사람 좋은 너털웃음을 웃으며 젓가락을 들었다.

긴장해 있을 때는 몰랐는데 지금 보니 웃음이 따스하고 매력적이다.

세상 착한 교회 오빠 같은 느낌이랄까.

보통 고생을 하며 살면 얼굴에 그늘이 지는 법인데 안연수는 그렇지 않았다.

오디션 때는 악역의 이미지가 잘 어울린다고 생각했는데, 지금 보니 오히려 정아의 오빠인 진우 역할이 더 잘 맞을 것 같았다.

안연수는 선과 악, 양쪽을 모두 소화할 수 있는 좋은 연기 베이스를 가지고 있었다.

배우에게 연기 스펙트럼이 넓다는 건 대단한 장점이다. 단 연극의 색깔을 뺀다는 전제하에.

"촬영장도 아니니까 지금은 편하게 대하세요. 전 스물넷이니까 형이신데."

"어휴, 그래도 감독님인데 어떻게 그래요? 제가 알아서 최대한 편하게 생각할게요."

공교롭게도 안연수 역시 태수처럼 어릴 때 아버지가 사고로 돌아가시고 홀어머니 밑에서 자랐다고 했다.

어려운 가정 형편 때문에 고등학교 때 학교를 그만두고 알바를 하며 생활비를 벌다가 검정고시를 봤다는 것도 태수하고 판박이.

비슷한 삶을 살아서 그런지 둘이 얘기를 나누다 보니 공감하는 구석이 꽤 많았다.

식사가 끝나 갈 무렵 안연수가 흐릿하게 웃으며 말했다.

"비록 작품은 못 하게 됐지만, 이렇게 감독님을 알게 됐다는 것만으로도 저한테는 행운이네요."

"작품을 왜 못 해요? 저는 아직 안연수 씨가 불합격이라고 말한 적 없는데."

"예?"

"아직 진우와 종민의 배역이 결정되지 않았거든요. 그리고 오늘 오디션 본 지원자들 중에선 안연수 씨의 점수가 가장 높았습니다."

안연수가 믿기지 않는다는 듯 태수를 빤히 바라보다가 양손으로 얼굴을 쓸어내리고는 물었다.

"그럼 저도 아직 가능성이 있는 건가요?"

"예. 하지만 지금의 연극 톤으로는 곤란해요. 현재 최정상의 배우분들 중에도 연극배우 출신인 분들이 많잖아요. 노력여하에 따라서 얼마든지 극복이 가능한 영역이라고 생각해요."

안연수가 고민하다가 조심스럽게 말했다.

"노력은 얼마든지 할 수 있는데, 방법을 잘 모르겠습니다.

전 연기를 배울 곳도 없고 가르쳐 주는 사람도 없어서 연극에서의 연기와 영화에서의 연기가 어떻게 달라야 하는지 잘 알지를 못합니다."

태수가 영화와 연극의 가장 근본적인 차이를 최대한 쉽고 간단히 설명해 줬다.

"아마 안연수 씨도 알고 있을 거예요, 단지 의식을 못 하는 거지. 연극은 관객을 바라보면서 연기를 하죠? 영화는 카메라가 관객입니다. 따라서 관객을 보며 하는 연극은 액션이나 딕션이 크고 분명해야만 하죠. 하지만 영화는 눈앞에 있는 카메라를 보고 연기를 해요. 얼굴이 클로즈업됐다고 생각해 봐요. 아주 미세한 동작이나 표정의 변화조차도 화면으로 보면 굉장히 커 보일 겁니다. 다른 차이도 많지만 제가 말한 그 부분만 기억해도 확실히 나아질 거예요."

태수의 얘기를 듣는 안연수의 얼굴에 미소가 떠올랐다.

"그러네요. 모르는 건 아니었는데 그렇게 명확하게 말해 주시니까 이젠 어떻게 해야 할지 알 것 같습니다. 제가 연습을 한 후에 동영상을 카톡으로 보내 드려도 될까요?"

"예, 얼마든지."

〈집착〉 시나리오 때문에 하루 종일 옥탑방에서 골머리를 앓던 태수가 비명과 함께 기지개를 켰다.

"으아~ 진짜 미치겠다!"

크랭크인이 닷새 앞으로 다가왔는데도 좋은 보완책이 떠오르질 않았다.

좋은 아이디어가 떠오를 것 같다가도 막상 집중을 하면 손가락 사이를 빠져나가는 모래처럼 생각이 스르르 사라지곤 했다.

만약 촬영 때까지 아이디어가 떠오르지 않으면 아쉽지만 현재의 시나리오로 진행을 하는 수밖에.

사실 지금은 시나리오보다는 연출력을 기르는 게 더 큰 목적이니까.

지금의 시나리오도 괜찮은데 〈앞집녀〉의 반응이 너무 좋아 너무 무리하게 부담을 가지는 것인지도 모르고.

"어우, 답답해. 이럴 때는 먹는 게 최고지. 라면이라도 끓여 먹을까?"

가스버너에 물을 올리고 불을 켰다. 수납장에서 김예림이 광고하던 빨간라면을 꺼내는데 카톡이 울렸다.

휴대폰을 보니 안연수가 자신의 연기 동영상을 보낸 것.

동영상을 재생했다.

선과 악, 두 가지를 연기하는 지정 연기 동영상.

동영상을 보는 태수의 얼굴에 저절로 미소가 번졌다.

"진우 역할 하면 되겠네."

동영상 속 안연수의 연기에선 연극의 과장된 몸짓과 대사가 거의 보이질 않았다.

오디션 때는 시선 처리도 전혀 되지 않았다. 연극은 관객을 바라보며 연기를 하지만 영화는 카메라를 보며 연기를 해야 하기 때문이다.

근데 카메라를 보는 눈빛을 보니 시선 처리도 완전히 적응이 된 것 같았다.

태수가 즉각 답장을 보냈다.

좋네요. 촬영 스케줄 조감독이 보낼 겁니다. 촬영장에서 봬요.

태수가 답장을 보내고 잠시 후 안연수의 답장이 도착했다.

이제 연기에 대해 조금 알 것 같습니다. 감사합니다. 은혜 잊지 않겠습니다.

연기 경력이 많은 배우라서 제대로 배우기만 하면 잠재력이 무궁무진할 것 같았다.

이제 네 명의 배우 중에서 세 명이 확정됐다.

효성 역할에 김예림, 정아 역할에 조인영, 진우 역할에 안연수가 확정이었다.

"이제 남자 배우 한 명만 찾으면 되겠네."

태수가 김이 모락모락 나는 라면을 젓가락으로 떠서 막 입 안에 넣으려는 순간 아래층에서 시끄러운 소리가 들려왔다.

근데 그 시끄러운 소리 사이에 엄마와 혜령의 목소리가 섞여 있었다.

태수가 들었던 젓가락을 내려놓고 즉시 옥상으로 달려 나가 아래를 내려다봤다.

경호네치킨집 앞에 경찰차가 와 있고 사람들도 웅성거리며 모여 있는 모습이 보였다.

태수가 엘리베이터를 타고 내려가 밖으로 걸어 나갔다.

엄마가 20대 중반쯤 되어 보이는 남자와 실랑이를 벌이는 소리가 쩌렁쩌렁하게 울렸다.

"내가 다 봤는데 무슨 소리야? 젊은이 차가 빨간불로 바뀐 다음에 사거리로 들어왔잖아요."

그러자 남자가 눈을 부라리며 말했다.

"이 아줌마가 눈을 호구로 달고 다니나. 나는 분명히 파란불에 진입했거든! 이 아줌마가 어디서 사기를 치고 있어?"

남자의 뒤쪽을 보니 고급 외제 승용차가 서 있는 게 보였다.

옆에서 지켜보던 혜령이 앞으로 나섰다.

"아저씨, 어디다 대고 함부로 반말이에요? 엄마 같은 사람한테!"

"뭐? 엄마? 난 저런 엄마 안 키워. 누가 내 엄마야?"

경찰들은 강 건너 불구경하듯 뒤로 물러서서 지켜보기만 하고 있었다.

태수가 화를 억누르며 앞으로 나섰다.

"엄마, 무슨 일이야?"

"아이고, 태수야, 잘 왔다. 어떡하니? 승호가 오토바이 배달하다가 차에 치여서 지금 병원에 갔어."

승호는 올해 고등학교를 졸업하고 경호네치킨에서 오토바이 배달을 하는 알바생이었다. 성격도 온순하고 착해서 엄마가 시급도 많이 쳐주고 여러모로 사정을 봐주는 아이였다.

"승호 많이 다쳤어?"

혜령이 인상을 찌푸리며 고개를 끄덕였다.

"여기 팔하고 쫙 다 나갔어."

엄마가 말했다.

"그래도 그만하길 다행이야. 아, 글쎄 승호 오토바이가 파란불에 사거리에 진입했는데, 저 사람 차가 빨간불인데 달려와서 들이받았지 뭐야. 잘못했으면 진짜 큰일 날 뻔했어."

"아이, 진짜! 저 아줌마가 약 먹었나? 내가 언제 빨간불에 진입했어? 어!"

태수가 일단 엄마를 진정시키자 남자가 더 기가 살아서 입을 나불거렸다.

"니들 각오해라! 저기 차문 긁힌 거 보이지? 저 차 얼마짜린 줄 알아? 너네 치킨집 보증금 빼야 될 거야."

혜령이 말했다.

"오빠, 저 차 우리가 안 봤으면 분명히 뺑소니쳤을 거야. 처음엔 그냥 도망치다가 우리가 막 소리 지르니까 모퉁이로 사라졌다가 다시 돌아온 거야."

남자기 비실비실 웃으며 말했다.

"지랄하고 있네."

그제야 경찰이 앞으로 나서서 말했다.

"자, 여기서 자꾸 이렇게 다퉈 봐야 소용없어요. 지금 목격자도 없고 주위에 CCTV도 없어서 어차피 당장은 결론이 나지 않으니까 일단 양쪽 다 경찰서로 가서 얘기를 하시죠."

남자가 말했다.

"난 지금 못 가고 내일 아침에 갈게요. 지금 급한 일이 있어서 빨리 가야 하거든."

태수가 남자를 지나쳐서 사고 차량을 살폈다. 차체 옆면 문짝에 오토바이와 부딪친 흔적이 남아 있었다.

운전석 쪽을 살펴보니 뜻밖에도 블랙박스가 달려 있는 게 보였다.

"이거 블랙박스 아닙니까?"

태수의 말에 경찰이 다가와서 말했다.

"봤는데 안에 메모리 카드가 없어요. 차주분 말이 얼마 전에 메모리 카드가 고장이 나서 버리고 아직 새로운 카드를 못 끼웠답니다."

태수가 돌아보자 남자가 얼른 시선을 피했다.

"그게 말이 됩니까? 블랙박스에 메모리 카드가 없다는 게."

경찰이 어쩔 수 없다는 듯 말했다.

"그럼 없는 메모리 카드를 우리보고 어쩌라는 겁니까?"

태수가 차의 블랙박스로 다가가 손바닥을 펴고는 주문을 외웠다.

'사이코메트리.'

화르르르륵.

공기가 흔들리며 허공에 영상이 나타났다.

운전자의 시선으로 보여지는 잔류사념.

경호네치킨 앞 사거리의 모습이 허공에 나타났다. 신호등이 파란불에서 빨간불로 변하는 걸 보면서도 외제 차 운전자는 속도를 줄이지 않았다.

반대 방향에서 좌회전 신호를 받고 사거리로 진입하는 승호의 오토바이가 보였다.

어쩐 일인지 외제 차 운전자는 승호의 오토바이를 보지 못하고 그대로 들이받았다. 다행히 정면충돌이 아니라서 승호는 오토바이와 함께 쓰러지며 아스팔트 위를 미끄러졌다.

사고 직후 외제 차는 엄마와 혜령의 말처럼 그대로 도주했다.

가게 안에서 사고 장면을 목격한 엄마와 혜령이 밖으로 달려 나와 소리를 질렀고 외제 차 운전자는 백미러로 목격자가 있다는 걸 확인하고 모퉁이에서 차를 돌렸다.

'어? 이게 뭐지?'

여태까지는 외제 차 운전자의 시야로만 보이던 영상이 3차원으로 변하며 차 안의 모습을 보여 줬다.

근데 차에 타고 있는 사람은 한 명이 아니었다.

운전석에 앉아서 운전을 한 사람은 지금 눈앞에 있는 사람이 아닌 다른 사람이었다.

둘이 주고받는 얘기가 머릿속에서 웅웅거리며 울렸다.

"시바, 어떡하지? 목격자가 있는데?"

"야, 나랑 자리 바꾸자. 나 지난번에도 음주 운전 하다가 걸렸는데, 이번에 또 사고 난 거 알면 우리 꼰대한테 작살난다고."

"블랙박스는?"

"메모리 카드 제거하면 되지. 만약 너한테 무슨 일 있으면 내가 알아서 처리할게. 우리 아버지가 경찰서장한테 전화 한 통만 하면 저런 배달원 사고 정도는 간단히 해결된다고. 만약 별일 없이 잘 넘어가면 내가 알아서 수고비 챙겨 줄게."

"일단 알았어. 넌 차에서 내려."

원래 운전을 했던 운전자가 차에서 내렸다. 차에서 내리는 운전자는 술을 얼마나 마셨는지 몸도 제대로 못 가눌 만큼

퇴마하는 톱스타

비틀거렸다.

지금 눈앞에 있는 외제 차 운전자가 블랙박스의 메모리 카드를 빼서 멀리 던지는 모습이 보였다.

눈앞의 운전자가 원래 운전자를 보고 말했다.

"넌 여기서 기다리고 있어."

바뀐 운전자가 외제 차를 몰고 다시 사고 현장으로 돌아오는 지점에서 영상이 흐려졌다.

태수가 외제 차 운전자를 돌아보고 말했다.

"이전에는 어땠는지 모르지만, 너희들 이번엔 쉽게 빠져나오지 못할 거야."

외제 차 운전자가 낯빛이 변하며 말을 더듬었다.

"너, 너희들이라니?"

태수가 경찰을 돌아보고 말했다.

"저하고 저쪽 모퉁이 좀 같이 가시죠. 저쪽에 진짜 운전자가 숨어 있습니다."

경찰이 어리둥절한 표정을 지었고 외제 차 운전자가 휴대폰을 꺼내는 걸 태수가 제지했다.

"여기 이 사람 공범한테 전화하려는 거니까, 전화 못 하게 하세요. 만약 막지 않으면 나중에 당신들한테도 책임을 물을 겁니다."

그제야 경찰들이 외제 차 운전자에게 말했다.

"저기 아저씨, 잠깐 휴대폰 사용하지 마세요. 그리고 저희하고 같이 가서 확인을 하시죠."

결국 경찰 두 명과 외제 차 운전자 그리고 태수가 함께 차를 타고 모퉁이를 돌아갔다.

잔류사념 속에서 봤던 원래 운전자가 구석에 웅크리고 있다가 경찰차를 보더니 당황하며 일어났다.

"저 사람입니다. 저 사람이 사고 낸 운전자예요. 여기서 둘이 운전자를 바꿔치기한 거예요."

경찰은 물론 외제 차 운전자도 경악한 표정으로 눈을 휘둥그레 떴다.

태수가 휴대폰을 켜고 컴컴한 구석으로 가서 버린 메모리 카드까지 찾아오자 외제 차 운전자의 태도가 달라졌다.

"자, 잘못했습니다. 운전은 제 친구가 한 게 맞습니다. 여기 메모리 카드 보시면 다 나올 겁니다."

음주운전을 한 원래 운전자가 머리를 감싸 쥐고 그 자리에 주저앉았다.

다들 어떻게 그걸 알았냐는 표정으로 태수를 돌아봤다.

태수가 경찰을 돌아보고 말했다.

"저 사람들 확실하게 처리하세요. 제가 체크할 겁니다. 음주운전에, 거짓말을 해서 경찰을 속였으니 공무집행방해죄에 제 어머니한테 욕설한 모욕죄까지. 내일 고소장 넣을 거니까 확실하게 처리하세요."

퇴마하는 톱스타

태수는 일단 사건 처리를 경찰한테 맡기고 급하게 옥탑방으로 올라왔다.

〈집착〉 시나리오의 보완책이 떠올랐던 것이다.

옥탑방에 퉁퉁 불은 라면을 미뤄 두고 정신없이 시나리오를 수정해서 써 내려갔다.

새벽에 수정한 시나리오를 멤버들과 김예림, 안연수, 조인영까지 출연진에게 보냈다.

마지막 남은 남자 배역 한 자리는 오디션 지원자 중에서 드림대학 연영과 2학년 김일호에게 맡기기로 했다.

연기가 만족스럽지는 않았지만 비중이 그렇게 크지 않아서 괜찮을 것 같았다.

＊

촬영 날 모든 스태프들과 배우들이 새벽 6시 드림대학 학생회관 앞에 모였다.

아직은 새벽 공기가 제법 매서웠지만 모두의 얼굴에 설렘 기대가 묻어나는 밝은 표ㄹ정들.

이번에도 카메라는 지난번 〈앞집녀〉 때처럼 드림대학 연영과 김동수가 맡았다.

태수가 부탁하기도 전에 먼저 연락을 해 와서 이번 영화도 꼭 자신이 촬영하고 싶다는 의사를 전해 왔다.

태수 입장에서도 지난번 영상이 마음에 들었기 때문에 거절할 이유가 없었다.

용만과 정우, 지민은 렌트한 스타렉스를 몰고 어젯밤 고스트라인에 들러서 필요한 장비를 미리 싣고 왔다.

배우들은 태수의 카니발에 올라타고 스태프들은 용만의 스타렉스에 올라탄 후 양평으로 출발했다.

용만의 친척집인 양평의 전원주택에 도착하기 전 도로변에 있는 국밥집에 들러서 허기진 배를 채웠다.

평소 입맛이 없는 사람도 이상하게 촬영장에만 오면 식욕이 돌아서 밥을 많이 먹게 된다.

김예림이 국밥을 국물까지 싹싹 비운 후에 말했다.

"미쳤나 봐, 내가 이걸 다 먹은 거야?"

그러자 조인영이 웃으며 자신의 국밥 그릇도 보여 주며 말했다.

"난 한 그릇 다 먹었는데도 배가 고파. 나 원래 아침 굶는 사람이거든."

조인영의 말에 김예림이 '어떡해?' 하며 까르르 웃었다.

둘은 오디션에 합격한 이후 서로 연락을 하며 지냈는지 어느새 친해진 모습.

배우들끼리 서로 어색하면 연기하기가 힘든데 잘됐다는 생각이 들었다.

다들 든든하게 배를 채운 후 용만의 친척 집에 도착했다.

생각보다 규모가 커서 일행의 입에서 '와' 하는 소리가 흘러나왔다.

태수는 콘티를 짜기 위해 외부와 집 안의 구조를 사진으로 미리 받아 봤기 때문에 무척 익숙한 느낌이 들었다.

용만이 문을 열고 들어가 집 안을 정리하는 동안 나머지 스태프들은 첫 씬을 촬영하기 위해 장비를 옮겼다.

첫 씬의 촬영 장소는 전원주택 인근의 오솔길.

그사이 배우들은 시나리오를 읽으며 서로의 대사를 주고받으며 호흡을 맞췄다.

촬영 분량이 가장 많은 안연수와 김예림은 자칫 어색할 수도 있을 텐데 안연수의 나이가 월등히 많은 덕분에 오히려 편한 오빠, 동생의 분위기가 조성됐다.

시나리오상에서도 안연수가 정아의 오빠 역할을 할 예정이라서 무척 다행스러웠다.

수정된 시나리오에 대한 반응은 기대 이상으로 좋았다.

스태프들도 그렇고 배우들도 다들 이번 영화가 〈앞집녀〉 못지않게 재미있는 영화가 될 수도 있겠다는 기대감을 드러냈다.

총 씬의 수는 14씬.

첫 씬은 효성이 오솔길을 걸으며 정아와 통화하는 장면이다.

효성이 정아와 통화하면서 정아의 짐을 가지러 양평 전원주택으로 걸어가는 씬.

먼저 효성 역을 맡은 김예림이 지정된 위치에 서자 카메라와 조명, 오디오도 자리를 잡았다.

태수는 길옆에 준비된 모니터용 화면을 보며 김동수에게 카메라 앵글을 조정하도록 지시했다.

두 번째 영화 〈집착〉의 촬영이 시작됐다.

씬 1.

효성이 짐을 가지러 전원주택으로 걸어가면서 정아와 통화하는 장면.

첫 촬영인 데다 날씨가 쌀쌀해서 배우 입장에서는 긴장될 수 있는 상황.

효성 역을 맡은 김예림도 그런 부분을 염두에 둔 듯 휴대폰을 들고 다양한 표정을 지으며 얼굴근육을 풀었다.

화난 표정, 슬픈 표정, 입을 삐죽 내민 표정 그리고 입을 옆으로 비튼 표정. 심지어는 얼굴 전체를 찡그렸다 펴면서 우스꽝스러운 표정도 마다하지 않았다.

신기하게도 김예림은 어떤 표정을 지어도 예쁘고 귀여웠다.

김예림과 함께 연기할 안연수, 조인영, 김일호 등의 나머지 배우들도 숨을 죽이고 현장을 지켜봤다.

"슛 들어갑니다!"

"카메라 롤! 씬 1-1."

태수가 화면을 보고 있다가 외쳤다.

"레디…… 액션!"

김예림이 어느새 효성이 되어 휴대폰으로 통화를 하며 오솔길을 걷는다.

"미쳤다, 정말. 그런 애를 왜 사귀어, 진작 헤어졌어야지. 요즘 데이트 폭력이 얼마나 무서운데……. 집으로 찾아올 수도 있다고? ……미친. 알았어, 가방 빨리 챙겨서 비행기 시간 맞춰서 갈게……. 내가 언제 좋아해? 너네 오빠 얼굴 기억도 안 나는데. 초등학교 2학년 때 보고 지금 처음 보는 거잖아…… 그러니까, 쿡쿡쿡. 알았어, 기집애야. 끊어."

김예림이 통화를 끝내고 고개를 들어 보면 앞쪽에 전원주택이 보인다.

김예림은 살짝 긴장이 되는 듯 한숨을 한번 내쉬고 걸어간다.

카메라, 전원주택을 향해 걸어가는 김예림의 뒷모습을 팔로우한다.

"컷!"

"오케이 잡고 한 번만 더 갈게요."

김예림에게는 크게 난이도가 없는 연기여서 바로 오케이를 했지만 감독 입장에서는 같은 장면이라도 다른 느낌의 선택지가 필요했기 때문에 한 테이크 더 가기로 한 것이다.

그런 태수의 마음을 알아차린 것처럼 이번에는 김예림이 지난번 연기보다 한결 차분한 느낌으로 정아와 통화를 주고받았다.

이번에도 무난하게 오케이.

역시 CF까지 촬영한 경력은 무시할 수가 없었다.

태수는 첫 번째 연기도 좋았지만 이번 두 번째 연기가 훨씬 마음에 들었다.

씬이 끝나고 김예림을 불러서 말했다.

"예림 씨, 둘 다 좋은데 조금 더 차분한 느낌의 두 번째 연기가 효성이 캐릭터에 더 어울리는 것 같아요. 앞으로도 그 톤으로 계속 가 줘요."

태수의 눈을 빤히 쳐다보며 설명을 듣던 김예림이 금방 말귀를 알아듣고 대답했다.

"네, 알겠습니다, 감독님."

"자, 다음 씬은 전원주택으로 들어가겠습니다."

태수의 소리에 스태프들이 모두 장비를 챙겨 들고 전원주택 안으로 이동했다.

씬 2.

이번 씬은 안연수가 전원주택 주방에서 아침을 먹기 위해 에그 스크램블을 만들고 있는 중에 김예림이 전원주택을 방문하는 장면이다.

에그 스크램블 외에 식탁에는 구운 토마토와 토스트가 접시에 담겨 있었다.

밖에서 촬영하는 동안 소품 담당인 정우와 민지가 토마토와 토스트를 만들어서 접시에 올려 준비해 놓았고, 인덕션 위에는 반쯤 만들다 만 에그 스크램블을 냄비에 담아 놓았다.

안연수가 앞에 서기만 하면 바로 촬영이 시작될 수 있도록 준비를 해 놓은 것이다.

이번 장면은 요리를 하던 안연수가 초인종 소리를 듣고 문을 열고 김예림을 맞이하는 장면으로, 초보 감독에겐 동선이 복잡할 수도 있는 씬이다.

하지만 태수는 수정고를 쓰면서 머릿속에 떠오른 영상을 미리 봤기에 카메라의 위치와 화면 사이즈, 안연수의 동선까지 정확하게 머릿속에 입력하고 있었다.

영상 속에서 연기를 하던 배우들도 태수가 선택한 바로 이 배우들이었다.

영상 속에서 가장 뛰어난 연기력을 보여 준 배우는 의외로 안연수였다.

연극 연기와 영화 연기의 차이를 파악한 안연수는 마치 물 만난 고기처럼 신들린 연기를 했다.

태수는 영상 속에서 본 연기가 현실에서도 그대로 재연될 수 있도록 안연수에게 연기 톤에 대해 세심하게 설명했다.

"진우는 초등학교 때 효성이가 좋아하던 사람이에요. 게다가 효성인 바깥 추운 곳에서 오는 거잖아요. 그래서 둘의 첫 대면 장면에서 효성이 연수 씨 얼굴을 보자마자 따스한 느낌을 받아서 얼른 집 안으로 들어오고 싶은 마음이 들었으면 좋겠어요."

단순한 표정 연기를 통해 심리적인 부분까지 드러내야 하는 장면.

결코 쉽지 않은 연기였다.

단순해 보이는 이 장면이 중요한 이유는 나중에 영화를 모두 보고 난 후에 관객이 이 첫 장면의 표정 연기를 다시 봤을 때 처음과 전혀 다른 느낌을 받아야 하기 때문이다.

안연수는 태수의 연기 지도를 들으면서도 연신 놀라움을 감출 수가 없었다.

이제 스물넷밖에 되지 않은 젊은 감독이 어떻게 이토록 디테일한 심리묘사를 할 수 있는지.

태수의 말을 하나도 놓치지 않으려는 듯 곱씹으며 듣던 안연수가 확신에 찬 표정으로 대답했다.

"정확히 무슨 말씀인지 알겠습니다."

태수가 안연수에게 효성이 초인종을 눌렀을 때의 동선과 카메라 앵글까지 한 번 더 세심하게 지시한 후 자리로 돌아가자 용만이 소리쳤다.

"슛 들어갑니다!"

"레디…… 액션!"

안연수가 인덕션 앞에서 에그 스크램블을 만들고 있으면 초인종이 울린다.

안연수가 불을 낮춘 후 현관으로 걸어 나갔다.

현관문을 열면 추위로 살짝 상기된 표정의 효성이 서 있다.

효성은 진우를 짝사랑했었고, 두 사람은 초등학교 저학년 이후 처음으로 재회하는 것이다.

안연수가 얼어붙은 눈이라도 녹일 것 같은 솜사탕 같은 미소를 짓고 말했다.

"혹시 효성……이?"

"진우 오빠?"

안연수가 수줍은 듯 미소를 지으며 고개를 끄덕이고는 말했다.

"와…… 이게 몇 년 만이니? 숙녀가 다 됐네. 반갑다, 어서 안으로 들어와."

오랫동안 연극을 한 덕분에 목소리가 귀에 착착 감기는 것처럼 듣기가 좋았고 딕션도 좋았다.

김예림이 수줍게 인사를 하고 안으로 들어선다.

안연수가 문을 닫자 김예림이 말했다.

"길에서 마주쳤어도 오빠인지 전혀 못 알아봤을 거예요."

"그래? 난 너 보니까 어릴 때 얼굴 기억나는데?"

"어머, 정말요? 저 예전에 알던 사람들 만나면 다들 어릴 때 얼굴하고 너무 많이 변해서 못 알아보겠다고 하던데."

"그래? 왜 그럴까? 참, 일찍 오느라 아침 안 먹었지?"

"괜찮아요. 정아가 가방 가지고 빨리 오라고 해서."

"비행기 시간이 몇 신데?"

"비행기 시간은 저녁인데, 정아하고 앞으로 몇 년 동안 못 볼 거니까 좀 일찍 만나서 얘기 좀 나누려고요."

"아, 그래? 그럼, 정아 방 2층에 있으니까 얼른 올라가 봐."

김예림이 2층 계단을 폴짝폴짝 뛰어 올라가서 모퉁이로 사라지자 태수가 외쳤다.

"컷, 오케이!"

⊱⊰

2층 정아 방.

침대 위에 캐리어가 펼쳐져 있고 그 안에 정아의 옷가지가 어지럽게 쌓여 있는 게 보인다. 모두 소품 담당인 정우와 민지가 미리 준비해 놓은 것들이다.

태수가 침대 반대편에 자리를 잡고 카메라는 정아의 방문을 비추고 있다.

"레디…… 액션!"

큐 사인이 떨어지자 방문이 열리며 김예림이 방 안으로 들어선다.

방으로 들어서던 김예림이 침대 위에 흩어진 옷가지들을 보고 한숨을 내쉬고는 인상을 찡그린다.

"컷, NG!"

태수가 김예림에게 다가가 설명을 했다.

"앞으로 몇 년 동안 보지 못할 친구니까 인상을 쓰는 것보단 역시 그럼 그렇지 하는 느낌으로 피식 웃는 정도가 낫지 않을까요?"

"아, 네. 알겠습니다."

다시 촬영에 들어갔고, 김예림이 조금 전과 달리 흩어진 옷가지들을 보고는 피식 웃으며 고개를 설레설레 흔들며 침대로 다가갔다.

"어이구, 그럼 그렇지."

김예림이 침대 위 옷가지를 뒤지다가 고개를 갸웃한다.

"근데 여권 가방이 어디 있다는 거야?"

여권 가방이 보이지 않자 정아에게 전화하는 효성.

그 장면은 컷으로 자른 후 리커버리 샷인 바스트 샷으로 앵글을 타이트하게 잡았다.

"레디…… 액션!"

효성이 휴대폰을 꺼내 정아의 단축 번호를 누르고 휴대폰을 귀로 가져간다.

"어, 정아야, 나 지금 네 방인데 여권 가방이 안 보여. 그러니까 어디, 화장대?"

효성, 휴대폰을 귀에 댄 채로 화장대를 뒤지지만 가방은 보이지 않고.

"뭐라고? 오빠 바꿔 달라고? 잠깐만."

효성, 방을 나간다.

다시 거실.

태수가 계단 위에 서서 기다리는 김예림에게 올라가서 설명을 했다.

"이 장면은 여러 가지 의미의 복선이 담긴 장면이에요. 이전까지 로코처럼 달달하게 전개되던 영화의 톤이 살짝 바뀌는 터닝 포인트가 되거든요. 배경음악의 분위기도 살짝 변할 거고, 아마 관객들은 이 씬에서 앞으로 무슨 일이 벌어질 것이란 불길한 전조를 느끼게 될 거예요."

태수는 완전히 상황에 몰입해서 마치 눈앞에 영상이 보이는 것처럼 아주 세밀한 부분까지 분위기를 전했다. 그래야만 배우가 방향을 잡기가 수월하기 때문이다.

김예림은 그런 태수를 넋을 잃고 바라봤다. 아마 모르는 사람이 봤다면 김예림이 태수를 좋아한다고 생각했을 수도 있을 것이다.

물론 대부분의 감독들이 현장에선 다들 작품에 몰입하지만 태수의 경우는 다른 감독들과 달리 자신과 겨우 세 살밖에 차이가 나지 않는다는 게 함정이다.

열정적으로 설명하는 태수의 눈을 보고 있으면 저도 모르게 호감 지수가 상승해서 살짝 겁이 날 정도.

김예림뿐만 아니라 안연수도 태수가 하는 설명이 뭘 의미하는지 금방 알아듣고 고개를 주억거렸다.

이번 씬에서는 안연수가 칼로 야채를 손질하다가 손가락을 다치는 장면이 나온다. 그 장면을 위해 정우와 민지가 피를 넣은 비닐 주머니를 정우의 손 아래에 넣어 뒀다.

정우는 야채를 자르는 척하면서 그 비닐을 자르고 그럼 안에서 피가 흘러나올 것이다.

모든 준비가 끝나고 김예림도 2층에서 대기했다.

"레디…… 액션!"

김예림이 휴대폰을 가지고 나와서 계단을 내려오며 아래쪽 안연수를 향해 말한다.

"오빠, 정아가 여권 가방이 안 보인다고 오빠 좀 바꿔 달라는데요?"

도마 위 야채를 자르던 안연수가 김예림을 돌아보다가 칼에 손가락을 베인다.

"윽."

도마에 금방 번지는 피.

김예림이 놀라서 내려오면 안연수가 손가락을 감싸며 황급히 속삭인다.

"정아 놀라니까 아무 말도 하지 마. 그리고 여권 가방은 못 봤고, 엄마가 정아한테 전해 주라고 한 게 있어서 어차피 집에 들렀다 가야 한다고 좀 전해 줘."

안연수가 피가 흐르는 손가락을 감싸고 급하게 욕실로 들어간다.

김예림이 정아와 통화를 한다.

"정아야, 오빠는 지금 전화 못 받고 너네 엄마가 뭐 전할 거 있다고 집에 왔다 가래. ……너 너무 겁내는 거 아냐? 만약 그 사람이 집으로 찾아온다고 해도 나도 있고 너네 오빠도 있는데 뭘 어쩌겠어……. 그러니까 걱정하지 말고 와. 알았어, 내가 너 올 때까지 여기서 기다리고 있을게. 그래."

통화를 끝낸 김예림이 돌아서면 안연수가 손가락에 붕대를 감고 욕실에서 나온다.

"오빠, 괜찮으세요?"

"어, 조금 깊게 베이긴 했는데 괜찮아. 너 많이 놀랐지?"

"아, 아니에요."

두 사람 잠시 어색하게 서 있으면.

"컷, 오케이!"

오전 촬영분이 끝났다.

점심은 용만이 양평 시내에 나가서 족발과 보쌈을 사 와서 먹었다.

단 하루에 모든 촬영을 끝마쳐야 하기 때문에 다른 현장처럼 여유가 별로 없다.

감독으로서 태수는 촬영한 장면을 몇 번씩 돌려 보며 모든 상황이 계획대로 진행되는지 몇 번씩 확인했다.

곧바로 오후 촬영이 재개됐다.

조인영과 김일호는 오전에 촬영이 없었지만 잠시도 눈을 떼지 않고 시종일관 진지한 표정으로 안연수와 김예림의 연기를 지켜봤다.

특히 조인영은 일손이 부족한 걸 알고 스스로 먼저 나서서 스태프들의 일을 거들며 촬영장을 이리저리 뛰어다니는 모습이 인상적이었다.

오후 촬영은 거실에서 안연수와 김예림이 차를 마시는 7 씬부터 시작됐다.

따스한 햇볕이 내리쬐는 창가에서 안연수와 김예림이 차를 마시고 있다. 조명과 반사판으로 달달한 로코를 떠올리게 만드는 화사한 분위기를 만들었다.

안연수가 물었다.

"나도 종민이 몇 번 봤는데 괜찮아 보이던데? 대체 종민이가 어떻게 했기에 정아가 외국까지 나가는 거야?"

"오빠는 둘 사이에 무슨 일이 있었는지 전혀 몰라요?"

"모르지, 정아가 얘기를 안 해 줬으니까."

"저는 얘기 듣는 것만으로도 소름이 끼쳤어요. 그런 사람이 남자 친구였다니. 오죽했으면 정아가 그 사람 집으로 찾아올까 봐 무서워서 저한테 대신 가방 가져오라고 했겠어요?"

"내가 볼 땐 그 정도로 나쁜 친구처럼 보이지 않던데? 정아를 너무 좋아해서 그런 거 아냐?"

"아니에요, 오빠. 좋아하는 것과 집착하는 건 전혀 다르죠. 혹시라도 그 사람 찾아오면 절대 문 열어 주면 안 돼요. 무슨 짓을 저지를지 모른다고요. 알았죠?"

"그래, 알았어."

김예림이 눈을 찡그리며 '아…….' 하고 눈을 만진다.

"왜 그래?"

"렌즈 꼈는데 뭐가 들어갔나 봐요. 잠깐만요."

김예림이 욕실로 들어가고 그때 마침 테이블에 올려놓은 혜림의 휴대폰에 카톡이 온다.

안연수, 슬쩍 보면 정아가 보낸 카톡이다.

카톡의 내용은 이렇다.

너 아직 그 사람 얼굴 모르지? 혹시라도 집으로 찾아올 수도

있으니까 이 사진 보고 얼굴 잘 기억해 둬.

이어서 카톡으로 전송되는 종민의 사진.

정아가 보낸 카톡 속 사진은…… 온화한 미소를 가진 안연수의 사진이다!

사진을 보는 안연수의 얼굴에 숨어 있던 악마의 미소가 섬뜩하게 떠오른다.

안연수, 아니 종민이 카톡 속 자신의 사진을 보며 서늘하게 웃는다. 지금까지 세상 착한 오빠 같던 표정 위로 서서히 악마의 미소가 떠오른다.

종민이 효성의 휴대폰을 집어 들고 카톡에 들어가 정아와의 채팅방을 빠져나온다. 그러자 채팅방과 함께 정아가 보낸 종민의 사진도 사라진다.

안연수가 다시 카메라를 정면으로 응시하며 온화한 미소를 짓는다. 마치 관객에게 보내는 미소인 것처럼.

그리고 그 미소는 태수가 영상 속에서 봤던 바로 그 이중적인 안연수의 얼굴이었다.

"컷, 오케이!"

안연수의 연기를 숨죽이고 바라보던 주위 스태프들의 입에서도 탄성이 흘러나왔고, 몇몇은 박수까지 치며 한마디씩 했다.

"연기 대박이다!"

"와…… 나 지금 팔뚝에 소름 돋았어. 어떻게 저렇게 표정이 바뀔 수가 있냐?"

"연기 진짜 잘한다."

태수도 소름이 끼칠 정도의 극적인 표정 변화를 보여 준 안연수에게 엄지를 치켜 보였다.

안연수가 쑥스러운 듯 어느새 착한 오빠의 표정으로 돌아가서 활짝 웃었다.

카메라 옆에서 그런 안연수의 연기를 지켜보던 김예림은 어깨를 움츠리며 엄살을 떨었다.

"끼약! 소름 돋아."

김예림이 장난처럼 태수의 뒤에 숨으며 말했다.

"감독님, 저 어떡해요? 연수 오빠 표정 너무 무서워요."

안연수가 어쩔 줄 몰라 하며 말했다.

"그러지 마, 나 원래는 그런 표정 안 지어."

"그렇게 말하니까 더 무섭잖아요."

김예림의 호들갑에 주위 스태프들이 다들 웃음을 터뜨렸다.

태수가 시나리오를 수정한 후 제일 걱정했던 부분이 방금전의 그 장면이었다.

안연수가 선한 진우인 것처럼 연기를 하다가 종민이라는 사실이 밝혀지는 순간 악마성을 드러내는 표정 연기.

스태프들도 수정된 시나리오를 받았을 때 가장 걱정했던

부분이 안연수가 이런 어려운 1인 2역의 연기를 해낼 수 있을까에 대해 의구심이었다.

하지만 태수는 시나리오의 수정을 마쳤을 때 떠오른 영상 속에서 열연을 펼치는 배우가 안연수라는 걸 확인하고 마음을 놓았다.

그리고 촬영 하루 전 늦은 밤에 안연수는 자신이 연기한 7씬의 동영상을 카톡으로 보내왔다.

태수는 그 영상을 보는 순간 전율을 느꼈다. 환상 속 영상에서 봤던 종민과 동영상 속 안연수의 표정이 완벽하게 똑같았던 것이다.

태수가 이번 시나리오에서 종민을 진우인 것처럼 관객이 착각하게 만드는 아이디어를 얻은 건 승호의 오토바이 교통사고 때문이었다.

당시 음주운전을 한 운전자와 옆자리의 친구가 자리를 바꾼 사실을 알고 바로 이 아이디어가 섬광처럼 떠올랐던 것이다.

당시 태수는 급하게 옥탑방으로 올라와서 시나리오 파일을 불러낸 뒤 정신없이 수정을 했고 완성된 원고를 배우들과 스태프들에게 보냈다.

수정고를 확인한 스태프들의 반응은 예상대로 뜨거웠다. 이전의 밋밋했던 시나리오보다 훨씬 긴장감도 있고 짜임새가 생겼다고 이구동성으로 말했다.

안연수와 김예림도 뻔하게 예상되는 연기보다는 내면의 숨겨진 이중성을 연기로 보여 줄 수 있어서 훨씬 매력적이라고 좋아했다.

"자, 아직 끝난 거 아닙니다. 지금부터 남은 장면들이 난이도도 높고 정말 중요해요."

사실이었다. 종민과 효성의 아슬아슬한 심리 연기와 후반부의 액션 씬이 그대로 남아 있었다.

태수가 안연수를 불러서 앞으로의 연기에 대한 얘기를 나눴다.

"이제 관객들은 연수 씨가 종민이란 사실을 알았잖아요. 그리고 종민은 정아가 보낸 자신의 사진을 보는 순간 안에 숨어 있던 악마성이 꿈틀거리기 시작하게 돼요. 지금까지는 악마성을 억누르고 있었지만, 이젠 효성에게 자신이 종민이라는 걸 밝히고 싶어서 입이 근질거리는 겁니다. 다시 말해서 종민은 먹잇감을 앞에 둔 맹수처럼 효성을 재미있게 데리고 놀려고 하는 거죠."

연수가 알겠다고 고개를 끄덕였고 김예림은 정말 무서운 것처럼 어깨를 움츠리며 말했다.

"연수 오빠 계속 인상 쓰고 있으니까 너무 무서워요. 숏 들어가기 전까지는 착한 진우 오빠로 돌아오면 안 돼요? 흑흑."

종민의 캐릭터에 몰입한 나머지 안연수가 계속 굳은 표정을 하고 있었던 것이다.

태수가 웃으며 말했다.

"안 돼, 연수 씨는 계속 종민이 캐릭터에 빠져 있어야 한다고."

태수가 이어서 김예림에게 말했다.

"효성은 여전히 아무것도 모른 채 욕실에서 나오잖아. 그리고 본능적으로 분위기가 달라졌다는 느낌을 받게 되는 거야. 하지만 그게 뭔지는 정확히 알지 못해. 아주 애매모호한 느낌이니까."

김예림이 인상을 찡그리다가 자신 없는 목소리로 말했다.

"너무 어려워요."

태수도 이해한다는 듯 고개를 끄덕였다.

"쉬운 연기는 아니지. 아, 이걸 어떻게 설명을 하지?"

그때 안연수가 말했다.

"제 연기가 변하면 자연스럽게 예림 씨의 연기 톤도 달라지지 않을까요?"

간혹 어떤 연기는 아무리 말로 설명해 봐야 소용이 없고 상대방과 합을 맞춰 봐야만 감을 잡게 되는 경우가 있다. 이번이 그런 경우일 것 같았다.

"좋습니다. 일단 가 보죠."

스태프들이 신속하게 각자의 위치를 잡았다.

"슛 들어갑니다!"

"카메라 롤! 씬 8-1."

"레디…… 액션!"

효성이 욕실에서 나온다.

종민이 식탁 테이블에 앉아 미소를 머금고 효성을 바라본다. 하지만 이전과는 분명 미소의 느낌이 달라졌다.

안연수는 그 미묘한 차이를 잘 표현해 냈다. 아마 이번 영화가 유튜브에 올라가면 안연수가 누구인지 궁금해하는 사람들이 꽤 많아질 것 같은 예감이 들었다.

효성이 주방 테이블 위에 놓아둔 자신의 휴대폰을 들고 본다.

그런 효성을 빤히 바라보는 종민.

그런 종민의 시선이 부담스러운 듯 효성이 어색한 분위기를 깨 보려고 말한다.

"혹시 옛날에 그거 기억나세요? 초등학교 1학년 때던가. 정아하고 제가 놀이터에서 놀다가 갑자기 어두워져서 오빠가 데리러 왔던 거."

"놀이터?"

"네. 아마 오빠는 기억 못 할 거예요. 그때 저희는 너무 무서웠기 때문에……."

"기억나. 아무도 없는 캄캄한 놀이터에서 너희 둘이 놀고 있었지. 겁도 없이."

순간 효성의 표정이 살짝 굳어진다.

"그렇게 캄캄하진 않았는데. 놀이터가 아파트 안에 있어서 주위에 다른 애들도 있었고."

"그랬어? 내 기억이 잘못된 건가?"

안연수의 얼굴에서 웃음기가 서서히 사라지고 있었다.

"그것보다 너희 얼마 전에 홍대에서 클럽 간 적 있지?"

"네? 어…… 오빠가 그걸 어떻게 알아요? 정아가 얘기했어요?"

"그때 정아하고 파트너 됐던 남자. 정아, 지금도 계속 만나니?"

어느새 온화한 미소가 사라지고 날카로운 눈빛으로 추궁하는 종민의 모습에 효성도 살짝 당황한 표정으로 대답한다.

"그건 저도 잘……."

"그 자식 잘생겼어?"

갑자기 거칠어진 말투에 효성의 얼굴에서도 웃음기가 사라진다. 뭔가 이상하다는 걸 직감하는 효성.

두 사람이 서로 주고받으며 쉼 없이 변화하는 표정 연기가 마치 같은 음악을 연주하는 서로 다른 악기처럼 매끄럽게 착착 맞아 들어갔다.

"오빠가 그걸 왜 그렇게 궁금해하세요?"

갑자기 종민이 정색을 하고 말한다. 이전보다 목소리의 긴장감이 한층 높아진다.

"오빠니까 묻는 거야. 여동생이 이상한 놈 사귀면 안 되잖아."

"아······ 네. 그, 그렇긴 하죠."

이제 김예림의 얼굴에도 웃음기가 완전히 사라졌다.

"정아가 그놈하고 최근까지도 사귀었지?"

이쯤에서 뭔가가 잘못됐다는 불안감이 효성을 엄습한다.

"저기······ 자, 잠깐만요."

효성이 당황한 표정으로 휴대폰을 들고 일어나 욕실로 들어가는 순간.

"컷!"

그야말로 주고받는 둘의 심리 연기가 한 치의 양보도 없이 불꽃을 튀겼다. 스태프들도 다들 숨 쉬는 것조차 잊은 듯 완전히 푹 빠져서 둘의 연기를 지켜봤다.

무심코 고개를 돌리는데 스태프들 사이에서 연기를 지켜보는 조인영이 보였다. 역시 메모장을 들고 뭔가를 계속 적는 조인영의 눈빛이 초롱초롱 번뜩였다.

'이렇게 보니까 조인영도 나름 매력이 있네. 미래액터스에서도 조인영의 저런 모습을 보고 뽑지 않았을까?'

이어서 진행되는 욕실 씬.

김예림이 감정을 잡기 위해 인상을 찌푸린 채 혼자만의 세계에 빠져 있었다.

나머지 스태프들도 배우의 몰입을 깨트리지 않으려 숨소리조차 내지 않았다.

감정을 잡고 있던 김예림이 준비가 된 듯 고개를 들고 말했다.

"됐어요, 갈게요."

김예림의 말에 태수가 낮고 조용하게 말했다.

"액션."

욕실로 들어간 효성이 혼란스러운 기분으로 생각에 잠겨 있다가 정아에게 카톡을 보내려고 채팅방을 찾는데, 어쩐 일인지 채팅방이 보이질 않는다.

"어? 어떻게 된 거지?"

효성이 다시 채팅방을 만들어서 정아에게 카톡을 보낸다.

효성 : 오고 있니?

정아 : 응, 10분 후면 도착할 것 같아.

효성 : 너네 오빠가 우리 지난번에 홍대 클럽 간 거 자꾸 꼬치꼬치 묻는데 어떡해?

정아 : 무슨 소리야, 오빠가 우리 클럽 간 걸 어떻게 알고?

효성 : 네가 얘기했다고 하던데?

정아 : 아냐, 무슨. 울 오빠는 그런 거 궁금해하지도 않아. 참, 내가 종민이 사진 보낸 건 받아 봤어?

효성 : 사진이라니? 무슨 사진?

정아 : 내가 아까 그 악마 사진 너한테 카톡으로 보냈는데?

효성 : 아냐, 못 받았어. 이상하게 휴대폰에 너하고 채팅방이

사라지는 바람에.

　　정아 : 그럼 내가 다시 보내 줄게. 혹시 그 미친놈이 집으로

　　　　　 찾아올지도 모르니까.

　효성이 초조하게 기다리고 있으면 종민의 사진이 카톡으
로 도착한다.

　카톡으로 도착한 종민의 사진을 비로소 확인하는 효성.

　지금까지 정아의 오빠인 줄 알고 있던 사람이 다름 아닌
종민이었다는 걸 확인하는 순간이다.

　충격을 받은 효성의 표정이 세면대 거울에 비친다.

　효성이 혼란스러운 듯 부들부들 떨다가 카톡을 보낸다.

　　효성 : 방금 네가 보낸 이 사진…… 너네 오빠 사진 아냐?

　　정아 : 무슨 소리야? 우리 오빠 들으면 기분 나빠 하겠다. 그

　　　　　 사진 속 남자가 바로 그 악마야. 정말 무슨 짓을 할지

　　　　　 모르는 인간이라고. 근데 왜 그래?

　휴대폰을 들고 보는 효성의 눈빛이 바들바들 떨리면서 눈
에 살짝 물기가 고인다.

　정아가 굳이 위험인물이라고 알려 주지 않아도 지금까지
안연수의 행동을 돌이켜 보기만 해도 충분히 두려웠다. 어떻
게 남의 집에서 저렇게 태연하게 다른 사람인 것처럼 연기를

할 수가 있단 말인가.

효성, 문득 이상한 예감에 고개를 들고 세면대 거울을 보면 욕실 문이 살짝 열려 있고 그 문틈으로 종민이 자신을 훔쳐보고 있는 모습이 보인다.

'헉.'

순간 언젠가 봤던 사이코가 나오는 영화의 한 장면이 떠올랐다.

효성, 숨이 멎는 것 같은 전율이 느껴졌지만 티를 내지 않으려고 재빨리 수돗물을 튼다.

수돗물을 받아 마구 얼굴에 끼얹는 효성.

다리가 후들거리고 자꾸만 울음이 나오려고 하지만 필사적으로 집어삼킨다.

똑똑똑.

종민이 모른 척 욕실 문을 노크하면 얼굴에 물이 잔뜩 묻은 효성이 애써 태연한 척 대답한다.

"네?"

그 순간 당황해서 세면대에 있던 휴대폰을 쳐서 휴대폰이 바닥에 떨어진다.

"어떡해?"

효성, 휴대폰을 들고 보면 액정에 금이 갔고 전원이 꺼져 있다. 전원을 켜도 불이 들어오지 않는 휴대폰.

욕실 안으로 들어오는 종민.

"무슨…… 일이야?"

효성이 얼른 일어나서는 물이 뚝뚝 떨어지는 얼굴로 필사적인 웃음을 짓는다.

"휴, 휴대폰이 떨어져서 고장이 났나 봐요."

"그래? 어디 봐 봐."

종민이 팔을 뻗으면 기겁을 하며 물러서는 효성.

"괘, 괜찮아요. 아, 저기…… 제가 생각을 해 보니까 중요한 약속이 있었는데 깜빡했던 것 같아요. 늦어서 지금 빨리가 봐야 할 것 같아요."

효성이 서둘러 욕실을 나가면 느긋하게 따라 나가는 종민.

현관으로 걸어가서 문을 열려는 효성의 등에 대고 종민이 말한다.

"잠깐만."

카메라는 효성과 뒤에서 효성의 등을 바라보는 종민의 투샷을 나란히 잡고 있다.

효성이 돌아서 있어서 두 사람은 서로의 얼굴을 볼 수가 없다.

종민이 한 번 더 말한다.

"잠깐 나 좀 볼까?"

나란히 카메라에 잡힌 둘의 표정이 극명하게 갈린다.

종민은 비릿한 웃음을 머금고 있고 카메라를 바라보는 효성의 눈빛은 공포로 떨리고 있다.

하지만 순식간에 웃는 얼굴로 돌아서는 효성, 아니 김예림이다.

"왜요, 오빠?"

연기는 눈빛이라는 말이 있다.

김예림은 그 말의 의미를 눈앞에서 증명해 보였다. 극한의 공포에 사로잡혀 있던 효성의 눈빛이 한 번의 눈 깜빡임 후에 전혀 다른 표정으로 변했다.

종민을 향해 돌아서는 효성의 얼굴은 어느새 웃고 있었다.

뭔가 마법이라도 부린 것처럼.

그런 효성을 바라보는 안연수의 표정 연기도 결코 부족하지 않았다. 악마의 본능을 감춘 채 세상에서 가장 따뜻할 것 같은 훈훈한 미소를 유지하고 있었으니까.

효성이 태연하게 다시 물었다.

"왜요, 오빠?"

"너 정아 가방 가지고 간다고 하지 않았어?"

"아…… 맞다."

효성의 얼굴에 깜찍한 애교가 떠올랐다.

"내 정신 좀 봐. 그것 때문에 왔으면서 그걸 깜빡했네."

효성이 밝게 웃으며 종민의 곁을 지나쳐서 2층 계단을 올라간다.

계단을 오르는 효성의 표정엔 어느새 애교 섞인 웃음 대신 잠시 사라졌던 공포가 다시 자리하고 있다.

'어떡해?'라고 말하는 것처럼 입술을 깨물며 효성이 2층 모퉁이를 도는 순간.

"컷, 오케이!"

태수의 오케이 사인과 함께 안연수가 다양한 표정으로 얼굴근육을 풀었다. 2층에 있던 김예림도 마찬가지.

태수와 스태프들이 장비를 가지고 우르르 2층으로 올라갔다.

전원주택 2층 정아의 방.

곧바로 촬영이 재개됐다.

효성이 불안한 얼굴로 정아의 방에 들어서서 침대 위에 늘어놓은 정아의 옷들을 정신없이 캐리어에 담기 시작했다. 옷을 챙긴다기보다는 급하게 욱여넣는다는 표현이 더 어울리는 몸짓.

효성의 손끝이 바들바들 떨렸고 호흡은 가빴다.

정신없이 옷들을 챙겨 담아 캐리어를 잠그는 순간, 종민이 방문 앞에 나타난다.

종민이 가방을 챙기는 효성을 지켜보다가 묻는다. 입꼬리가 잔뜩 올라간 얼굴로.

"정아 곧 집으로 온다고 하지 않았어?"

'헉.'

너무 긴장해서 그만 자신의 공포를 드러내고 말았다는 두려움이 김예림의 얼굴을 스쳤다.

돌아앉은 김예림의 얼굴에 금방이라도 눈물을 쏟을 것 같은 공포가 떠올랐다.

그러면서도 어떻게든 이 위기를 벗어나기 위해 머리를 굴리는 효성의 모습을 김예림은 눈동자의 움직임으로 표현했다.

공포로 물기가 촉촉이 묻어나는 효성의 눈동자가 파르르 떨리며 좌우로 흔들렸다.

효성이 눈을 질끈 감았다가 뜨며 돌아섰다.

"참, 조금 전에 카톡 왔는데 정아가 지금은 못 올 것 같대요. 그래서 따로 오빠한테 연락한다고."

종민이 심드렁한 표정으로 어깨를 으쓱하며 말했다.

"그랬어?"

효성이 종민의 눈치를 보며 옷들을 쑤셔 넣은 캐리어를 끌고 천천히 정아의 방을 나간다.

캐리어 가방 사이로 옷가지들이 삐져나와 있는 걸 보며 종민이 피식 웃는다.

효성이 계단을 내려가려는 순간, 종민이 다가와서 가방을 잡은 효성의 손을 덥석 잡는다.

효성, 금방이라도 울음을 터뜨릴 것 같은 표정으로 그 자리에 굳어서 바들바들 떤다.

그런 효성의 손을 가방 손잡이에서 떼어 내며 종민이 말한다.

"가방…… 내가 들어 줄게."

효성이 대답조차 못 한 채 고개만 끄덕이면 종민이 피식 웃으며 가방을 들고 먼저 계단을 내려간다.

"컷."

"잠시 쉬었다가 가겠습니다."

그러자 감정에 몰입해 있던 배우는 물론 스태프 들까지도 참았던 숨을 몰아쉬며 긴장으로 굳은 몸을 풀었다.

용만이 다가와서 물었다.

"형, 저녁은 어떡할까? 촬영 끝나고 먹을까? 지금 속도면 8시쯤이면 끝날 것 같은데."

"사람들 의견을 물어봐."

태수의 말에 용만이 배우와 스태프 들에게 저녁을 먹고 촬영할지 그대로 계속할지 묻고 다녔다.

이윽고 태수한테 돌아온 용만이 말했다.

"다들 계속 촬영하자는데? 배우들도 지금 감정 깨트리기 싫다고 하고."

"오케이. 그럼 계속 가자."

태수가 안연수, 김예림 두 사람과 남은 촬영 부분에 대해 대화를 나눴다.

지금까지는 상대방에게 자신의 마음을 완전히 드러내지

않았지만, 이제 두 사람은 암묵적으로 서로의 마음을 알았다는 전제하에 연기가 이루어진다는 점이 이전과는 다른 상황.

당연히 그에 맞춰서 연기의 톤도 변해야만 한다.

시나리오에 이미 그런 부분에 대한 언급이 나와 있기 때문에 두 사람 역시 그런 부분을 충분히 인식하고 있었다.

다시 촬영 재개.

종민이 가방을 들고 먼저 계단을 내려오면 효성은 어떻게든 겁먹은 모습을 들키지 않기 위해 안간힘을 쓰며 계단으로 걸음을 내디딘다.

아래층에 먼저 내려간 종민이 팔짱을 낀 채 계단을 내려오는 효성의 모습을 즐기듯이 바라보고 있고 카메라는 그런 종민의 시선으로 효성의 모습을 촬영한다.

불안한 효성의 심리가 더욱 극대화되도록 카메라는 로우 앵글로 계단을 내려오는 효성의 모습을 비췄다.

쓰러질 것처럼 아슬아슬하게 계단을 내려오는 효성의 모습에서 그녀의 불안한 심리가 관객에게 그대로 전달됐다.

효성이 후들거리는 다리로 간신히 1층까지 내려왔을 때 종민이 말한다.

"안방 장롱 안에 봐 봐, 정아 여권 가방을 거기서 본 것 같아."

"아, 안방요? 거긴 제가 들어가기가 좀…… 오빠가 들어가서…….”

종민이 고개를 흔들었다.

“아니, 네가 들어가서 찾아.”

얼굴은 웃고 있지만 어느새 목소리엔 명령처럼 들리는 위협이 들어 있다.

관객은 이 장면에서 확신하게 된다.

종민은 효성에게 자신의 정체가 드러났다는 걸 확실하게 인지하고 있다는 것을.

효성이 웃는 티를 내려고 해도 이젠 얼굴에 미소가 그려지지 않는다. 두 사람은 이제 서로의 마음을 모두 알면서 심리게임을 하고 있는 것이다.

효성은 이곳에서 무사히 빠져나가기 위한 방법을 머릿속으로 고민하고 있고 종민은 사이코패스답게 공포에 사로잡힌 효성을 지켜보면서 이 시간을 최대한 즐길 생각을 하고 있는 것이다.

효성이 어쩔 수 없이 안방 문을 열고 들어간다.

안방은 정아의 부모님이 지내는 방으로, 침실이 보이고 한쪽 벽면에 붙박이장이 보인다.

지금 효성의 머릿속은 복잡하다.

종민이 왜 자신을 안방으로 들어가게 한 것일까? 혹시 안방으로 들어가면 문을 잠그고 가두려는 건 아닐까?

그런 효성의 불안한 심리를 김예림은 연신 뒤를 힐끔거리며 불안하게 발을 내딛는 것으로 대신 드러냈다.

종민은 안방 입구에서 그런 효성을 가만히 지켜보고 있다. 마치 뭔가 재미있는 이벤트를 기다리는 맹수처럼.

효성은 그런 종민의 시선이 불안하다.

효성이 떨리는 손으로 붙박이장의 문을 연다.

어두컴컴한 장롱 안으로 조명의 불빛이 흐릿하게 드리우면서 서서히 드러나는 형체.

장롱 안에 구겨져서 누워 있는 누군가의 피투성이 얼굴이다. 그 얼굴은 바로 정아의 오빠 진우.

드림대학 연영과 김일호가 얼굴에서부터 온통 피로 범벅이 된 진우의 역할을 연기했다.

정우와 민지가 만든 피로 분장을 했는데, 전혀 어색하지가 않았다.

효성은 터져 나오는 울음을 삼키기 위해 주먹을 움켜쥐고 팔을 바들바들 떨었다.

그때 죽은 줄 알았던 진우가 눈을 뜬다.

'헉.'

경악하는 효성.

하지만 이내 뒤에서 종민이 지켜보고 있다는 걸 깨닫는다. 효성은 진우가 살아 있다는 걸 종민에게 들키지 않으려고 필사적으로 버틴다.

뒤쪽 종민의 시선으로 보면 굳어 있는 효성의 뒷모습이

보이고 붙박이장의 문틈으로는 축 늘어진 진우의 다리가 보인다.

물론 종민은 그 다리가 누구의 것인지 너무도 잘 알고 있다. 자신이 그렇게 만들었으니까.

진우는 아직 숨이 완전히 끊어지지 않았다.

진우가 눈을 껌뻑이며 손가락을 입으로 가져간다. 마치 종민에게 자신이 살아 있다는 사실을 알리지 말라는 듯.

효성도 그런 진우에게 힘겹게 알았다는 눈짓을 한다. 마음을 다잡으며 돌아서던 효성이 비명을 지른다.

"악!"

바로 눈앞에 종민의 얼굴이 다가와 있었던 것이다. 종민의 번들거리는 두 눈이 마치 '난 네가 무슨 생각을 하는지 다 알고 있어.'라고 말을 하는 것 같다.

종민은 웃는 눈빛으로 효성을 뚫어지게 바라보며 묻는다.

"뭘 그렇게 놀라? 왜? 뭘 봤어?"

다 알고 있으면서도 실실 웃음을 흘리며 물어보는 안연수의 섬뜩한 연기는 분명 관객들에게 오랫동안 기억될 정도로 인상적이었다.

효성이 고개를 흔들면 종민이 씩 웃으면서 붙박이장의 문을 향해 팔을 뻗는다.

그때 초인종이 울린다.

띵동.

종민과 효성이 동시에 현관 쪽을 돌아본다.

종민의 얼굴에 악마와 같은 미소가 떠오르고, 그 순간 효성이 거의 반사적으로 튀어 나간다.

"정아야, 안 돼! 오지……."

하지만 효성의 외침은 속절없이 허공으로 사라졌다.

종민이 효성의 머리채를 잡아서 벽에 던졌기 때문이다.

쿵!

태수는 이 부분에서 커트를 한 후 쓰러진 효성과 종민의 표정을 다양한 각도의 커버리지 샷으로 별도 촬영을 했다.

다시 마스터 샷으로 촬영 재개.

종민은 벽에 머리를 부딪친 효성이 바닥에 쓰러져 꿈틀거리는 모습을 보고는 피식 웃으며 현관으로 걸어 나간다.

효성이 바닥을 기어가는데 밖에서 정아의 비명이 들려온다.

"아악! 효성아!"

이어서 들려오는 종민의 살벌한 욕설.

"이런 시발년이 죽으려고! 개 같은 년!"

안방의 문틈으로 종민이 쓰러진 정아의 배를 무자비하게 걷어차는 모습이 보인다. 그때마다 정아의 비명 소리가 현실인 것처럼 처절하게 들려온다.

더불어 종민의 광기 어린 욕설과 외침도 들려오고.

"클럽에서 만난 그 새끼랑 뭐 했냐? 가랑이 벌리고 낄낄거

릴 땐 좋았지, 이년아!"

효성은 바닥에 쓰러져서 무기력하게 두들겨 맞는, 공포에 사로잡힌 정아의 눈빛을 보면서 입을 틀어막고 흐느낀다.

소리 없이 오열하는 효성의 얼굴을 담담하게 비추는 카메라.

그렇게 10여 초가 흘렀을 때 태수가 소리쳤다.

"컷!"

태수의 컷 소리에도 김예림은 쉽게 감정의 여운에서 빠져나오지 못하고 계속 흐느꼈다.

그런 김예림을 민지가 다가가서 끌어안고 다독였다.

격한 감정 씬이라서 김예림이 쉽게 진정이 되지 않았다.

지금 촬영의 중심은 효성이지만 거실에서 행해진 조인영의 연기와 비명 소리도 소름이 끼쳤다.

비록 짧은 분량이지만 조인영은 아침부터 안연수와 김예림의 연기를 지켜보면서 그들과 같은 감정선을 유지하려고 집중력을 잃지 않았다.

그랬기 때문에 마침내 자신의 차례가 되었을 때 곧바로 연기에 몰입할 수가 있었다.

카메라와 스태프들이 모두 거실로 이동했다.

조인영은 쓰러진 상태에서 정우와 민지로부터 폭행당한 분장을 했고, 안연수는 거친 호흡을 유지하면서 다음 연기에 집중하는 모습이었다.

"카메라 롤! 씬 13-1."

카메라가 쓰러져 있는 조인영과 그런 조인영을 내려다보는 안연수를 비췄다.

조인영은 슛이 들어가기 전부터 이미 정아가 되어 배를 움켜쥔 채 고통을 드러내는 중이었다.

조인영의 눈빛에는 지옥이 들어 있었다.

안연수는 그런 조인영을 내려다보며 서서히 입꼬리를 올리는 중이고.

"레디…… 액션!"

안연수가 다시 조인영의 배를 걷어찼다.

"아악!"

"클럽에서 만난 그 새끼랑 좋았지? 말해, 말하라고!"

"아으으으윽."

조인영이 입을 달싹거리면서 쥐어짜는 것 같은 신음을 조금씩 뱉어 낸다. 지켜보는 스태프들에게 그 고통이 간접적으로 느껴질 정도로 혼신을 다한 연기다.

종민이 자신의 분을 이기지 못해 괴성을 지른다.

"으아아아아! 감히 네가 날 속여? 넌 오늘 죽었어. 근데 절대로 쉽게는 안 죽일 거야."

종민이 벽에 세워져 있던 골프채를 집어 들고 조인영을 후려치려는 순간, 뒤에서 칼이 쑥 들어와서 종민의 옆구리를 찌른다.

"커억."

종민이 피가 흐르는 자신의 옆구리를 보다가 고개를 돌리면 피투성이의 진우가 서 있다.

"아이 씨!"

종민이 주먹으로 후려치면 진우가 바닥으로 쓰러진다.

종민이 옆구리에 꽂힌 칼을 빼고 비틀거리다가 눈앞을 보니 효성이 방금 자신이 들고 있던 골프채를 들고 있다.

종민의 표정이 일그러지는 순간, 효성이 골프채를 휘둘러 종민의 얼굴을 후려친다.

"컷!"

이제부터 분장을 해 가면서 부분 부분 찍게 되는 커버리지 컷들은 효성의 분노를 보여 준다.

입안에서 피가 터져 나오며 쓰러지는 종민.

쓰러진 종민을 괴성을 지르며 골프채로 미친 듯이 내려치는 효성.

골프채로 두들겨 맞는 종민의 얼굴과 이성을 잃고 골프채를 내려치는, 분노에 찬 효성의 표정이 교차편집으로 진행될 예정이다.

이윽고 종민이 바닥에 뻗으면 효성이 정아를 부축해서 일으킨 후에 다시 진우를 붙잡아 일으킨다.

세 사람은 서로를 부축해서 문을 열고 비틀거리며 밖으로 걸어 나간다.

하지만 그 장면이 엔딩은 아니다.

태수는 공포 영화의 흔한 클리셰라고 할 수 있는, 쓰러져 있던 종민이 눈을 번쩍 뜨는 것으로 엔딩을 마무리했다.

저녁 9시가 가까워오는 시간.

다들 배도 고프고 지칠 법도 했지만 마지막 순간까지 집중력을 잃지 않은 건 그만큼 모든 스태프들과 배우들이 영화에 몰입할 수 있었기 때문이다.

"컷, 오케이!"

태수의 마지막 오케이 사인이 떨어지자 환호성과 박수가 터져 나왔다.

방금 전까지 끔찍한 지옥을 헤매던 배우들은 언제 그랬냐는 듯 활짝 웃는 밝은 표정으로 서로를 끌어안았고 스태프들에게 일일이 '수고하셨습니다!'를 외쳤다.

스태프들도 배우들에게 박수를 아끼지 않았다.

이렇게 두 번째 영화 〈집착〉의 촬영이 크랭크업했다.

누군가 소리쳤다.

"밥 먹으러 갑시다!"

배우 데뷔 (1)

정오가 다 되어 가는 시각의 옥탑방.

태수가 이불을 끌어안고 이리저리 뒤척거렸다. 어제 촬영
끝나고 뒤풀이를 하다가 새벽녘에서야 겨우 잠이 들었던 것
이다.

원래는 촬영이 늦게 끝나서 바로 헤어질 생각이었다. 근데
스태프들은 물론 배우들까지 그냥 헤어질 수 없다며 아우성
을 쳤던 것이다.

"뒤풀이! 뒤풀이! 뒤풀이!"

사실 태수도 그대로 헤어지려니 섭섭한 마음이 들었다.

"오케이, 참새네로 고고~."

모두 카니발과 스타렉스에 나눠 타고 참새네로 향했다.

용만이 미리 전화를 한 덕에 털보 형님이 밖에까지 나와서 반갑게 맞아 줬다.

　　참새네를 통째로 빌렸고 막걸리와 파전, 닭볶음탕 같은 안주들이 푸짐하게 나왔다.

　　털보 형님이 술과 안주를 돌리며 말했다.

　　"오늘 안주하고 술값은 반값이야. 많이 먹어!"

　　환호성과 함께 술잔이 오갔다.

　　털보 형님이 자신이 한마디 해도 되겠냐고 물었다.

　　"그럼요."

　　태수의 대답에 용만이 얼른 소주병에 숟가락을 꽂아서 건네며 말했다.

　　"형님, 마이크입니다."

　　털보 형님이 쑥스러운 듯 쭈뼛거리다가 입을 열었다.

　　"나도 한때 영화판을 떠돌던 영화인이었어요. 감독 입봉이 꿈이었는데 결국 조감독으로 끝났지만. 근데 아직도 영화 하는 사람들 만나면 가슴이 막 설레요. 지금도 너무 떨린다야."

　　털보 형님의 고백에 다들 박수와 웃음이 터져 나왔다.

　　"영화는 꿈을 만드는 작업이잖아요. 난 지금 꿈을 만드는 여러분과 함께 있는 이 시간이 너무 행복하고 설렙니다. 학교 졸업하더라도 참새네를 잊지 말고 찾아 주세요."

　　털보 형님의 고백이 끝나자 다들 환호성을 질렀고 이번엔 태수에게 화살이 돌아갔다.

"감독님도 한마디 하세요!"

태수가 손을 내젓자 다들 감독님을 열창했다.

"감독님! 감독님! 감독님!"

용만이 숟가락이 꽂힌 소주병을 이번엔 태수한데 들이댔다. 어쩔 수 없이 태수가 자리에서 일어났다.

"먼저 혼신의 연기를 보여 준 배우분들과 최선을 다한 동생들에게 감사드립니다. 비록 10분짜리 공포 단편영화지만 그 어떤 상업 공포 영화보다 관객의 뇌리에 오랫동안 남을 영화를 만들 겁니다. 더 나아가 제가 항상 롤 모델로 삼고 있는 제임스 완 감독처럼 전 세계에 한국의 공포 영화를 소개할 겁니다. 감사합니다."

환호성과 박수가 쏟아졌다.

모두들 여전히 영화의 여운에서 벗어나지 못한 듯 배우들에겐 극중 이름을 불렀다.

김예림에겐 효성이라고 불렀고 안연수에겐 종민이 형이라고 불렀다.

안연수도 꼭 하고 싶은 얘기가 있다며 자리에서 일어났다.

"사실 전 영화를 찍기 전까지만 해도 이 영화가 이렇게 엄청난 영화일 줄은 상상도 하지 못했습니다."

안연수의 말에 와자하게 웃음이 터졌다.

"솔직히 웬만한 상업 영화보다 더 재밌지 않아요?"

다들 이구동성으로 '맞습니다!' 하고 소리쳤다.

"지금까지 연극 무대에서 적지 않은 시간 동안 연기를 했지만 이번 종민의 역할만큼 몰입했던 적은 없었던 것 같아요. 아마 이번 종민의 역할은 평생 잊지 못할 겁니다. 장태수 감독님께 다시 한번 감사드립니다."

스태프와 배우 들이 다들 이번 안연수의 연기에 엄지를 치켜들었다. 일반 상업 영화의 이름난 배우들과 맞붙어도 절대 밀리지 않을 연기력이라면서.

김예림은 이번 오디션에 참여할 당시 자신의 심정을 솔직하게 털어놓았다.

"사실 처음엔 큰 기대를 하지 않았어요. 〈앞집녀〉를 보고 너무 좋아서 참여를 하긴 했는데, 드림대학에 대해 잘 모르기도 했고, 한강대학교 연영과라는 프라이드가 강하기도 했고요. 근데 이번에 촬영하면서 정말 충격을 받았어요. 만약 오디션 안 봐서 작품에 참여하지 않았다면, 평생 후회했을 거예요. 한강대학교에도 메아리라는 유명한 영화 동아리가 있지만 절대로 〈집착〉 같은 영화는 만들 수가 없을 거예요."

김예림의 말이 끝나자 환호성이 쏟아졌다.

김예림이 덧붙여서 말했다.

"만약 타교 학생들도 가입할 수 있다면 미스터리클럽에 저도 너무 가입하고 싶어요."

이어서 조인영이 일어나서 발언을 했다.

조인영은 지난번 〈앞집녀〉에서 자신의 행동에 대한 얘기를 하다가 중간에 울음을 터뜨리기도 했다.

그곳에 있던 모든 사람들이 '괜찮아'를 외치면서 겨우 울음이 그쳤다.

조인영이 감격한 표정으로 말을 이어 갔다.

"이번 영화에서 정아의 분량은 정말 적었지만 다른 배우님들 연기하는 거 보고, 감독님 연출하시는 거 보면서 너무너무 많은 걸 배웠어요. 연기에 대한 제 마음가짐도 달라졌고. 앞으로 기회만 된다면 단역이라도 상관없으니까 꼭 불러 주시면 감사하겠습니다."

다음으로 스태프들의 소감이 이어졌다.

가장 환호를 받은 소감은 미경의 소감.

"제가 나름 공포 영화 소개하는 파워 블로거거든요. 제가 수많은 공포 영화를 봐서 아는데, 우리 영화 〈앞집녀〉도 그렇고 이번 〈집착〉도 분명히 반응 뜨거울 거예요. 제가 장담하는데, 우리 오싹한 이야기 채널이 지금은 존재감이 미약하지만 머지않아 큰 사고 칩니다. 열흘 전에 유튜브에 올린 〈앞집녀〉 조회 수가 오늘 아침에 벌써 5만을 넘었어요."

"와, 진짜? 그 정도면 대박 아냐?"

"열흘 만에 5만이라고?"

태수도 너무 정신이 없어서 유튜브에 들어가서 확인을 해 보지 못했다.

"더욱 고무적인 건 해외 네티즌들이 더 많이 보고 반응이 뜨겁다는 겁니다. 제가 장담하는데, 이번에 〈집착〉 올라가면 20만 넘어가는 것도 시간문제예요. 그리고 앞으로 계속 지금처럼 영화를 만들어서 올린다면, 머지않아 백만, 2백만…… 5백만도 넘을 거예요. 그리고 언젠간 1천만도 넘어가겠죠. 단 그런 일이 일어나려면 우리가 장태수 선배님을 꼭 붙잡고 있어야만 한다는 걸 잊지 말았으면 좋겠습니다."

배우들과 스태프들이 다들 환호하며 '장태수'를 외쳤다.

그렇잖아도 아직 영화의 여운이 가시지 않아서 마음이 먹먹한데 동생들이 그렇게 이름을 불러 주니 괜히 가슴이 뭉클해졌다.

영화가 좋은 건 영화 자체도 좋지만 영화를 하는 사람들과 함께할 수 있어서 좋다는 말이 있다. 현실에 없는 꿈을 함께 만들어 가는 사람들이기 때문이다.

스태프와 배우 구분 없이 나중에는 모두가 친구가 돼서 흥겹게 어울렸다.

안연수와 김일호, 김예림, 조인영은 이번 〈집착〉 촬영을 계기로 배우들의 모임을 만들어 계속 만남을 이어 가기로 약속했다.

이번 〈집착〉뿐만 아니라 앞으로 오싹한 이야기 채널에서 만드는 영화에 출연하는 배우들까지 모두 함께하는 그런 모임을 말이다.

이번 영화를 계기로 클럽의 멤버들도 태수에 대한 믿음이 더욱 확고해졌다.

반면 태수는 다음 영화에 대한 부담이 그만큼 커졌다.

아마도 다음 영화는 6월 대학생영화제에 출품하는 작품이 될 것이다.

30분 내외의 중편영화로 대략적인 구성만 잡혀 있고 아직 구체적인 스토리나 사건은 정해지지 않았다.

드르르륵~ 드르르륵~.

집요하게 울려 대는 휴대폰 벨소리.

눈도 뜨지 못한 태수가 팔을 뻗어 손을 더듬었다. 손에 휴대폰이 쥐었다. 간신히 눈을 뜨고 액정을 확인했다.

처음 보는 낯선 번호였다.

"아이 씨, 스팸 전화가?"

태수가 짜증스러운 목소리로 전화를 받았다.

"여보세요!"

－장태수 씨 휴대폰인가요?

"근데요?"

－안녕하세요, 저는 드림대학 웹툰학과에 다니는 김보미라고 하는데요.

김보미라는 소리에 잠이 확 달아났다.

태수가 자리에서 벌떡 일어나 앉으며 다시 목소리를 가다

듣고 말했다.

"아, 예, 안녕하세요?"

김보미가 조심스럽게 말했다.

-혹시 미경이한테 얘기 들으셨나요? 장태수 씨가 제 웹툰에 나오는 강혁이라는 캐릭터하고 너무 많이 닮아서…….

"얘기 들었어요. 오디션 때문에 전화하셨죠?"

-예, 맞아요. 오디션 보실 생각 없으세요?

〈집착〉 촬영 때문에 너무 정신없는 시간을 보내서 그 얘기 까맣게 잊고 있었다.

분명한 건 이번에 영화를 연출하면서 연기에 도전해 보고 싶다는 욕망이 강해졌다는 것.

단역이라고 하니 큰 부담도 없을 것 같고 시간도 하루 이틀 정도만 내면 될 것 같아서 욕심이 났다.

물론 오디션을 통과해야 한다는 전제가 있긴 하지만.

"오디션이 언제예요?"

-내일 오후예요. 제가 문자로 장소와 시간을 보내 드릴게요. 접수도 제가 대신 해 놓을 테니까 꼭 참석하셔야 해요. 알았죠?

웹툰의 원작자가 오디션 접수까지 대신 해 주겠다며 이렇게 적극적으로 나서 주는데 얼마나 좋은 기회인가.

나중에 연기를 하고 싶은데 기회가 주어지지 않을 수도 있고.

"네, 알았어요."

태수는 전화를 끊고 뒤늦게 휴대폰으로 ≪오늘도 연애≫ 웹툰을 검색해서 보기 시작했다.

'강혁 역할이라고?'

～～～

〈오늘도 연애〉 오디션 현장.

강남에서 가장 큰 연기 학원 하나를 통째로 빌려서 진행되는 오디션.

공중파인 MBS에서 제작되는 드라마답게 지원자가 엄청나게 많았다. 연기 학원 옆에 별도로 빌린 커다란 사무실이 꽉 찰 정도.

태수의 대기 번호는 62번.

여기 오기 전까지, 어제부터 오늘 오전까지 총 150화가 넘는 ≪오늘도 연애≫ 웹툰을 모두 봤다.

강혁이란 캐릭터의 사연은 이렇다.

강혁은 웹툰의 여주인공인 이초희와 조선 시대에 만나 사랑하던 사이다. 하지만 신분의 차이로 사랑을 이루지 못하고 둘 다 죽음을 맞는다.

그렇게 수백 년이 흐른 후 이야기가 시작된다.

후생의 강혁은 저승사자가 됐고 이초희는 여대생으로 현대를 살아간다.

여기서 재미의 포인트는 강혁은 이초희가 전생의 연인이라는 걸 기억하는데, 이초희는 강혁을 전혀 기억하지 못한다는 것.

강혁은 우연히 교통사고를 당해서 죽을 운명에 처한 이초희를 구해 준다.

강혁이 이초희를 구하는 바로 그 장면이 웹툰의 첫 장면이자 드라마의 시작이다. 오늘 태수가 오디션에서 연기할 부분이기도 하고.

이후 이초희를 구한 저승사자 강혁은 유한성이라는 남자의 몸속으로 들어간다. 따라서 강혁은 첫 회에만 나오고 사라지는 캐릭터다.

이후 강혁은 저승사자라는 자신의 신분을 숨기고 유한성이라는 남자로 살아간다. 이초희의 옆에 머물며 그녀를 지키기 위해서.

웹툰 마지막 화에서 팬들은 강혁이 다시 등장하지 않을까 기대했다.

하지만 유한성은 저승사자의 지위를 내려놓고 인간으로 돌아가 이초희와 결혼한다. 따라서 강혁이 다시 등장할 일은 없다.

≪오늘도 연애≫가 인기가 있으면서도 논란이 많았던 이유는 초반에 짧게 등장한 강혁의 캐릭터가 유한성보다 훨씬 매력적이었기 때문이다.

덕분에 웹툰에 달린 댓글 대부분도 강혁을 재소환해 달라는 요청.

태수가 봐도 짧은 장면이지만 강혁의 캐릭터가 유한성보다 훨씬 매력이 있어 보였다.

하지만 원작자인 김보미는 끝내 팬들의 요구를 외면했다.

태수가 작가라고 해도 그런 선택을 했을 것 같았다. 마지막에 강혁을 다시 소환하면 내내 극을 끌어온 유한성의 존재감이 약해질 게 뻔하니까.

〈오늘도 연애〉의 주요 배역들은 진즉 캐스팅이 됐다.

오늘은 강혁을 비롯해 비중이 적은 서브 조연과 고정 단역들에 대한 오디션이 진행될 예정.

일전에 송현주와 〈최고의 사랑〉 오디션에서 간접적으로 현장을 경험한 데다 감독으로서 연출을 해서 그런지 긴장이 되거나 떨리진 않았다.

의아한 건 오디션장의 분위기.

태수를 제외한 나머지 지원자들은 서로 안면이 있는 사이인 듯 대화는 기본이고 서로 꺄르르 웃으며 장난을 주고받았다.

'뭐야, 다들 아는 사이야? 그러고 보니까 다들 신인이 아닌 것 같은데.'

참가자들은 서로 최근 드라마 출연진에 대한 얘기도 나눴고 감독에 대한 뒷담화를 하기도 했다.

그러고 보니 몇몇 지원자는 텔레비전에서 얼굴을 본 기억이 났다.

이번 오디션은 시일이 촉박해서 중견 연예 기획사들에만 공고를 돌렸지만 태수가 그걸 알 리가 없다.

덕분에 태수를 제외한 다른 참가자들은 모두 기획사에 소속된 연기자들.

오디션을 보러 다니다 자연스럽게 서로 안면을 익히게 된 것이다.

태수만 뻘쭘하게 맨 뒤에 혼자 앉아서 고개를 숙인 채 휴대폰을 보고 있었다.

그때 사무실 문이 열리며 실내가 소란스러워졌다.

"야, 김보미야, 김보미."

"헐, 진짜 김보미 작가님이다."

"미친, 작가가 아니라 배우네! 무슨 웹툰 작가가 저렇게 예쁠 수가 있어?"

태수가 고개를 들어 보니 정말로 김보미가 사무실 입구에서 고개를 들이밀고 있었다.

누굴 찾는지 이리저리 두리번거리던 김보미가 태수와 눈이 딱 마주쳤다.

태수를 발견한 김보미가 씩 웃더니 이내 문을 닫고 나갔다. 아마도 태수가 왔는지 확인을 하러 온 모양.

참가자들이 웅성거리기 시작했다.

"방금 김보미 작가 누구 보고 웃은 거야?"

"혹시 아는 사람이 오디션에 참가한 거 아냐?"

다들 김보미가 바라본 방향으로 고개를 돌려 두리번거렸다.

그리고 바로 그 방향에 혼자 뚝 떨어져 앉아 있는 낯선 참가자가 보였다.

오디션을 보는 연기자들은 다들 분위기가 비슷하다. 그래서 딱 보면 서로 오디션 참가자라는 걸 알 수가 있다.

근데 그 남자는 다른 연기자들과 분위기가 완전 달랐다. 그뿐만 아니라 그들이 알고 있는 누군가와 너무도 비슷하게 닮았다.

대기실에 있던 모든 지원자들이 약속이나 한 것처럼 힐끔거리며 태수를 살피기 시작했다.

사람들의 시선이 집중되자 푸르스름한 귀기가 태수를 휘감았다.

마치 사람들의 기대를 충족시키듯 태수의 모습이 점점 더 누군가와 닮아 갔다.

이윽고 누군가 말했다.

"저 사람 강혁이랑 비슷하지 않냐?"

"맞아, 강혁. 진짜 똑같아."

"어디 어디?"

"저기 체크무늬 남방 입고 앉아 있는 사람! 강혁이랑 완전 똑같아.”

강혁이라고 생각하고 바라보자 더더욱 강혁과 닮은 것처럼 보였다.

“진짜 강혁 아냐?”

“말이 되냐?”

“완전 똑같잖아.”

“혹시 김보미 작가님이 저 사람을 모델로 그렸을 수도 있지.”

“맞아, 그런가 봐. 대박!”

웅성거리는 소리가 점점 커졌다.

찰칵. 찰칵. 찰칵.

이윽고 휴대폰으로 사진 찍는 소리까지 들려왔다.

‘뭐야? 지금 내 사진 찍는 거야?’

그렇지만 태수는 고개를 들 엄두가 나지 않았다.

사람들의 뜨거운 시선과 관심이 쏟아지자 서늘하게 귀기가 작동하는 게 느껴졌다. 귀기가 태수를 사람들이 원하는 모습으로 보이도록 만들어 주는 느낌.

예전에 노인이 귀기가 많이 쌓이면 욕망을 이뤄 준다는 말을 했었다. 얼굴이 잘생기게 만들어 주고 노래를 잘할 수 있게 만들어 줄 수 있다고.

어쩌면 모든 사람들이 보고 싶어 하는 얼굴로 만들어 주는 능력도 있는지 모른다.

그렇지 않고서는 지금의 반응을 설명할 수가 없었다.

동아리에서도 동생들이 강혁을 닮았다는 말을 하긴 했지만 이 정도 반응은 아니었다.

점점 더 강혁을 닮아 가고 있다는 느낌이 들었다.

물론 여기 모인 참가자들이 모두 웹툰의 열혈한 팬이라서 그럴 수도 있지만.

그때 사무실 문이 열리며 오디션을 진행하는 스태프가 안으로 들어왔다.

스태프가 서류를 보고 말했다.

"62번 장태수 씨?"

태수가 고개를 숙이고 있다가 자리에서 일어났다.

고개를 든 태수의 얼굴을 본 대기실 안은 놀람의 탄성으로 술렁거렸다.

스태프도 그런 태수를 보고는 살짝 당황한 표정을 지으며 말했다.

"따라오세요."

태수가 오디션장 안으로 들어섰다.

전면 테이블에 〈오늘도 연애〉의 연출을 맡은 김정훈 감독과 대본을 쓴 양정애 작가가 나란히 앉아 있었다.

그 옆으론 원작자인 김보미의 모습이 보였고.

김보미가 태수를 보고는 활짝 미소를 지어 보였다.

며칠 전까지 오디션 심사를 보는 입장에서 이번에는 지원자로 무대에 서니 기분이 사뭇 낯설었다.

태수가 인사를 했다.

"안녕하세요, 강혁 역할에 지원한 장태수라고 합니다."

연기 학원을 다녀 본 적도 없고 정식으로 오디션에 참가해 본 적도 없기 때문에 이런 때 어떻게 인사를 해야 하는지도 잘 알지 못했다.

다른 지원자들의 서류를 검토하던 김정훈 감독이 고개를 들고 태수를 바라봤다.

김정훈 감독의 입이 반쯤 벌어졌다. 옆에 있던 양정애 작가의 입에서도 탄성이 흘러나왔다.

"와!"

양정애 작가가 김보미를 돌아보고는 말했다.

"작가님 얘기 들었을 때 설마 했는데 정말 닮았네요. 세상에."

김보미가 그것 보라는 듯 입꼬리를 올렸다.

김정훈 감독이 김보미를 돌아보고 물었다.

"드림대학 문창과 학생이라고 했죠?"

김보미가 대답했다.

"네. 사실 오디션에 나올 생각이 없었는데, 제가 막 나와야 한다고 졸라서 급히 나오느라 서류를 준비 못 했어요."

김정훈 감독이 고개를 끄덕이며 물었다.

"그럼 연기는 전혀 해 본 적이 없는 건가요?"

아마도 태수에 대한 정보가 전혀 없는 모양.

태수 입장에서는 차라리 그쪽이 훨씬 마음이 편했다. 다른 경력을 얘기하면 선입견도 생기고 오히려 연기하는 데 신경이 쓰일 것 같았던 것이다.

"네, 처음입니다."

김정훈 감독이 고개를 갸웃하며 혼잣말처럼 말했다.

"이쪽에 감이 전혀 없으면 좀 힘들 것 같은데."

이번에도 김보미가 대신 나서서 설명했다. 김보미가 어떻게든 태수를 강혁 역할로 출연을 시키고 싶어서 안달하는 모습이 보였다.

"제가 듣기로는 연기를 직접 한 적은 없지만, 저희 학교에 미스터리클럽이라고 영화 만드는 동호회가 있는데, 거기 회장이라고 알고 있어요. 맞죠?"

"네."

태수가 대답하자 김보미가 얼른 다음 말을 이어 갔다.

"그 동호회에서 단편영화를 만들었는데, 장태수 씨가 감독을 맡아서 했다고 하더라고요. 그러니까 연기에 대한 감각도 어느 정도 있지 않을까요?"

김보미가 잘 설명했냐는 듯 태수를 보고 웃었다.

김정훈 감독의 표정이 밝아졌다.

"아, 연출을 했어? 뭐, 동호회에서 학생들끼리 모여서 만드는 그런 영화 말하는 건가?"

"네. 학생들끼리 모여서 만드는 10분 내외의 단편영화입니다."

김정훈 감독이 고개를 끄덕였다.

"그럼 뭐 기본적인 건 알겠네."

양정애 작가가 말했다.

"얼굴이 닮았다고 무조건 합격이 되는 건 아니에요. 강혁 역할이 그렇게 단순한 역할이 아닌 건 알고 있죠? 서브 조연 급인데 이 역할이 참……."

"예, 적은 분량이지만 팬들한테 많은 사랑을 받는 캐릭터란 건 알고 있습니다."

"맞아요. 어떻게 보면 웹툰 팬들이 가장 눈을 부라리고 지켜볼 배역이 될 수도 있어요. 게다가 드라마 첫 장면에 등장하니까 정말 중요한 역할이죠. 사실 여기 원작자인 김보미 작가가 워낙 강력하게 추천을 해서 가산점을 줄 수 있어요. 외모도 많이 닮았고."

그러면서 양정애 작가가 호의적인 웃음을 보였다.

연기력이 좀 떨어져도 별로 문제가 되지 않을 정도로 강혁과 높은 싱크로율을 보이는 외모다.

연기라고 해 봐야 어차피 멋진 폼 잡는 몇 장면 정도. 이미지 메이킹만 잘해도 반응은 충분히 괜찮을 것 같았다.

'특히 웹툰 팬들이 환호하겠는데? 첫 회에 그렇게 분위기

잡고 가면 웹툰에서의 강혁 논란을 반복하지 않고 순항할 수
도 있겠어.'

태수가 대답했다.

"저도 단지 닮았다는 이유로 배역을 맡을 생각은 없습니
다."

오디션장에서 쉽게 들을 수 없는 대답에 김정훈 감독과 양
정애 작가가 서로를 바라보며 눈짓을 주고받았다.

"대본 적어 온 종이가 없는데 대사는 외웠나요?"

"네."

"그럼 지정 연기 먼저 볼까요? 트럭 사이로 뛰어드는 장면
은 현장에서 스턴트맨이 와이어를 타고 연기할 거예요. 그러
니까 지금은 옆에 의자에 올라가서 뛰어드는 흉내만 내면 돼
요. 그리고 이초희에게 하는 대사는 그냥 제자리에서 하면
되고."

강혁 역할의 지정 연기는 이렇다.

웹툰 첫 장면에 전생의 인연인 이초희가 자동차 사고를 당
하기 직전 저승사자인 강혁이 허공에서 나타나서 구해 주는
장면이 나온다.

강혁이 달려오는 트럭과 이초희 사이에 뛰어들어서 트럭
을 향해 손을 뻗는다. 그럼 시간이 멈추게 되고 강혁은 이초
희를 안고 훌쩍 몸을 날려 허공으로 솟구쳐 올라간다.

이초희가 흐릿한 의식 속에서 강혁을 보며 묻는다.

"당신은 누구세요?"

그럼 강혁이 대사를 한다.

"오래전에 우린 약속했다. 어떠한 일이 있어도 서로의 얼굴을 잊지 말자고. 넌 잊었지만 난 한 번도 널 잊어 본 적이 없다."

대사를 마친 강혁은 이초희를 친구들이 서 있는 뒤쪽 벤치 위에 눕힌 후 사라진다.

태수가 지정 연기를 위해 의자 위로 올라갔다.

비록 간단한 동작이지만 저승사자의 액션 씬은 멋이 있어야 한다. 동작이 안 되는 사람은 아무리 해도 자세가 안 나온다.

퇴마행을 행한 후로 액션 장면에는 자신이 있었다.

강혁이 됐다는 느낌으로 허공으로 훌쩍 뛰어내렸다. 자연스럽게 한쪽 무릎을 살짝 꿇으며 보이지 않는 트럭을 향해 팔을 뻗었다.

김정훈 감독과 양정애 작가의 얼굴에 만족감이 퍼졌다.

지금까지 저렇게 부드럽게 자세를 취한 지원자는 없었다.

외모까지 닮아서 그런지 웹툰에 있는 장면과 거의 똑같았다.

김보미는 저도 모르게 소리 없이 물개 박수를 쳤다.

촬영 현장에서 스턴트맨이 와이어를 타고 내려오는 장면

과 붙이면 티저에 써도 좋을 정도로 근사한 영상이 나올 것 같은 기대감이 들었다.

다음으로는 대사 연기.

지금은 상대역이 없기 때문에 진행 스태프가 이초희 역할을 대신한다.

태수가 강혁이 됐다는 기분으로 감정을 잡았다.

여자 진행 스태프가 이초희의 대사를 대신 쳐 줬다.

"당신은 누구세요?"

태수가 대사를 할 차례.

감정을 끌어올리는 그 순간, 갑자기 시간이 느려지는가 싶더니 허공이 흔들리며 메시지가 떠올랐다.

제1성인 탐랑성의 생기탐랑의 능이 작동합니다.

화르르르륵.

태수가 의아한 기분으로 허공의 메시지를 바라봤다.

'생기탐랑의 능이라고? 여기서 왜 칠성의 능이 작동을 하는 거지?'

하지만 이내 그 이유를 짐작할 수 있었다.

탐랑성은 생명의 기운인 물을 나타내므로 생기(生氣)탐랑이라고 한다. 칠성의 '능' 중에서 인간의 마음과 감정을 조절하는 능이기 때문이다.

소영희와 손예지의 다친 마음을 치유했던 것도 생기탐랑의 능이었고, 연기가 되지 않아서 힘들어하던 송현주의 마음을 어루만져 주었던 것도 바로 생기탐랑의 능이었다.

태수가 수백 년을 사랑하는 사람을 찾아서 떠돌아다닌 저승사자 강혁의 절절한 사랑의 마음을 떠올리는 순간, 칠성의 능이 작동한 건 당연한 일이었다.

마음 깊은 곳에서 저승사자 강혁의 슬픔과 환희가 소용돌이쳤다. 울컥한 심정이 목구멍으로 치고 올라왔다.

이어서 정말로 강혁이 된 것 같은 신비로운 감정이 찾아들었다.

살짝 허스키하면서 부드러운 중저음의 목소리가 태수의 입을 통해 흘러나왔다.

태수는 자신에게 이런 목소리가 있었다는 걸 오늘 처음 알았다.

"오래전에 우린 약속했다. 어떠한 일이 있어도…… 서로의 얼굴을 잊지 말자고. 넌 잊었지만 난 한 번도…… 널 잊어본 적이 없다."

짧은 대사를 마치고 잠시 감정에 빠져 있던 태수가 고개를 들었다.

단 두 줄에 불과한 태수의 짧은 대사가 끝난 순간, 묘한 분위기가 오디션장의 공기를 사로잡았다.

백 가지의 표정보다 더 호소력 있게 마음을 파고드는 강혁, 아니 태수의 절절한 목소리.

김정훈 감독은 물론 양정애 작가의 얼굴에도 감출 수 없는 미소가 떠올랐다.

두 사람 모두 연기에 대해서는 큰 기대를 하지 않고 있다가 웹툰 속 강혁이 현실로 소환된 것 같은 목소리 연기에 눈을 부릅뜰 수밖에 없었다.

하지만 가장 놀란 사람은 바로 원작자인 김보미였다.

사실 김보미가 ≪오늘도 연애≫에서 가장 좋아하는 캐릭터가 바로 강혁이다.

≪오늘도 연애≫에서는 강혁을 초반에 잠깐 등장시키고 마무리를 지었지만, 다음 신작에서는 강혁을 주인공으로 한 웹툰 스토리를 짜고 있었던 것이다.

그런데 방금 태수의 목소리를 듣는 순간, 온몸에 전율이 일었다.

살짝 허스키하면서 감칠맛 나게 귀에 착 감기는 목소리.

비록 웹툰이라 표현은 못 했지만, 김보미가 머릿속에서 늘 상상하던 강혁의 목소리와 거의 똑같은 음색이었던 것이다.

늘 상상 속에서만 떠올리던 목소리를 현실에서 들으니 감동이 이루 말할 수가 없었다.

자꾸만…… 자꾸만 듣고 싶어지는 목소리였다.

태수는 외모뿐만 아니라 목소리까지 완벽하게 강혁이었다. 웹툰 속에 있던 강혁을 현실로 소환한 것 같은 착각이 들

정도.

지금까지 오디션장에서 강혁 역할을 했던 그 어떤 지원자도 김보미가 생각하는 강혁 매력의 절반도 표현하지 못했다.

지금까지 내내 굳은 표정으로 오디션을 지켜보던 양정애 작가가 만면에 웃음을 머금고 말했다.

"목소리가 너무 좋으시네요."

태수도 사실 의아하긴 했다.

평소에도 목소리가 괜찮다는 얘기를 가끔 듣긴 했지만 지금처럼 중저음에 허스키한 느낌의 음성은 자신도 처음 들어보는 음색이었던 것이다.

'역시나 생기탐랑의 능이 작용한 덕분이 아닐까?'

김정훈 감독도 그냥 있을 수 없다는 듯 한마디를 했다.

"연기를 한 번도 안 해 봤다고 했는데, 대사에 감정을 싣는 방법을 제대로 알고 있네요. 그냥 그 상태로 강혁이에요."

김보미가 몸을 숙이더니 김정훈과 양정애에게 뭐라고 속삭였다.

김정훈 감독이 고개를 끄덕이고는 말했다.

"사실 이건 아직 외부에 발표된 내용이 아니라서 조심스럽긴 한데, 초반 강혁의 역할에서 드라마의 내용이 웹툰하고 조금 달라지는 부분이 있어요. 그러면서 추가된 강혁의 대사가 한 줄 더 있는데 한번 해 볼 수 있을까요?"

태수는 진행 스태프가 건네는 〈오늘도 연애〉 대본을 받아

들었다. 이전까지는 종이 한 장짜리 쪽대본만 받았고 이제야 비로소 정식 대본을 받아 든 것이다.

'강혁의 대사가 추가됐다고?'

태수는 설레는 기분으로 진행 스태프가 건네준 대본을 읽었다.

대본은 태수의 분량이 있는 페이지에 표시가 되어 있었다.

대본을 펼치니 정말로 새롭게 추가된 씬이 있었다.

태수는 흥미로운 기분으로 자신이 연기할 부분을 집중해서 읽었다.

어쩌면 정식 대본책이니까 집중해서 읽으면 영상이 떠오를 수도 있다. 그럼 자신이 이 드라마에 정말 출연을 하게 될지 알 수가 있을 것이다.

쪽대본에서는 아무리 집중을 해도 떠오르는 영상이 없었는데 진짜 대본을 읽자마자 허공이 흔들리며 서서히 영상이 떠올랐다.

화르르르륵.

눈앞에 영상이 떠올랐다.

해안가 도로인 듯 옆쪽으로 바다가 보이는 아름다운 풍광의 도로. 그 도로를 한 무리의 여대생들이 걸어가고 있다.

그중 단연 돋보이는 미모의 얼굴이 보인다.

현재 20대 여자 배우 중에서 가장 핫한, 깜찍하고 귀여운

모습의 박보윤이다.

이번 영화에서 이초희 역으로 박보윤이 캐스팅됐다는 기사를 인터넷에서 본 기억이 났다.

'만약 내가 캐스팅된다면 박보윤하고 같이 연기를 하는 건가?'

박보윤은 같은 학과 친구들과 귀귀도라는 섬으로 놀러 갔다가 사고를 당할 위험에 처하게 되고, 강혁이 그녀를 구해낸다.

지금 보이는 영상이 바로 그 장면인 듯했다.

귀신이 몰려온다는 이름의 섬 귀귀도는 실제로 존재하는 섬이라고 웹툰에 주석까지 달려 있었다.

영상이 계속 흘러간다.

어디선가 돌풍이 불어온다.

친구들과 수다를 떨며 걸어가던 박보윤의 모자가 날아간다. 웹툰에서 봤던 장면과 카메라 각도와 앵글이 완벽하게 일치하는 장면이다.

드라마의 첫 장면이라는 상징성 때문에 웹툰 장면과 동기화를 최대한 높이려는 의도.

모자가 도로 쪽으로 날아가면 이초희가 모자를 잡기 위해 도로로 달려간다.

그때 모퉁이를 돌아 나오는 거대한 트럭.

빠아아아앙~!

퇴마하는
톱스타

커다란 경적음이 들리고 이초희가 돌아봤을 때는 이미 트럭이 눈앞까지 달려와 있다.

그 순간 태수가 영능력을 쓸 때처럼 화면 속 공기가 흔들린다.

놀라서 돌아보는 이초희와 달려드는 트럭 사이.

하얀 빛과 함께 누군가 쿵 하고 화면 안으로 뛰어든다.

눈부신 빛이 화면을 채우다가 사라지면 강혁 역할의 태수가 이초희와 트럭 사이에 서 있다.

검은색 슈트를 입은 태수가 트럭을 향해 손을 뻗는다. 출렁하고 주변 공기가 다시 흔들리며 시간이 멈추게 된다.

태수가 쓰러지기 직전 시간이 멈춰 버린 이초희를 향해 팔을 뻗는다.

태수가 팔을 뻗어 허리를 받치는 순간, 정지 화면이던 이초희의 눈동자가 움직인다.

이초희가 눈동자를 움직여 강혁을 바라보는 이 지점이 웹툰의 초반 포인트.

태수가 그런 이초희를 품에 안고 허공으로 솟구쳐 올라간다.

정지해 있던 시간이 흐른다. 트럭은 아무 일도 없던 것처럼 도로를 지나간다.

트럭이 지나간 자리에는 바람에 날아갔던 모자가 덩그러니 떨어져 있다.

함께 있던 친구들은 어리둥절한 표정으로 이초희를 찾는다. 하지만 그녀는 어느 곳에서도 보이질 않는다.

　바로 그 장면이 원작하고 달라지는 지점이다.

　이후 이초희를 구한 강혁이 둘만의 시간을 가지는 씬이 드라마에서 새롭게 추가된 것이다.

　강혁의 존재감을 더욱 강화시키기 위해 씬이 더 늘어난 것. 웹툰이 완결됐을 때 강혁을 소환해 달라던 팬들의 의견을 고려한 설정이다.

　컷이 바뀌면서 다음 영상이 허공에 나타났다.

　파도가 치는 바닷가.

　강혁, 아니 태수가 정신을 잃은 박보윤을 내려다보고 있다.

　태수가 손을 들어 눈을 감고 누워 있는 박보윤의 머리카락을 쓰다듬는다. 영상으로 보면서도 믿어지지 않는 장면이다.

　'대한민국 20대 여배우 중에서 가장 인기 있는 박보윤의 머리카락을 내가 쓰다듬다니.'

　태수가 자신이 들어도 감미로운 강혁의 목소리로 대사를 한다.

　"널 만나기까지 이렇게 오랜 시간이 걸릴 줄은 몰랐어. 이제 다시는 네 곁을 떠나지 않을 거야."

　수백 년을 건너온 강혁의 사랑이 그대로 전해지는 애절한 목소리와 눈빛 연기.

태수가 가진 연기력에 귀기까지 더해져서 가슴이 설레는 장면을 만들어 냈다.

분량은 적어도 주목을 받을 수밖에 없는 단독 씬이다.

태수는 자신이 연기하는 모습을 처음으로 봤기 때문에 어색한 기분이 들면서도 다른 한편으로 연기에 대한 재미와 욕심이 생겼다.

태수가 대사를 끝내면 강혁의 모습은 스르륵 사라지고 이초희가 눈을 뜬다.

눈을 뜬 이초희가 자리에서 일어나 어리둥절한 얼굴로 중얼거린다.

"조금 전에 여기 있던 사람……?"

그때 반대편 모퉁이에서 유한성이 나타난다.

≪오늘도 연애≫가 핫한 인기 웹툰이라는 걸 반증하듯 유한성 역할은 요즘 가장 뜨거운 인기를 얻고 있는 아이돌 그룹 '천상천하'의 리더 김찬이 맡았다.

몸속에 강혁의 영혼이 들어간 김찬이 이초희를 향해 말한다.

"여기 있으면 위험해요. 오늘 태풍이 온다고 했거든요. 절 따라오세요."

앞서 태수의 연기가 워낙 인상적인 탓에 김찬의 연기는 어딘지 모르게 밋밋한 느낌을 주었다.

김찬이 돌아서서 걸어가면 이초희가 뒤를 따라가면서 영

상은 끝난다.

화르르륵.

영상이 끝나자 태수가 곧바로 감정을 잡아서 영상에 있던 대사를 했다.

저승사자의 신비로운 느낌을 담은 태수의 목소리의 목소리가 다시 한번 오디션장을 달콤하게 적셨다.

김보미가 그런 태수의 목소리에 취한 듯 황홀한 표정을 지었다.

김정훈 피디와 양정애 작가도 거의 비슷한 표정.

김정훈 피디가 웃으며 농담처럼 양정애 작가에게 속삭였다.

"강혁 분량 더 늘려야 하지 않을까요?"

태수가 인사를 하고 오디션장을 빠져나오는데 김보미가 황급히 따라 나왔다.

"잠시만요."

태수가 돌아보자 김보미가 설레는 눈빛을 드러내며 말했다.

"다음 주 월요일에 귀귀도에서 첫 촬영이에요. 물론 따로 연락이 가겠지만, 일단 그렇게 알고 있으면 돼요."

"아직 오디션 결과도 안 나왔잖아요?"

연기가 끝났음에도 불구하고 태수의 목소리는 여전히 강혁의 음색을 유지했다.

그런 태수를 바라보는 김보미의 두 눈이 더욱 가늘어졌다. 모르는 사람이 봤다면 누가 유명 스타이고 팬인지 헷갈릴 만한 상황.

"이미 감독님하고 작가님도 장태수 씨로 결정을 했으니까 합격한 거나 마찬가지예요. 이전까지 강혁 오디션 결과가 좋지 않아서 감독님하고 작가님 두 분 다 기존 배우들 중에서 카메오로 출연시키는 방안을 검토하고 있었거든요. 어떤 배우가 반대해서 신인을 뽑기로 했지만."

"배우가 반대를 했다고요?"

"그냥 그런 일이 있었어요."

무슨 일인지는 몰라도 김보미의 표정이 그다지 유쾌해 보이진 않았다.

'근데 가만? 첫 촬영이 다음 주 월요일이라고?'

아직 뭘 준비해야 할지 아무것도 모르는 태수 입장에서는 촬영 일정이 너무 급하게 잡힌 느낌이었다.

"첫 촬영이 다음 주 월요일이면 일주일도 안 남았잖아요. 너무 빠듯한 거 아닌가요?"

"원래 좀 여유 있게 스케줄을 짰는데 유한성 역을 맡은 김찬 씨 스케줄 때문에 급하게 들어가게 됐어요. 혹시 소속사는…… 없죠?"

태수가 고개를 끄덕이자 김보미가 그럴 줄 알았다는 듯 말했다.

"아마 제작사에서 이번 주 안으로 연락해서 의상하고 헤어스타일 체크할 거예요. 그때 시간 좀 내 주시면 돼요."

"그럴게요."

김보미가 고개를 까딱하고 오디션장으로 들어가려다가 돌아서서 물었다.

"근데 목소리가 어떻게 그렇게 좋으세요? 연기할 때랑 평소 목소리가 좀 다른 것 같아요. 어제 통화할 때는 그렇지 않았던 것 같은데."

생기탐랑의 능이 작동했을 때와 평소 목소리는 당연히 다를 수밖에 없다. 게다가 그때는 잠자다 일어나서 짜증이 잔뜩 배어 있던 목소리였으니까.

"제가 컨디션에 따라 목소리가 많이 변해서요."

"그럼 앞으로 컨디션을 정말 잘 유지해야겠어요. 그런 목소리라면 딱히 다른 연기를 하지 않아도 시청자들을 설레게 만들 것 같으니까."

김보미가 미소를 지어 보이고는 오디션장으로 뛰어 들어갔다.

태수가 혼잣말로 중얼거렸다.

"아…… 아…… 이게 정말 내 목소리가 맞나?"

확실히 이전하고 목소리가 달라진 것 같긴 했다. 자신이 들어 봐도 어색할 정도로…… 듣기에 너무 좋은 목소리.

'귀기가 줄어들면 이런 능력들도 사라지겠지?'

～

오디션장을 나온 후 곧장 드림대학 동호회 방으로 달려갔다.

〈집착〉의 편집을 위해서였다.

촬영을 하는 다음 주 월요일까지 편집과 녹음을 모두 마치려면 시간이 빠듯했다.

동호회 방으로 들어서자마자 동생들이 일제히 오디션 결과가 어떻게 됐는지 물어 왔다.

"합격한 것 같아."

태수의 말에 다들 흥분해서 환호성을 질렀다.

"그럼 형을 이제 드라마에서 보는 거야?"

"가만, 강혁이면 첫 장면에서 이초희를 구하는 역할이잖아."

"이초희 역할은 박보윤이 한다고 했는데?"

정우가 눈을 부릅뜨고 물었다.

"크악! 그럼 형이 우리 보윤이를 구한다는 얘기야? 오 마이 갓!"

그러자 옆에 있던 민지가 눈을 흘기며 옆구리를 찔렀다.

미경이 예리한 눈빛으로 태수를 살피며 팔짱을 낀 채 말했다.

"웹툰에선 강혁이 박보윤 허리 끌어안고 구하는데, 혹시 드라마에선 뭔가 달달한 러브 라인이 추가되지 않았어요? 일테면 이마에 키스를 한다든지. 웹툰 완결 나고 팬들이 강혁 소환하라고 엄청 요란을 떨었는데, 그 정도 팬 서비스는 할 것 같은데."

이마에 키스까지는 아니라도 박보윤을 내려다보며 머리카락을 넘기는 씬이 있다.

미경이 무슨 새로운 정보가 있지 않은지 마치 수사관 같은 예리한 눈빛으로 태수를 뚫어지게 노려봤다.

역시 미경은 눈치가 빨랐다. 계속 얘기를 하다간 추가된 장면이 있다는 걸 실토하게 될지도 모른다.

태수가 고개를 흔들며 말했다.

"난 몰라."

태수는 얼른 돌아서서 〈집착〉의 편집 작업을 시작했다.

다만 편집을 하는 내내 한 가지 신경 쓰이는 일이 있었다. 다름 아닌 〈오늘도 연애〉 대본을 볼 때 떠오른 영상 때문이었다.

태수가 연기를 하던 영상 속 귀귀도 앞바다에 이상한 기운이 떠 있었던 것이다. 마치 파라다이스 모텔의 하늘에 떠 있던 귀기와 비슷하게 생긴 검은 기운이.

저녁에 옥탑방으로 돌아온 태수는 곧장 인터넷에서 귀귀도를 검색했다.

웹툰 주석에 달려 있던 내용처럼 귀귀도는 정말로 서해안에 실재하는 섬이었다.

귀귀도(鬼歸島).

한자 그대로 뜻을 풀이하면 귀신이 돌아오는 섬.

문제는 그 귀귀도에서 사람이 죽거나 실종된 사건과 괴담이 수없이 많다는 것.

대부분 물에서 익사한 사고였는데, 사고가 발생할 때는 늘 짙은 안개가 밀려왔다는 사실.

귀귀도와 관련된 내용을 살펴보던 중 한 가지 흥미로운 기사를 찾았다.

[귀신의 섬, 귀귀도에서 12년마다 벌어지는 기괴한 실종 사건의 비밀을 파헤치다.]

'12년마다 일어나는 실종 사건이라고?'

기사에 의하면 귀귀도에서는 12년마다 짙은 안개가 몰려와 대형 선박 사고가 일어나거나 사람이 실종되는 사건이 벌어지곤 한다.

가장 최근인 12년 전에도 동창 모임으로 귀귀도에 놀러 갔던 50대 남녀 열세 명이 귀귀도 앞바다에서 한꺼번에 익사하는 사건이 발생했다.

당시 목격자들에 의하면 갑자기 밀려온 안개가 바닷가를 걷고 있던 일행을 휘감았고, 다음 날 모두 시신으로 발견됐다는 것이다.

그 12년마다 일어나는 귀귀도의 참사는 모두 4월 둘째 주에 일어나는데, 문제는 〈오늘도 연애〉 첫 촬영이 예정된 다음 주 월요일이 정확히 12년이 흐른 4월 둘째 주가 된다는 사실이다.

영상 속에서 봤던 검은 기운도 그렇고 귀귀도 관련 기사도 마음에 걸려서 그냥 있을 수가 없었다.

고민 끝에 파라다이스 모텔에서 함께 백귀를 퇴치했던 강형진 신부에게 전화를 걸었다.

강형진 신부의 든든한 목소리가 휴대폰 너머에서 들려왔다.

-여보세요?

"안녕하세요, 신부님. 저 태수예요. 기억하시죠?"

-당연히 기억하지. 어쩐 일인가? 이렇게 늦은 시간에 갑자기 전화한 걸 보니 무슨 일이 있는 모양이군.

늘 퇴마행을 다녀서 그런지 강형진 신부는 태수의 목소리만 듣고도 불길한 예감을 받은 모양이었다.

태수는 곧바로 본론으로 들어가서 현재의 상황에 대해 설명했다.

설명을 모두 들은 강현진 신부가 말했다.

—귀귀도는 나 역시 오래전부터 관심을 가지고 있던 섬이야. 12년마다 벌어지는 사고를 매번 달려가서 막을 수도 없는 노릇이고. 이번 기회에 그곳에 가서 무슨 일인지 한번 제대로 알아봐야겠군. 다음 주 월요일부터 촬영이라고?

"네."

—나도 복지원에 일이 있어서 그때나 돼야 귀귀도에 들어갈 수 있을 것 같네. 귀귀도에서 서로 연락을 해서 만나도록 하지. 그나저나 자네가 이번에는 배우로 드라마에 나온다고?

"예. 뭐 대단한 역할은 아니고 짧게 나오는 서브 조연입니다."

—짧게 나와도 텔레비전에 나오는 게 어딘가? 나중에 시간 되면 우리 복지원에 와서 봉사나 좀 해. 아이들이 제일 반가워하는 사람이 텔레비전에 나오는 배우니까.

"아이들이 제 얼굴을 알아만 본다면 얼마든지 할게요."

복지원 아이들은 부모가 없거나 부모한테 버려진 불행한 아이들이다. 그런 아이들이 좋아하기만 한다면 얼마든지 달려가서 봉사할 용의가 있었다.

太수는 수요일에 〈오늘도 연애〉 제작사인 하늘픽쳐스의

연락을 받고 강남에 있는 제작사 사무실로 찾아갔다.

쭈뼛거리며 사무실 안으로 들어서자 젊은 여직원이 물었다.

"어떻게 오셨어요?"

"〈오늘도 연애〉 의상 체크 때문에⋯⋯."

"아⋯⋯ 배우 의상요?"

"네."

그제야 직원이 신기한 표정으로 태수를 다시 바라봤다. 딱 봐도 표정이 '와, 강혁이다!'라고 말하는 것 같았다.

"이쪽으로 오세요."

직원이 태수를 데려간 곳은 제작사의 연습실.

벽 한 면이 거울로 된 연습실에서 여러 출연진이 의상과 헤어를 맞추기 위해 대기하는 중이었다.

태수는 딱히 아는 사람이 없어서 조금 떨어져서 다른 연기자들의 의상 체크가 끝나기를 기다렸다. 그중 몇몇은 오디션장에서 봤던 얼굴들도 보이고.

이 모든 과정들이 나중에 자신이 감독으로 큰 영화를 연출할 때 소중한 경험이 될 것이다.

출연진의 얼굴엔 다들 오디션을 통과해 배역을 맡았다는 설렘이 그대로 드러났다.

젊은 출연진 사이에서 유독 눈에 띄는 중년의 연기자가 한 명 보였다.

'어? 이번 드라마에 천길강 씨도 나오나?'

흰머리가 희끗한 배우 천길강은 흔히 말하는 명품 조연을 말할 때 늘 이름이 오르내리는 연기자다.

오랫동안 무명으로 지내다가 몇 년 전 한 사극에서 강직한 무사로 출연해 인기를 얻었다.

연습실 맨 안쪽으로는 모든 출연자들의 시선을 한데 모으며 의상을 갈아입는 남자가 보였다.

의상 팀장과 함께 김보미도 그 남자 옆에 붙어서 의상과 스타일을 체크해 주고 있었다.

김보미는 웹툰의 원작자 자격으로 캐릭터들의 의상과 스타일을 체크하는 모양이었다.

의상을 갈아입은 남자가 천천히 돌아섰다.

비율 좋은 훤칠한 체형에 조각 같은 얼굴.

개성 있는 모습이라기보다는 보이 그룹 가수의 전형적인 이미지.

'쟤가 주인공인 유한성 역의 김찬이구나.'

〈오늘도 연애〉의 남주인공인 유한성 역할의 김찬.

김찬은 소녀들은 물론이고 연기자들도 만나고 싶어 하는 스타다.

최근엔 한류 열풍을 타고 국내보다 외국에서 활동하는 시간이 더 많다고 알고 있다.

김찬은 최고의 보이 그룹 천상천하의 리더답게 비주얼도

훌륭했고 눈빛도 강렬했다.

'솔직히 저런 친구가 무대 위 화려한 조명 아래서 칼 같은 군무와 함께 노래를 한다면 어떤 여자든 마음이 흔들릴 수밖에 없겠네.'

같은 남자가 봐도 멋있어 보이는 외모였다.

그런 김찬이 입고 있던 셔츠를 벗으며 말했다.

"소설가라고 해서 꼭 이렇게 칙칙한 옷을 입을 필요는 없잖아요."

주위에 있던 출연진이 합창으로 '그래도 멋있어요.' 하고 말했다. 대부분 단역과 서브 조연급이긴 하지만 이건 출연진이 아니라 아예 팬클럽 같은 분위기다.

"난 별론데."

김찬이 씩 웃어 보이며 벗은 의상을 의상 팀장한테 건넸다.

의상 때문에 이미 여러 차례 실랑이를 벌인 듯 의상 팀장은 물론 김보미의 얼굴에도 피곤한 기색이 살짝 엿보였다.

웹툰에서 유한성의 직업은 무명의 소설가다.

'내가 봐도 지금 의상이 잘 어울리는 것 같은데. 캐릭터 분석을 해 봤으면 금방 알 수 있을 텐데.'

의상 팀장이 다시 몇 벌의 의상을 갈아입혔지만 여전히 타협점을 찾지 못하고 실랑이가 이어졌다.

참다못한 김보미가 한마디 했다.

"찬이 씨, 유한성은 무명의 소설가예요. 옷을 너무 튀게 입으면 캐릭터하고 맞질 않아요."

"소설가라고 맨날 청바지에 우중충한 점퍼만 입고 다닐 필요는 없잖아요. 멋쟁이 소설가도 얼마나 많은데. 우리 상상력을 좀 발휘해 보자고요."

물론 김찬의 말에도 일리는 있다.

문제는 이 작품은 원작이 있어서 그런 식으로 캐릭터가 변하면 전체적인 그림이 달라진다는 것이다. 웹툰을 끝까지 보긴 했는지 의심이 갔다.

"후우."

한숨을 내쉬던 김보미가 태수를 발견하곤 입꼬리가 씨익 올라갔다. 다크서클 같은 피로의 그늘이 걷히는 게 눈에 보일 정도였다.

김보미가 밝은 얼굴로 다가왔다.

"왜 그러고 있어요? 얼른 와서 의상 입어 보지 않고."

"주연배우도 아직 안 끝났는데 내가 가도 돼요?"

"강혁은 주연 못지않은 단역, 아니 조연이에요."

그렇잖아도 낯선 공간에서 혼자 뻘쭘했는데 어색하던 긴장이 풀렸다.

"잠깐만요."

김보미가 태수를 데리고 연기자들 사이로 지나갔다. 온통 김찬에게만 시선이 쏠려 있던 연기자들 중 한 명이 태수를 보고는 눈이 휘둥그레지며 중얼거렸다.

"와, 강혁이다!"

순간 모여 있던 연기자들의 시선이 약속이나 한 듯 태수를 향했다.

"정말이네. 진짜 똑같아."

"그 사람이야, 합격했나 봐."

"저 사람이 강혁 닮은 사람이야?"

바로 옆에서 수많은 관심이 쏟아지자 정신이 하나도 없었다. 얼굴도 달아오르고 심장은 쿵쿵거렸다. 오디션 대기실에서는 긴장을 해서 잘 몰랐던 것이다.

옆에 김보미가 없었다면 정말 난감했겠다 싶었다.

역시 감독과 배우는 확실히 다른 삶을 사는 사람들이라는 걸 새삼 깨달았다.

출연자들이 더 가까이서 태수를 보려고 몰려들었다. 호기심 가득한 눈빛들이 표정 하나 몸짓 하나까지 살펴보는 게 느껴졌다.

하긴, 웹툰을 좋아하는 사람이라면 충분히 보일 법한 반응이다. 웹툰 속에서 가장 인기 있는 캐릭터와 똑같이 닮은 사람이 눈앞에 나타났으니.

의상을 갈아입던 김찬이 자신보다 더 시선을 끄는 배우의 등장에 고개를 갸웃했다.

'뭐지? 오늘 승후 오는 날 아닌데?'

이번 드라마에 유한성과 라이벌인 정일수 역할의 유승후 외에는 저런 시선을 끌 만한 배우는 없다고 생각한 것이다.

그런 김찬의 귀에 단어 하나가 꽂히듯 들려왔다.

바로 '강혁'이라는 단어.

'뭐? 강혁이라고?'

김찬이 신경쇠약에 걸린 사람처럼 발작적으로 고개를 돌렸다.

사실 김찬이 〈오늘도 연애〉 출연을 결정할 때 망설였던 이유가 있다.

웹툰 팬들이 유한성보다 잠깐 나왔다가 사라진 강혁 캐릭터를 더 좋아했기 때문이다.

웹툰이 완결됐을 때도 팬들은 작품 내내 주인공으로 활약한 유한성보다 강혁을 더 보고 싶어 했다.

비록 드라마라고 해도 김찬 입장에서는 강혁을 누가 맡을지 신경이 쓰이지 않을 수 없었다.

처음에 제작진은 강혁 역할을 청춘스타인 박보금에게 카메오를 시키려고 했었다.

김찬은 그 얘기를 듣자마자 출연을 번복하겠다는 초강수를 뒀다.

기껏 드라마에서 고생한 건 자신인데 카메오로 잠깐 출연한 박보금이 모든 인기를 쓸어 가면 자신은 닭 쫓던 개와 다를 바가 없으니까.

자신의 어깃장으로 결국 강혁 역할은 연기 경험조차 없는 신인으로 뽑았다는 얘기를 듣고 마음을 놓았는데, 지금의 이 요란한 관심은 뭐란 말인가.

게다가 자신의 의상을 고르던 김보미도 어느새 신인 배우 옆에 붙어서 호호거리며 연신 웃음을 흘리고 있다. 자신의 옆에 있을 땐 내내 인상을 쓰고 있더니 지금은 저렇게 활짝 핀 얼굴로.

김찬에게는 결코 익숙지 않은 굴욕.

'아이 씨, 뭐야? 대체 얼마나 잘났기에 다들 저렇게 호들갑이야?'

신인 배우가 돌아서 있는 데다 사람들한테 둘러싸여 있어서 얼굴을 볼 수가 없었다.

김찬이 다른 출연진과 마찬가지로 태수를 보기 위해 고개를 기웃거렸다.

그때 등을 보이고 있던 배우가 돌아섰다.

김찬은 하마터면 소리를 지를 뻔했다.

웹툰 속에 있던 강혁이 현실로 튀어나온 것 같은 착각이 들었던 것이다.

김찬이 눈을 비비고 다시 태수를 돌아봤다. 아무리 봐도 웹툰의 강혁이었다.

'헐, 오디션에서 배우를 뽑은 게 아니라 웹툰의 캐릭터와 가장 닮은 사람을 뽑은 거야? 미친, 그러다 연기 못해서 드

라마 망치면 어쩌려고?'

김찬이 넋을 잃고 태수를 바라보는데 의상 팀장이 물었다.

"그 옷도 싫어요?"

연예인이 화려하고 대단해 보이는 이유는 화려한 조명과 구름처럼 몰려드는 팬들의 후광 덕분이다.

슈퍼스타인 천상천하도 조명도 없는 허름한 무대에서 관객 몇 명 앉혀 놓고 노래하면 허접해 보인다.

자신한테 쏠려 있던 모든 관심이 강혁에게 몰려간 탓일까, 이전에는 괜히 까탈을 부리며 우쭐하던 자신감이 사라지며 위축되는 기분이 들었다.

"아뇨, 됐어요. 그냥 그걸로 하죠."

자신이 대답하고도 어이가 없었다. 왜 자신 같은 슈퍼스타가 무명의 신인 배우 따위에게 이런 신경을 써야만 하는지.

'뭐지? 연기도 제대로 못하는 신인 배운데.'

이유는 명백했다.

연기를 잘하든 못하든 《오늘도 연애》는 웹툰이 원작이다. 강혁과 똑같이 생긴 저 배우가 출연하는 순간, 웹툰의 팬들은 묻지도 따지지도 않고 열광할 것 같은 불안감.

그렇게 되면 자신은 드라마 내내 스트레스만 받다가 안티팬만 잔뜩 만들고 끝날 수도 있었다.

더 상상하기 싫은 건 웹툰의 극성팬들이 드라마에서도 강혁을 소환해 달라고 난리를 치는 상황.

물론 웹툰 속 무명작가인 유한성과 슈퍼스타인 자신의 상황은 엄연히 다르다.

웹툰의 유한성에겐 없지만 자신에겐 있는 든든한 지원군. 자그마치 백만을 넘는 천상천하의 팬클럽 '천상천하포에버'의 존재다.

김찬이 의상을 결정하자마자 의상 팀장도 얼른 태수 곁으로 다가갔다. 강혁과 똑같이 생긴 배우가 오디션을 통과했다는 소리를 들었기에 내심 궁금했던 것이다.

김보미가 의상 팀장을 돌아보고 물었다.

"웹툰의 강혁하고 똑같이 블랙 슈트를 입는 게 어울리겠죠?"

의상 팀장이 1초의 망설임도 없이 고개를 끄덕였다.

저승사자에게 블랙 슈트보다 더 잘 어울리는 의상이 어디에 있겠는가.

하얀 와이셔츠에 블랙 슈트를 입은 태수의 모습은 다시 한번 감탄을 자아냈다.

"아무것도 안 해도 그냥 강혁이네."

"배우 이름이 뭐예요?"

"사진 좀 찍어도 돼요?"

태수를 둘러싸고 있던 출연진조차 궁금증을 쏟아 냈다. 심지어 사진을 찍으려고 휴대폰을 꺼내 드는 연기자도 있었다.

진행을 담당하던 스태프가 얼른 촬영을 막았다. 아직 제작

발표회도 하지 않았는데 출연진 사진이 사전에 유출되면 곤란해질 수 있기 때문이다.

게다가 강혁이라면 더더욱.

김찬이 의상 수십 벌을 갈아입어도 딱히 어울리는 옷이 없어서 고생한 것과는 대조적으로 태수의 의상을 고르는 데는 단 10초도 걸리지 않았다.

의상 팀장은 이번 드라마의 결과가 무척 궁금했다.

광고는 김찬이 팔고 최대 수혜자는 지금 블랙 슈트를 입고 있는 눈앞의 신인 배우가 될 것 같은 예감이 들었던 것이다.

비록 단역에 가까운 서브 조연이라도 다른 드라마의 조연하고는 차원이 다른 파괴력이 있는 배역이니까.

'어휴, 딱 보니까 드라마에서도 웹툰처럼 강혁 소환하라고 난리를 치겠네.'

⁂

태수는 요 며칠 동아리방에서 살다시피 했다. 다음 주 월요일이 〈오늘도 연애〉 촬영일이기 때문이다.

드라마 촬영을 하고 와서 다시 편집을 하면 감이 사라질 수 있어서 그 전까지 〈집착〉의 편집을 마칠 작정이었다.

〈앞집녀〉와 달리 〈집착〉은 유독 배우들의 연기가 돋보이는 작품.

시나리오가 있긴 하지만 배우들이 어떻게 연기하느냐에 따라 영화는 전혀 다른 느낌을 준다.

편집을 하던 용만이 안연수의 연기를 보며 연신 감탄사를 쏟아 냈다.

"연수 형 눈빛은 진짜 장난 아니다. 어떻게 저런 선한 얼굴에서 저런 눈빛이 나올 수가 있지? 이 영화 유튜브에 올라가면 진짜 연수 형한테 연락 오는 곳 있을 것 같은데?"

정우가 고개를 흔들면서 말했다.

"그랬으면 정말 좋겠지만 영화나 드라마 관계자들이 유튜브 영상까지 찾아보겠어?"

그러자 옆에서 지켜보던 미경이 말했다.

"어쩌면 정말로 연락 올지도 몰라요. 지금은 미약하지만 오싹한 이야기 채널은 반드시 크게 될 거니까. 지난번 〈앞집녀〉에 이어 이번 〈집착〉까지, 제가 볼 때 이 정도면 꽤 쩌는 수준이거든요. 〈집착〉까지 올리고 나면 분명히 조회 수가 폭발적으로 올라갈 거예요. 그럼 드라마나 영화 관계자들도 분명히 봐요."

다른 사람이라면 몰라도 미경이 그렇게 말을 해 주니까 왠지 정말로 그렇게 될 것 같은 생각이 들었다.

지금 보니 안연수는 연극을 했다는 게 오히려 장점으로 작용했다.

착한 진우 오빠에서 악마인 종민으로 순식간에 변하는 표정 연기가 섬뜩했던 건 연극에서의 과장된 연기가 일정 부분 도움이 됐기 때문이다.

공포 스릴러에는 어울리지 않을 것 같은 톡톡 튀는 김예림의 연기도 극중 내내 빛을 발했다.

CF처럼 순발력 있는 김예림의 연기와 순식간에 변하는 안연수의 연기가 서로 주고받는 호흡이 기가 막히게 잘 맞아떨어진 결과였다.

용만과 한창 편집을 하는데 누가 노크를 했다.

똑똑.

"네, 들어오세요!"

"감독니임~!"

동아리방 문이 열리며 안연수와 김예림, 조인영이 우르르 안으로 들어왔다.

"어? 어떻게 된 거예요? 셋이 만나서 온 거예요?"

태수와 편하게 말을 놓기로 한 안연수가 대답했다.

"응, 우리 배우 모임 만들었다고 했잖아. 오싹한 사람들이라고."

"알아요. 지난번에 말했잖아요."

"오늘 첫 번째 모임 날이었거든."

"아, 정말요?"

조인영이 말했다.

"모였는데 다들 촬영장 그립다고, 다시 돌아가고 싶다는 얘기하기에 제가 감독님 여기서 편집한다고 말해 줬어요."

"아, 그랬어?"

김예림이 물었다.

"혹시 저희가 방해한 거 아니죠?"

태수가 알기로 원래 편집할 때는 배우들이 오지 못하게 하는 게 보통이다.

아무래도 배우가 옆에서 지켜보면 그 배우가 나온 장면을 잘라 내기도 신경 쓰이고 배우의 말에 휘둘릴 수도 있기 때문이다.

하지만 〈집착〉의 경우는 그런 영화하고는 다르니까.

모두들 용만과 태수의 뒤쪽에 나란히 앉아서 영화가 편집되는 과정을 지켜보며 숨을 죽였다.

자신이 나오는 장면이 나올 때마다 깜짝깜짝 놀라기도 하고 아쉬운 탄식을 흘리기도 했다.

편집이 끝난 후에는 참새네로 가서 다시 수다를 떨었다.

화제는 단연 태수의 배우 데뷔 소식이었다.

세 사람 중에서 ≪오늘도 연애≫ 웹툰을 본 사람은 김예림이었다.

태수가 강혁 역할로 캐스팅됐다는 말을 듣는 순간, 김예림의 동공이 두 배쯤 커졌다. 캐스팅 소식 자체도 놀랍지만 지금 보니 웹툰의 강혁과 정말 똑같이 생겼기 때문이었다.

보통 사진을 보면 닮은 사람을 쉽게 알아차린다.

퇴마하는
톱스타

하지만 웹툰 속 캐릭터와 현실의 인물을 연결시키는 건 쉽지가 않다.

'닮았지?' 하고 알려 줘야 '정말 그러네?' 하고 반응을 보인다.

이전에 태수를 보고도 강혁을 떠올리지 못한 것도 그런 이유 때문이다.

김보미는 원작자였기에 바로 알아차린 것이고.

꿈꿈도는 김보미가 웹툰에서 오프닝 무대로 사용한 공간이다.

귀신이 돌아온다는 섬 이름이 저승사자인 강혁과 이초희가 운명적으로 만나는 장소로 잘 어울린다고 생각해 배경으로 삼았다는 주석을 달아 놓았다.

그래서 드라마의 오프닝도 귀귀도에서 촬영하기로 한 것이고.

덕분에 귀귀도 촬영은 필요한 최소한의 출연진과 스태프만 동행했다. 주연인 김찬과 박보윤은 각자 소속사 차로 오기로 했다.

나머지 출연진과 스태프들은 아침 6시에 제작사인 하늘픽쳐스 앞에 모였다.

거기서 촬영 버스를 타고 귀귀도로 이동할 예정.

김보미는 개인적으로 올 모양인지 모습이 보이질 않았다.

태수는 아는 사람이 없이 혼자 뻘쭘하게 서 있었다.

FD가 앞에서 오늘 진행 일정에 대한 설명을 했다.

귀귀도는 섬이지만 육지와 다리로 연결이 되어 있다. 따라서 섬으로 들어가기 위해 따로 배를 탈 필요가 없다.

출연진과 함께 태수도 촬영 버스에 올라탔다.

귀귀도까지는 적어도 3시간 가까이 버스를 타고 가야 하는 거리.

'긴 시간이라 편하게 가고 싶은데.'

다른 사람들이 자꾸만 힐끔거려서 신경이 쓰였다.

'후우, 연예인들은 이런 쏟아지는 관심을 어떻게 모른 척하고 살 수가 있는 거지?'

그렇게 버스 안을 두리번거리는데 여자 출연자 한 명이 손에 들고 있는 책이 눈에 들어왔다.

≪비가 오면≫ 소설책이었다.

다음 권으로 이어집니다

퇴마하는
톱스타

꿈의 도약, 로크에서 하십시오
(주)로크미디어에서 신인 작가를 모십니다

즐거운 세상, 로크미디어는 꿈을 사랑하고 도전을 두려워하지 않는 작가 분들의 참신한 작품을 기다리고 있습니다. 21세기 장르 문학계를 이끌어 갈 차세대 선두 주자 (주)로크미디어에서 여러분의 나래를 활짝 펴 보시길 바랍니다.

모집 분야 판타지와 무협을 포함한 장르 문학
모집 대상 아마추어 작가, 인터넷 작가
모집 기한 수시 모집

작품 접수 시 유의 사항

1. 파일명은 작가명_작품명.hwp형식을 갖춰 주십시오.
1. 파일에 들어갈 내용은 다음과 같습니다.
   - 성명(필명인 경우 실명을 밝혀 주세요), 연락처, 이메일 주소
   - 제목, 기획 의도
   - A4용지 1장 분량의 등장인물 소개
   - A4용지 2장 분량의 전체 줄거리
   - 본문
1. 작품이 인터넷에 연재되고 있다면, 게시판명과 사이트의 구체적이고 정확한 주소를 기재해 주십시오.

선택된 작품은 정식 계약 후 출판물로 간행되어 전국 서점에 유통됩니다.
작가 분은 (주)로크미디어의 전폭적인 지원하에 전속 작가로 활동하시게 됩니다.
※ 자세한 내용은 로크미디어 홈페이지(rokmedia.com)를 참조하세요.

(04167)서울시 마포구 마포대로 45 일진빌딩 6층
(주)로크미디어 편집부 신간 기획 담당자 앞
전화 : 02) 3273-5135
www.rokmedia.com   이메일 : rokmedia@empas.com

우리 교황님 좀 말려 주세요

판미손 퓨전 판타지 장편소설

비정상 교황님의
듣도 보도 못한 전도(물리) 프로젝트!

이세계의 신에게 강제로 납치(?)당한 김시우
차원 '에덴'에서 10년간 온갖 고생은 다 하고
겨우 교황이 되어 고향으로 귀환했건만……

경고! 90일 이내 목표 신도 숫자를 달성하지 못할 시
당신의 시스템이 초기화됩니다!

퀘스트를 달성하지 못하면 능력치가 도로 0이 된다고?
그 개고생, 두 번은 못 하지!

"좋은 말씀 전하러 왔습니다, 형제님^^"

※주의※ 사이비 아닙니다, 오해하지 마세요!

망한 가문의 검술 천재가 되었다

소구장 퓨전 판타지 장편소설

**역사에서도 잊힌 비운의 검술 천재
최강의 꼰대력으로 무장한 채
후손의 몸으로 깨어나다!**

만년 2위 검사 루크 슈넬덴
세계를 위험하던 마룡을 물리치며
정점에 이른 순간

이대로 그냥 죽어 다오, 나를 위해서.

라이벌인 멀빈 코넬리오에게 목숨을 잃……
……은 줄 알았는데,
200년 후의 몰락한 슈넬덴가에서 눈뜨다!
가족이라고는 무기력한 가주, 망나니 1공자뿐
망해 버린 가문을 살리기 위해
까마득한 조상님이 팔을 걷었다!

**설풍 같은 검술, 그보다 매서운 독설로
슈넬덴가를 정점으로 이끌어라!**